FVA

CHRISTA HEIN

DER GLASGARTEN

ROMAN

FRANKFURTER VERLAGSANSTALT

FSC
www.fsc.org
MIX
Papier aus verantwortungsvollen Quellen
FSC® C014496

Herstellung und Umschlaggestaltung: Laura J Gerlach
Umschlagmotiv: »Étretat – Les Falaises«, Carte Postale
Satz: psb, Berlin
Druck und Bindung: GGP Media GmbH, Pößneck
Printed in Germany
ISBN 978-3-627-00216-9

Comment vivre sans inconnu devant soit?
Wie Leben, ohne vor sich ein Unbekanntes?
René Char

Gerade steigt wieder die Flut. Die Frauen kehren mit ihren Muschelkörben aus den algenbedeckten Felsen zurück. Sie tragen die blauen Arbeitshosen hochgekrempelt über den Gummistiefeln, den Korb in der Hand, das Arbeitsgerät - Muschelnetz und Messer - am Seil über der Schulter. Sie setzen ihre Schritte stetig und gezielt. Ein paar unaufmerksame Augenblicke, und schon ist das Wasser schneller als die eigene Rückkehr.

Nie steht das Wasser still. Nur die Möwen wirken manchmal so unbeweglich, als seien sie aus Porzellan. Diese Vögel, so heißt es, haben an allen Orten verschiedene Stimmen. Wenn sie ihre Rufe hört, Tag für Tag, klingen sie immer gleich. Aber schon draußen bei den Felsen, wo die besten Muscheln wachsen, schreien sie anders.

Als Kind spielte sie oft in einer solchen Landschaft: lief weit hinaus ins Watt, bis die Küste hinter ihr versank und sie nur noch der Himmel umgab. Dann kniete sie sich auf den trockengefallenen Meeresboden und ließ die Horizontlinie steigen, bis auch der Möwenschwarm, ein eben vorüberfahrendes Schiff darüberhinaus verschwanden. Irgendwann müsste sie doch jenen Punkt erreichen, von dem aus es nur noch ein Schritt wäre hinaus ins All, um die blauweiße Erdkugel unter sich schweben zu sehen. Horizontspiel hatte sie es getauft.

Sie sieht alles wieder vor sich: In der Sonnenhitze zittern die Luftschichten über dem Watt, Himmel und Erde fließen ineinander, vertauschen ihre Plätze. Von irgendwoher dazwischen gespiegelt eine Insel, blaugrün schillerndes Eiland, ein schwebender Garten. Ein Mädchen spielt darin, weltvergessen zwischen hohen weißen Lilien und grünem Kohl. Hinter dem Zaun wuchert ein zweiter Garten, dunkel und voller Schatten, mit tiefen Kelchen und gierigen Ranken, deren handgroße Blätter über den Zaun greifen. Jede Nacht rücken sie näher, schon werfen sie ihre Schatten auf die Madonnenlilien und das Mädchen, das dort spielt, so ganz allein. Warum ist es nicht bei seiner Mutter?

Sie sitzt an dem aus angeschwemmten Planken gezimmerten Tisch, der violettblau gestrichen ist, in der Farbe der Blumen vom Delta. Von einem großen Zeichenblock reißt sie ein Blatt und legt es vor sich hin. Dann taucht sie eine Feder in das Tintenfass und bedeckt das Papier mit Worten. Im Laufe der Stunden, in denen die Sonne über den Himmel zieht, füllen sich die Bögen; erst wenn es dunkel wird, legt sie die Feder fort. So wächst der Stapel mit den blauen Schriftzügen.

Jeden Tag erfindet sie eine neue Erinnerung. Es geschieht ohne ihr Zutun. Die Erinnerungen kommen zu ihr, so selbstverständlich wie die Wellen vom Meer auf den Strand zurollen.

1

Den ganzen Sommer über hat sie in der Stadt gearbeitet. Einer der heißesten Sommer, die man je erlebt hat. Sie gewöhnte sich an, schon bald nach Sonnenaufgang mit der Arbeit zu beginnen, wenn die kühle Feuchtigkeit der Nacht auch auf dem Dach noch spürbar war, auf dem sie für eine Hausgemeinschaft einen Garten anlegen sollte. Ein Himmelswäldchen wünschten sie sich, und sie pflanzte Zwergbirken und Zwergkiefern mit Lichtungen aus Moos, über die Pfade aus niedrigwüchsigem Thymian führten, der duftete und den Vorteil hatte, nicht gemäht werden zu müssen. Wenn die Sonne höher stieg, wechselte sie hinunter in einen Hof, der zu dem Geschäftshaus eines Goldschmieds in der Einkaufspassage gehörte. Er hatte die fixe Idee, seinen Schmuck im Freien zu präsentieren, und sie hatte für seine gläsernen Vitrinen einen Schattengarten gestaltet, in dem das Gold verlockender glänzte: schwarze Eiben vor hellgrünem Farn, blaue Anemonen in silbrigem Mädchenhaargras, Buchs neben Bambus. Eine Gartenanlage inspiriert von der japanischen Auffassung von Licht und Dunkelheit, wonach Gegenstände aus Metall erst in einer dunklen Umgebung ihre Wirkung entfalten.

Sie liebt ihren neuen Beruf, den sie wie eine Art Fortsetzung der Malerei empfindet. In den wenigen Jahren, seit sie das Malen aufgab, um Gartenbau zu lernen, hat er ihr Kunden im ganzen Land gebracht, die geduldig warten, bis sie die Zeit findet, sich zu ihnen zu begeben. In diesem Jahr hat sie für ihre Reise die letzten warmen Spätsommertage gewählt, jene Zeit, in der die Luft durchsichtiger zu werden beginnt und die besondere Stille der Nachsaison spürbar wird; wenn sich die Hotels am Meer und in den Küstenorten geleert haben, die Scharen von Kindern und weißgekleideten Frauen abgereist sind und man sich in den südlicheren Regionen auf die Weinlese vorbereitet.

Zunächst ist sie zu den Stationen gefahren, die sie von ihrer Wohnung aus gut mit dem Auto erreichen kann. Ihr letzter Besuch gilt einem Arzt, der seinen Beruf aufgeben musste, weil er erblindet ist. Ein ehemaliger Augenarzt ausgerechnet.

»Julie Zurbrüggen«, meldet sie sich über die Sprechanlage. Ein großer, hagerer Mann mit graumeliertem Haar und einer Sonnenbrille im schmalen Gesicht öffnet ihr und begrüßt sie mit Handschlag. Er führt sie in ein weitläufiges Wohnzimmer, zeigt auf einen Sessel für Julie.

»Kann ich Ihnen etwas anbieten?«

Sie schüttelt den Kopf, fügt schnell hinzu: »Danke, nein.«

Er nimmt in einem Ledersessel am Fenster Platz, schlägt die Beine übereinander.

»Sie wissen ja, wie es um mich bestellt ist. Aber ich habe eine gute Vorstellungskraft. Dieser Garten ist viel zu eintönig, nicht wahr?«

»Sie haben wohl recht. Er besteht meinem ersten Eindruck nach vor allem aus immergrünen Pflanzen, Ilex, Heide, Thuja und Feuerdorn.«

»Das hat der Architekt damals so angelegt. Wir wollten einen Garten, den man sich selbst überlassen kann und der im Winter nicht kahl ist.«

»Ein nur auf Zweckmäßigkeit angelegter Garten wirkt oft erstarrt.«

»Genau das hat mich immer an ihm gestört. Man wird das Gefühl nicht los, von Stacheldraht umgeben zu sein.«

Er wendet sein Gesicht dem Fenster zu. Ein großer Ausschnitt Himmel mit schnellziehenden Wolken.

»Ich habe gelesen, dass bei Menschen mit Sehschwäche nicht nur das Gehör, sondern auch der Tastsinn die Rolle der Augen übernimmt. Es wäre also gut, Pflanzen zu wählen, die man gern berührt. Lammfellöhrchen zum Beispiel. Wenn man ihre Blätter anfasst, glaubt man, über ein weiches Fell zu streichen. Bei Regen werden sie wunderbar glatt.«

Während sie spricht, beginnt er, mit der Hand über seinen Kaschmirpullover zu fahren. »Sehschwäche ist nett formuliert. Ich bin nahezu blind. Aber Sie haben recht. Ich glaube inzwischen, meine Haut ist wie ein lichtempfindlicher Film. Jede Berührung vermag mir etwas zu zeigen.«

»Und wir sollten Pflanzen aussuchen, die biegsam sind, deren Blätter und Zweige der Wind zum Klingen bringt, Bambus zum Beispiel, Birke oder Silberpappel. Auch Gräser. Sie sind oft schön anzufassen, und viele haben auch eine Stimme. Es gibt Sorten, die rascheln, andere rauschen, sirren oder knistern.«

Er wendet sein Gesicht zum Fenster, durch das jetzt Sonnenlicht fällt. Dann spreizt er seine Hand und bewegt sie langsam vor den Augen hin und her. Seine Züge entspannen sich. »Das ist mein Kinoprojektor. Licht- und Schattenmuster, die sich mit Erinnerungen füllen lassen.«

Er beugt sich vor und streckt ihr eine Hand entgegen. »Darf ich Sie anfassen? Dann kann ich Sie nämlich sehen.« Sie lässt es zu, dass er mit den Fingern ihren Handrücken, ihr Handgelenk, den Armansatz berührt. »Sie sind viel jünger, aber Sie erinnern mich an meine Großmutter aus England. Eine schöne Frau. Sie war die Erste, die hier einen englischen Garten anlegte. Direkt am Meer. Ich habe oft dort gespielt.«

Wieder bewegt er die Hand vor den Augen. »Auf einer weißen Bank nach Norden hin konnte man die Wellen hinter den Dünen hören. Im Sommer ging ich nach dem Schwimmen mit meinem Porzellanschälchen zu den Johannisbeersträuchern und pflückte die vom Tau feuchten Beeren für mein Frühstück. Immer blühte etwas, als Erstes im Jahr die Kornelkirsche, dann die Magnolien. Zum Herbst wanderte der Kürbis aus dem Gemüsegarten, zog seine schnurgeraden Stengel über die Wege. Auch wenn ich mein Augenlicht verloren habe, wie man so schön sagt, – die Erinnerungen sind lebendig. Wenn ich heute die Wurzel des Storchenschnabels rieche, dann sehe ich sein Pink wieder vor mir. Und der Duft der Nachtkerzen lässt ihr helles Neapelgelb in mir aufleuchten.«

»Wir könnten den Garten Ihrer Kindheit nachpflanzen. Ein Garten ist ein Ort, an dem sich vergangene Zeit wiedergewinnen lässt.«

»Das haben Sie schön formuliert. Darf ich fragen, was Sie vorhaben?«

»Ich habe eine Auswahl Pflanzen mitgebracht: Gräser, Blüten, Stauden, Duftkräuter. Ich lasse sie Ihnen als Proben hier. Sie haben sicher einen Gärtner, der sie einpflanzen kann.«

»Gehen wir hinaus.«

Draußen muss sie die Augen mit der Hand abschirmen, so stark blendet das Licht. Jetzt erst bemerkt sie die Wasserfläche zwischen den Bäumen, reflektierend wie ein Spiegel. Das Grundstück grenzt an einen See.

»Mein See ist das Herz des Gartens. Sein Gleißen dringt sogar bis in meine Dunkelheit vor. Im Winter höre ich das Knacken des Eises, im Frühjahr das leise Klirren der tauenden Eisstückchen am Uferrand.«

Während sie die Pflanztaschen auslädt, nimmt er seine Brille ab. Seine Augen sehen normal aus. »Ich trage diese Brille nur, um mir einzubilden, dass sie der Grund für die Finsternis ist, die mich umgibt. Ich danke Ihnen. Sie müssen wiederkommen, wenn alles gewurzelt hat.«

»Das verspreche ich gern.«

Am nächsten Tag nimmt Julie den Zug. Sie will ins Badische zu einem Paar, das eine ehemalige Postkutschenstation in einen Gasthof umgewandelt hat. Er, ein erfahrener Koch, der lange mit seiner Frau in der Provence gelebt hatte, holt regelmäßig mit seinem Van frischen Ziegenkäse, Trüffel, Wein und Leberpasteten aus Frankreich. Dafür lieben ihn seine Gäste. Nur gibt es zu wenige von ihnen. Julie soll eine Art Park entwerfen, der mehr Publikum anzieht. Eine kleine Kräuterreise durch die Welt, eine Symbiose von Provence, japanischem Garten und Bauerngarten, hat er ihr seine Vorstellungen am Telefon beschrieben.

Das Anwesen liegt hinter einer Mauer aus Buntsandstein, die überwuchert ist von Thymian, Lavendel und Rosmarin. Ein hohes schmiedeeisernes Gittertor verschwindet unter der Blütenpracht einer duftenden Kletterrose. Es ist nicht abgeschlossen, und Julie betritt das Gelände. Eine schwarze Katze huscht ihr über die Füße. »Von rechts nach links, Glück bringts!«, hört sie im Geiste ihre Mutter. In Finnland aufgewachsen, ist sie über die Maßen abergläubisch – im Gegensatz zu

Julie selbst. Wie sie überhaupt große Gegensätze sind. Die Mutter will vom neuen Beruf der Tochter nichts wissen. Hatte sie sie nicht davor gewarnt, Malerei zu studieren, diese brotlose Kunst? Aus ihrer Sicht ist Julie gründlich gescheitert. Während das Tier die Kräuter streift und ein intensiver Duft aufsteigt, nimmt sie sich vor, die Mutter bald zu besuchen. Sie will den Graben nicht zu tief werden lassen. Es ist ziemlich lange her, dass sie sich gesehen haben.

Mit energischem Schritt kommt ein Mann vom Haus auf sie zu. Er trägt schwarze, mit grellen Neonmustern bedruckte Pluderhosen und ein schwarzes T-Shirt, das sich über seinem muskulösen Oberkörper spannt. Sein braungebranntes Gesicht wirkt besorgt.

»Eine schöne Einfahrt, ein Empfang wie im Süden«, lobt Julie und ergreift die ausgestreckte Hand.

»Ja, ja.« Er streicht sich eine Strähne hinters Ohr, die sich aus seinem Zöpfchen gelöst hat. »Das hier ist alles schön. Aber sehen Sie mal dort.« Er weist auf einen Hang, wo Mangold, Rittersporn und Purpur-Sonnenhut blühen, dazwischen Ringelblumen, Grünkohl, Lilien und Lauch, alles eingerahmt von dunkelgrünen Buchsbaumhecken.

»Ein prachtvoller Bauerngarten! Wie im Mittelalter. Was stimmt nicht damit?«

»Ja, prachtvoll ist er – aber viel zu normal. So etwas hat hier inzwischen fast jeder.« Hinter ihm erscheint eine hochaufgeschossene Blondine, ganz in Weiß gekleidet, die Haare zu einem Knoten gesteckt. »Janina«, stellt sie sich vor und reicht Julie eine feuchte Hand. »Ich habe gerade Pfirsichkonfitüre gemacht.«

»Pfirsichkonfitüre, Johannisbeerlikör, Pesto. Meine Frau kocht wunderbar. Nur leben hier so viele Aussteiger ... jeder verkauft sein eigenes Gelee, seine Fruchtweine, und auch Imker gibt es mehr als genug. Mit solchen Produkten kommen wir auf keinen grünen Zweig.«

Die frisch gekalkte Gaststube mit ihren niedrigen Decken und einem alten Kachelofen hat viel Atmosphäre. Durch große, offenstehende Fenster blickt man in ein unbebautes idyllisches Tal. Janina bringt drei Cappuccino und einen Teller Gebäck. »Quittentaler. Selbstgemacht«, sagt sie stolz.

»Wissen Sie: Wir brauchen etwas Besonderes, damit die Leute den Umweg zu uns in Kauf nehmen. Dann würden sie auch meine Kochkurse und das Restaurant besuchen.«

Janina macht eine wegwerfende Handbewegung. »Scharenweise würden sie kommen, alles zertrampeln, die Pflanzen auszupfen und vielleicht gerade mal ein Wasser bestellen, während sie ihr mitgebrachtes Picknick verzehren.« Tränen stehen ihr in den Augen. »Mein Mann ist einfach viel zu gutgläubig. Unser Schuldenberg wächst und wächst, und die Aussicht, die wir von ihm aus haben, ist alles andere als schön.«

»Ich glaube, ich habe eine Idee. Eine Schlossgärtnerei bei Paris züchtet vergessene Obst- und Gemüsesorten. Demnächst findet dort eine Saatgutauktion statt.«

Seine Miene hellt sich auf. »Genau so was meine ich! Für Birnenteig, zum Beispiel. Oder für Marillenknödel mit diesen besonders saftigen kleinen Aprikosen, die nirgendwo mehr zu haben sind. Ich habe tolle Rezepte. Schon meine Großmutter war Köchin. Allerdings gibt es ein Problem: Ich kann hier jetzt nicht weg.«

»Ich könnte für Sie fahren und einkaufen.«

»Das würden Sie tun? Die Kosten für die Reise übernehme ich natürlich.«

Sie halten alles schriftlich fest, dann bringt er Julie

zum Bahnhof. Das Angebot, bei ihnen zu übernachten, hat sie ausgeschlagen. Als sie auf dem Bahnsteig steht, trägt der Wind den spätsommerlichen Geruch blühender Dahlien und reifender Äpfel heran, und sie bedauert, in den übervollen Zug steigen zu müssen. Die Luft im Abteil ist stickig, und bald stellt sie sich hinaus auf den Gang. Als die Rebhänge vor den Fenstern vorbeiziehen, in der Ferne die blauen Kuppen der Berge sichtbar werden, beschließt sie, an der nächsten Station wieder auszusteigen. Sie will in eines der Dörfer am Fuße der Weinberge wandern und diesen vielleicht letzten warmen Abend des Jahres unter einem Sternenhimmel im Garten eines Gasthauses verbringen. So wie einst, als der Vater sie auf eine Geschäftsreise in diese Gegend mitnahm. Unauslöschliche Eindrücke waren das für ein Kind aus dem Norden gewesen: Weintrauben, frische Feigen und Pfirsiche, die in den Gärten wuchsen. Wieder zurück, schenkte der Vater ihr Schaufel und Gießkännchen und legte ein Beet für sie an. Über die keimenden Halme auf dem kahlen Flecken Erde war sie zunächst enttäuscht gewesen – bis wie über Nacht ihr Name in hellem Grün heranwuchs. Damals hatte der Vater in ihr mehr als die Liebe zum Gärtnern geweckt. Indem er ihr zeigte, wie sie mit Blüten malen konnte, erhielt sie eine erste Ausdrucksmöglichkeit für ihr Verlangen, die Wirklichkeit um sich her zu verwandeln. Ein Gefühl von Freiheit, das er ihr damit eröffnete, etwas, das ihm selbst unverzichtbar gewesen war. Weshalb er dort, wo er jetzt lebt, so manches Mal aneckt.

Sie hat den Ton ihres Mobiltelefons ausgestellt, jetzt beginnt es zu vibrieren, eine pulsierende, schillernde Medusa, die sie aus dem Meer ihrer Erinnerungen reißt. Sascha? Ihr Freund hat einen unglaublichen Instinkt für Momente, in denen sie etwas ohne ihn zu unternehmen plant. Doch die Nummer auf dem Display sagt ihr nichts. Sie nimmt das Gespräch an, nennt ihren Namen, und im nächsten Moment redet eine aufgeregte Frauenstimme auf sie ein. Die Verbindung ist schlecht, sie versteht nur einzelne Satzfetzen »Hören Sie ...«, unterbricht sie, »ich kann Sie kaum verstehen.« Die Stimme klingt fern, ein Pfeifen dazwischen. Plötzlich weiß sie, wer am anderen Ende spricht. Louise, eine Freundin der Mutter. »... Schlafzimmer gefunden ... es geht ihr nicht gut, man versucht gerade, sie zu sta...« »Was versucht man?«, ruft sie so laut, dass einige Passagiere sie missbilligend ansehen. »Zu stabili...«, kommt es verzerrt zurück. »Ich verstehe immer noch nicht. Um was geht es?« Plötzlich ganz klar: »Julie – deine Mutter wurde mit dem Notarzt ins Krankenhaus gebracht. Ein Schlaganfall.« Wieder ertönt dieses Pfeifen, ein Rauschen. Dann bricht das Gespräch ab. Julie starrt auf die vorbeiziehende Landschaft.

Wie endlos langsam sie vorankommt. Wie viel Zeit vergeht, bis sie endlich da ist! Die Stadt ihrer Kindheit, ein Ort, an dem sie sich oft wie eine Fremde gefühlt hat. Für die letzte Strecke muss sie in ein Taxi umsteigen. Sie lässt sich direkt ins Krankenhaus fahren. Der Pförtner am Eingang nennt ihr die Station und das Zimmer. Sie klopft an die Tür, als sie nichts hört, öffnet sie. Da liegt die Mutter, allein, die Augen geschlossen, schwer atmend. Sie tritt ans Bett. »Mutter«, sagt sie und berührt ganz leicht mit dem Finger den nackten Unterarm mit der Kanüle am Handgelenk, »ich bin's.«

Es dauert einen Moment, bis die Augen sich öffnen. Ein Blick, der aus einer anderen Welt zu kommen scheint. Dann belebt sich ihr Gesichtsausdruck plötzlich. »Du bist es! Das hätte ich nicht für möglich gehalten!«

»Mutter, ich bin so froh, dass ich so schnell hier sein konnte.« Die Mutter versucht sich aufzurichten, beginnt zu husten. »Meine älteste ...« Ihre Worte gehen in einem Husten unter. Julie beugt sich zu ihr hinab. »Was willst du sagen, Mutter?« Ihre Lippen bewegen sich, aber sie kann nicht sprechen. »Bleib ganz ruhig liegen«, sagt Julie, »ich fahre dir das Kopfteil hoch, dann bekommst du besser Luft.« Sie hört das Surren des Elektromotors überlaut. Dann klappt sie das Seitenteil des Bettes herunter und zieht sich einen Stuhl heran, um ganz nah bei der Mutter zu sitzen.

»Die Tochter ...«, flüstert sie, dann greift sie mit der Hand nach Julies Gesicht. »Was steht da geschrieben?« Sie versucht sich aufzurichten, kneift die Augen zusammen, als wolle sie eine Schrift entziffern. Plötzlich weiten sich ihre Pupillen, und ihr Kopf sinkt aufs Kissen zurück. Julie nimmt die Hände in ihre, hält sie fest, wie um sie am Leben zu erhalten. Die Mutter bewegt die Lippen, Julie beugt sich noch tiefer hinab. »Die Tochter«, hört sie, ein ums andere Mal, und danach ein Wort, das sie nicht verstehen kann. Der Atem der Mutter geht jetzt stoßweise, ihre Hände bedecken sich mit kaltem Schweiß, Julie weiß sich nicht mehr zu helfen und drückt den roten Knopf über dem Bett; eine Schwester erscheint kurz danach, verschwindet, und im nächsten Moment drängt ein ganzes Team von Pflegern und Helfern mit einer Sauerstoffflasche ins Zimmer. »Bitte gehen Sie hinaus.« Verstört wartet Julie draußen im Gang, ein Mann mit roter Weste, auf der groß NOTARZT zu lesen steht, kommt gerannt und verschwindet in dem Zimmer. Nach endlos langen Minuten öffnet sich die Tür. Der Arzt tritt auf sie zu. »Wir haben ihr Sauerstoff gegeben, sie hat sich gefangen.«

»Was ist überhaupt mit ihr? Ich weiß nichts Genaues.«

»Sie wurde mit akutem Herzinfarkt und akuter Niereninsuffizienz eingeliefert. Die haben wir jetzt kompensiert. Gegen eine beginnende Lungenentzündung bekommt sie Antibiotika. Die Situation ist kritisch, aber im Moment stabil. Wir müssen sie weiter beobachten. Sie darf nicht mehr trinken als eineinhalb Liter Flüssigkeit.« Er reicht ihr die Hand. »Wir kümmern uns.« Dann verschwindet er den Gang hinunter.

»Und was glauben Sie?«, fragt Julie die Schwester, die noch neben ihr steht. »Sie haben doch viel Erfahrung.«

»Das weiß man nie. Die eine schaffts, die andere nicht. Aber wir haben Ihre Mutter hier gut im Blick«, sagt sie, wie um ihr zu verstehen zu geben, dass sie gehen könne.

Julie setzt sich zurück auf den Stuhl am Bett. Die Mutter schläft. Die Zeit scheint stillzustehen. Julie merkt jetzt, wie müde sie ist. Irgendwann muss auch sie eingeschlafen sein. Sie erwacht, als eine Hand sie an der Schulter berührt. Es ist die Schwester der Morgenschicht.

»Wollen Sie nicht nach Hause fahren und sich auch ein bisschen ausruhen? Wenn etwas ist, rufen wir Sie an.«

Die Mutter atmet ruhiger. Sie scheint fest zu schlafen. Zögernd erhebt sich Julie von ihrem Stuhl und geht.

2

Rot leuchten die Flaggen und Geranien auf Monets *Terrasse à Sainte-Adresse* auf, jetzt erstrahlt das weiße Kleid des kleinen Mädchens auf Seurats *La Grande Jatte*. Dann ist der Streifen Sonnenlicht weitergeglitten. Die Kopien dieser beiden Gemälde haben seit jeher bei den Eltern gehangen. Den Monet hatte der Vater geerbt. Den Seurat hatte die Mutter sich gekauft. Aus der Menge der Pariser Sonntagsausflügler auf der Seine-Insel blickt das Mädchen als einziges den Betrachter direkt an. Als Kind hatte sie sich in ihrem weißen Kleid davorgestellt und sich gewünscht, diese imaginäre Schwester träte heraus in die Wirklichkeit. Die Mutter wollte davon nichts hören.

Die Mutter! Erst jetzt fällt ihr alles wieder ein. Mit einem Ruck fährt Julie vom Sofa hoch, greift nach ihrem Telefon auf dem Teppich davor, aber es ist nichts – kein verpasster Anruf, keine neue Mitteilung vom Krankenhaus. Erleichtert steht sie auf.

Sie stellt sich unter die Dusche, schlingt einen Handtuchturban um ihre nassen Haare, zieht sich an, brüht sich einen Kaffee. Mit der Tasse in der Hand geht sie ins Schlafzimmer. Dort sei es passiert, hatte Louise gesagt. Die hellblauen Schränke stehen sperrangelweit offen. Alben und Aktenordner, Papiere und Fotos, sonst säuberlich neben Twinsets und Seidenblusen gestapelt, sind herausgerissen und liegen über Bett und Boden verstreut. Als habe die Mutter nach etwas gesucht. Als sei sie durch irgendetwas aufgestört worden. Auf dem Teppich liegt ein kleines Foto. Ihre Mutter als junges Mädchen. Strahlend, auf einem Bootssteg vor einem finnischen Holzhaus am See. Welch verblüffende Ähnlichkeit zwischen der Abgebildeten und ihr selbst in diesem Alter, geradezu wie Zwillinge zweier Generationen!

In diesem Moment hört sie ihr Telefon. Sie rennt zurück ins Wohnzimmer, es ist nur eine SMS von der Redakteurin einer Gartenzeitung. Julie hat ihr einen Beitrag zum Thema Grüngürtel versprochen, man brauche ihn so schnell wie möglich. Sie blickt auf die Pendeluhr an der Wand. Fast Mittag. Sie wird am frühen Nachmittag ins Krankenhaus fahren. Bis dahin kann sie arbeiten.

Sie steckt das Telefon ein und holt ihren Laptop. Dann öffnet sie die Datei mit ihrem Textentwurf. Nur noch eine Passage gefällt ihr: »Grüngürtel sind Zwischenwelten, jenes Terrain, in dem sich die Stadt an ihren Rändern auflöst und übergeht in verwilderte Gegenden, Schutthalden, Niemandszonen, in denen Kamille, Mohn und Brennnesseln sich den Platz streitig machen. Dort geriet ich oftmals in bewegende Situationen. Wie die Begegnung mit einem Vogel. In der abgelegenen Ecke eines Parks nahe den überwucherten Gleisen, wohin an vielen Tagen sicher überhaupt niemand kommen mochte, hing ein Messingkäfig hoch unter einem Glasdach. Ein Schild war an den Gitterstäben befestigt mit dem Hinweis: *Je m'apelle Java.* Ich sah nichts in dem Käfig bis auf eine leere Sitzstange, und rief: ›Java, Java!‹ Und noch einmal: ›Java!‹ Plötzlich bewegte sich etwas am Boden des Käfigs, etwas Schwarzes wurde größer, und schließlich hüpfte ein Vogel auf die Stange und blickte mich an. ›Java?‹, sagte ich und erhielt ein so freudiges Zwitschern als Antwort, dass es mir schwerfiel, wieder zu gehen.

Solche unvorhersehbaren Augenblicke in Zwischenwelten – sind nicht sie das eigentliche Leben?«

Der Text ist eher ein Brief geworden, den sie an sich selbst geschrieben hat. Vielleicht wird die Redakteurin ihn nicht akzeptieren.

In der Küche sichtet Julie die Vorräte, nimmt sich eine Tomatensuppe, den Klassiker der Mutter. Die leere Dose passt nicht mehr in den übervollen Müllbeutel, sie bindet ihn zu, um ihn in den Hof zu tragen. Im Treppenhaus meldet sich ihr Telefon. Es ist das Krankenhaus. Eine Männerstimme, wahrscheinlich der Arzt. »Es tut mir sehr leid für Sie, Frau Zurbrüggen, aber Ihre Mutter ist soeben verstorben. Ein erneuter Schlaganfall, Herzrhythmusstörungen, alles ging ganz schnell. Ich kann Ihnen versichern, sie musste nicht leiden. Sie hatte keine Schmerzen, aber wir konnten nichts mehr für sie tun.«

Julie setzt die Mülltüte ab.

»Hat sie noch etwas gesagt?« Sie wundert sich, wie gefasst sie ist.

»Sie hat anscheinend einen Vogel gesehen, vorm Fenster. Sie wollte wissen, ob ich ihn auch bemerkt hätte. Das war alles.«

»Java«, flüstert Julie.

»Wie bitte?«

»Und was soll ich jetzt tun?«

»Am besten beauftragen Sie gleich ein Bestattungsinstitut, dort wird man alles Nötige veranlassen. Die werden sich auch um die persönlichen Sachen Ihrer Mutter kümmern und sie für Sie mitnehmen.«

Das Gespräch ist zu Ende. Die kühle Sachlichkeit des Mannes hat ihr geholfen. Hupen von Autos in der

Ferne, Motorengeräusche anfahrender Busse, Rufe, gedämpftes Lachen, alles scheint sich gleichmäßig von ihr zu entfernen. Sie spürt einen schmerzhaften, stetig zunehmenden Druck im Kopf. Das Atmen fällt ihr schwer. Sie hat das Gefühl, ihre Augen füllten sich mit Sand, und sie schließt die brennenden Lider. Wie oft hat sie den Tod der Mutter in Gedanken vorweggenommen. In ganz verschiedenen Phasen ihres Lebens. Aber nie hat sie erwartet, dass er Wirklichkeit werden könnte. Es hatte eine Fremdheit zwischen ihnen geherrscht, unter der sie vermutlich beide gelitten haben. Die Gründe für dieses Gefühl waren ihr unverständlich geblieben. Ihre Versuche, sich der Mutter zu nähern, sich in sie hineinzudenken, waren immer wieder gescheitert. Und jetzt ist es zu spät.

Sie hört die Eingangstür unten, Schritte, die heraufkommen. Sie nimmt den Müllbeutel wieder in die Hand und geht zurück in die Wohnung. Alles scheint wie sonst: der Geruch nach Lavendel und Waschpulver. An der Garderobe der helle Staubmantel der Mutter. Ihr Lieblingstuch aus violettem Chiffon auf die Kommode geworfen, als sei sie eben zurückgekehrt von einer kleinen Besorgung.

3

Julie nimmt sich das Telefonbuch, wählt die Nummer eines Bestattungsunternehmens, das auf dem Einband wirbt. Eine unangemessen fröhliche Frauenstimme antwortet und erklärt ihr wortreich den Ablauf von Dingen, um die sie sich nicht zu kümmern brauche. Zuerst müsse man allerdings den Kostenträger wissen. Sie nennt ihren Namen, die Anschrift der Mutter, auch das Krankenhaus. »Wir holen Ihre Mutter jetzt gleich zu uns, Frau Zurbrüggen, dann können Sie sie schon heute Abend besuchen.« Es gelingt ihr nicht, zu antworten. Nach kurzem Zögern fügt die Stimme hinzu: »Sie können sich aber auch Zeit lassen. In unserer Stadt wird die Sechsundneunzig-Stunden-Frist sehr liberal gehandhabt. Unsere Firma hat einen modernen Kühlraum, in dem ist Ihre Mutter bestens aufgehoben. Rufen Sie nur kurz vorher an.«

Irritiert legt Julie auf. Sie hält es nicht länger aus in der Wohnung, nimmt ihre Jacke und geht. Im Treppenhaus lauscht sie. Alles ist still. Dann steigt sie bis ganz nach oben, zieht die Ausstiegsluke mit der Leiter herab und klettert hinaus. Die leichte Neigung des Flachdachs und der Blick in die Tiefe lassen sie schwindeln. Auf allen vieren kriecht sie zum gemauerten Schornstein hinüber, die körnige Dachpappe schmerzt an ihren Handballen und Knien. Mit dem Rücken lehnt sie sich gegen die Ziegel, die ein bisschen Sonnenwärme gespeichert haben. Ein Schwarm Vögel fliegt aufs Dach gegenüber. Java ist nicht dabei. Es sind Krähen, Seelenvögel, wie sie bei anderen Völkern heißen. Ihre Mutter hat diese Tiere gehasst. An manchem Abend war sie auf ihren Balkon hinausgetreten und hatte in die Hände geklatscht, um die schwarzen Vögel zu vertreiben. »Ihre Stimmen sind so hässlich. Sie töten die Kleinen, die Zaunkönige und Rotkehlchen. Schwarze Mörder sind das. Man sollte ihnen die Schnäbel abtrennen.« Worte der Mutter, die sie hundertfach gehört hat.

Die Hinterhöfe liegen im Schatten. Irgendwo fegt jemand mit einem Reisigbesen. Das regelmäßige Geräusch schallt überlaut herauf. In den Straßenschluchten flimmern Lichter. Der Himmel über ihr wie aus Brokat gewirkt: blutrot. Rotgold. Flugzeuge ritzen leuchtende Linien hinein. Kondensstreifen, die anfangen, zu verschwimmen, weil Julie endlich weinen kann.

4

Im Regal an der Wand gegenüber bewegt sich etwas. Ein feiner Silberstreifen. Sie schiebt die Bettdecke beiseite, steht vom Sofa auf. Es ist der Plattenteller, der sich immer noch dreht. *Kyllikki* von Sibelius, die drei lyrischen Klavierstücke, die für ihre Mutter so oft Erinnerungen an ihre Heimat heraufbeschworen haben. Julie schaltet das Gerät aus und steckt die Platte in die abgenutzte Hülle. Der wie stets melancholisch lächelnde Pianist darauf mit seiner weißen Fliege. Die Mutter besaß all seine Aufnahmen. Es waren nicht viele, denn er war jung gestorben. Als Kind hatte Julie manchmal gedacht, er sei ihr Vater. Aber ihr Vater spielte ein anderes Instrument. Querflöte. Ziemlich gut sogar. Oft hatte sie ihn am Klavier begleitet. Sie sieht ihn vor sich, wie er seine Flöte zusammensetzt, den Notenständer aufbaut, behutsam die Notenblätter darauflegt. Er hatte sein Üben intensiviert, nachdem die Eltern in diese Wohnung gezogen waren. Sie hatten ihr großes Haus aufgegeben, weil es dem Vater angeblich zu viel Arbeit machte. Die Mutter war glücklich, endlich ein überschaubares Reich zu bekommen. Für den Vater jedoch wurde der Verlust seines Gartens zur Vertreibung aus dem Paradies. Nie wird sie den Tag nach dem Umzug vergessen, als sie mit ihm in die Gärtnerei fahren wollte, um Erde und Blumen für die neuen Balkonkästen zu kaufen. Sie tat es im Glauben, es würde ihm Freude bereiten, etwas zu pflanzen. Aber schon beim Frühstück stand er unschlüssig vor ihr, entrollte einen Zettel zwischen den Fingern, rollte ihn wieder auf, entrollte ihn wieder. Ein ums andere Mal fragte er: »Was wollen wir denn da eigentlich, Julie?« Sie verstand ihn nicht. Wenig später fand sie den Zettel auf dem Boden. Winzige, in seiner Handschrift geschriebene Wörter darauf, als habe er Angst, jemand anderes könne sie entziffern. Es waren banale Notizen zum Tagesablauf, der Ort, wo er etwas abgelegt hatte, Erinnerungshilfen zu Namen aus dem Bekanntenkreis. Da endlich begriff sie: Er konnte sich nicht mehr auf sein Gedächtnis verlassen. Immer mehr dieser kleinen Zettel fanden sich in der Wohnung verteilt.

Ob er es schon weiß? Aber wer sollte es ihm sagen, wenn nicht sie? Eigentlich freut sie sich jedes Mal auf das Wiedersehen mit ihm. Diesmal jedoch hat sie Angst davor. Wie wird er die Nachricht aufnehmen? Wird er sie überhaupt begreifen?

Sie geht durch die Wohnung. Wie eine Reise durch ein ganzes vergangenes Dasein kommt es ihr vor. Die vielen Dinge, die das Leben der Eltern begleitet hatten, die zu ihnen gehörten. Sie öffnet die Klappe des Birkenholzsekretärs, zieht die Schubladen auf. Briefmarken, Postkarten aus Büttenpapier, das Übliche. Dann öffnet sie das Türchen hinter der Säulenverblendung. In dem Geheimfach dahinter hatte sie als Kind Schatzkarten und rätselhafte Botschaften vermutet. Doch in Wirklichkeit war es leer, wie sie später entdeckt hatte. Diesmal aber liegt ein Kuvert darin. Ihre Finger zittern, als sie es nimmt. Ihr Name steht darauf, in der Handschrift der Mutter. Ein letzter Brief an sie? Aber nur die Visitenkarte einer Kanzlei kommt zum Vorschein. Sie kennt sie nicht, dabei haben doch Anwälte zum Freundeskreis ihrer Eltern gezählt. Julie geht zum Telefon, wählt die Nummer, die auf der Karte steht. Eine Frauenstimme meldet sich. Als Julie ihren Namen nennt, sagt die Frau: »Mein herzliches Beileid. Wenn Sie mögen, können Sie heute Nachmittag gleich zu uns kommen. Es ist alles für Sie vorbereitet. Wir liegen nicht weit von der Wohnung Ihrer Mutter entfernt. Vis-à-vis, am anderen Ende des Parks.« Sie war also informiert.

Die Stunden, bis Julie sich auf den kurzen Weg dortin machen kann, wollen nicht vergehen. Warum überhaupt eine Kanzlei, eine ihr unbekannte dazu? Wenn es sich um das Testament der Eltern handelt, dann ist doch das Amtsgericht zuständig. Enthält das Geheimfach also schließlich doch ein Geheimnis!

Endlich steht sie vor dem blankgeputzten Messingschild der Kanzlei in einem prächtigen Gründerjahrehaus. Auf ihr Klingeln springt die Tür auf, und sie betritt ein Treppenhaus mit Stuckdecken und Jugendstilmosaiken. Ein klappriger eiserner Fahrstuhl bringt sie in den dritten Stock, wo eine sportlich wirkende Frau mit randloser Brille und weißblondem Haar schon auf sie wartet. »Es ist gut, dass Sie sich gleich gemeldet haben«, begrüßt sie Julie. »Ich weiß, dieser Gang ist für Sie nicht einfach. Nochmals mein aufrichtiges Beileid.« Ganz in Schwarz gekleidet, wohl eher aus modischen als aus Pietätsgründen, führt sie Julie in einen hohen hellen Raum mit Fenstern zum Park hin. »Nehmen Sie schon Platz.« Sie weist auf einen Lederstuhl direkt vor dem Schreibtisch. Fast der gleiche Blick wie aus dem Balkonzimmer der Eltern. Aber das wird wohl kaum der Grund für die Wahl dieser Kanzlei gewesen sein. Die Anwältin bittet sie um ihren Ausweis.

»Entschuldigen Sie mich noch eine Sekunde, ich mache schnell eine Kopie davon und gebe noch eben meiner Mitarbeiterin Anweisung, uns nicht zu stören.«

Großformatige Fotos hängen hinter dem Schreibtisch. Aufnahmen von einem Segelschiff. Immer wieder dieselbe prächtige Jacht, ein Zweimaster – vor dem Fels von Gibraltar, vor den Lofoten, vor der Kreideküste von Dover. Am Ruder die Anwältin, die Sonnenbrille ins blondgefärbte Haar geschoben. Sie ist zurück und setzt sich ihr gegenüber.

»Den Gang zum Amtsgericht kann ich Ihnen natürlich nicht ersparen. Sie werden in Kürze zwecks Testamentseröffnung von dort benachrichtigt werden. Aber Ihre Mutter hat sich unserer Kanzlei anvertraut und mich durch diese beglaubigte Verfügung hier beauftragt, Ihnen ihren Letzten Willen so schnell wie möglich zugänglich zu machen. Sie wünschte eine persönliche und effiziente Betreuung, um Ihnen die Situation zu erleichtern. Die Mühlen der Bürokratie mahlen bekanntlich oft sehr langsam. Möchten Sie selbst lesen? Oder soll ich Ihnen vorlesen?«

»Diese Endgültigkeit hat etwas Bedrückendes. Es wäre für mich leichter, wenn Sie meiner Mutter Ihre Stimme leihen.«

»Das verstehe ich gut. Also: Ich, Klara Zurbrüggen, vermache hiermit die Wohnung und meinen gesamten darin befindlichen Besitz meiner Tochter Julie. Auf ausdrücklichen Wunsch ihres Vaters soll sie auch erhalten: seine Querflöte und die Noten sowie die alte Leica, die Kamera ihres Großvaters.«

»Mein Vater lebt aber doch noch.«

»Ihre Mutter hat bei unserem letzten Gespräch angegeben, Ihr Vater sei nicht mehr voll geschäftsfähig. Ich habe zudem hier die Kopien zweier Vollmachten vorliegen, die Sie selbst mitunterzeichnet haben. Sie sollen verhindern, dass im Falle einer schweren Erkrankung einer Ihrer Eltern von Amts wegen eine außenstehende Person als Bevollmächtigter bestellt wird.«

Die Anwältin zieht ein Formular hervor und reicht es Julie. Walter und Klara Zurbrüggen. Vor Jahren hat sie diese Papiere tatsächlich unterzeichnet. Sie muss es vollständig verdrängt haben. Ihr Blick fällt aus dem Fenster. Im Park spielen Kinder. Zwei kleine Mädchen. Sie sind wahrscheinlich Geschwister, denn sie tragen die gleichen roten Jacken. Die leicht ungeduldige Stimme der Anwältin kommt wie aus weiter Ferne. »Können wir fortfahren?«

»Ja, ich bitte darum.«

Die Anwältin rückt ihre Brille zurecht und nimmt denselben Tonfall auf wie zuvor: »Der restliche Besitz – mein Schmuck im Bankschließfach sowie das Sparguthaben – soll zu gleichen Teilen Julie und Florence, meiner älteren Tochter aus der Zeit vor meiner Ehe, zukommen.«

Stille. Nur noch ihr eigener Pulsschlag und ihr Atem. Der Mund der Anwältin, der sich bewegt wie in einem Stummfilm. Dunkelheit steigt in ihr auf, bis über die Augenlider hinweg. Das Erste, was sie wieder wahrnimmt: kleine silbrige Perlchen, die vom Grund des Glases emporschweben und an der Oberfläche zerplatzen. »Trinken Sie.« Julie greift nach dem Glas. »Ich hole Ihnen einen Kaffee.« Während Julie an dem Wasser nippt, hört sie sich entfernende Schritte, das Klappen einer Tür. Irgendwo das Klingeln eines Telefons. Plötzlich ein Käfer in ihrem Blickfeld: sein grüngoldener Deckpanzer über einem dicken schwarzen Kopf. Langsam krabbelt das Insekt über den Scanner.

Die Anwältin kehrt mit zwei Tassen Kaffee zurück. »Zucker?« Julie schüttelt den Kopf.

»Eine Testamentseröffnung ist immer ein schwerer Moment. Man kann sich nicht auf eine solche Situation vorbereiten.«

»Wann war meine Mutter bei Ihnen?« Kurzes Blättern in einem Ordner.

»Vor fast genau fünf Jahren zum ersten Mal. Sie war meine erste Mandantin.«

Julie starrt auf den Käfer, als sei er der Verfasser jener unbegreiflichen Botschaft.

»Hier ist noch etwas für Sie. Ihre Mutter hat mir das Bildchen erst vor kurzem vorbeigebracht mit der Bitte, es Ihnen zu geben. Ihre Schwester als junges Mädchen, nicht wahr?« Sie reicht Julie eine Klarsichthülle mit einem Foto darin. Das Mädchen darauf hat glatt anliegendes weißblondes Haar, die weit auseinanderstehenden Augen der Mutter, den gleichen kleinen, wie eine Möwe geschwungenen Mund. Die Ähnlichkeit ist unverkennbar.

»Wir haben hier eine französische Adresse. Es handelt sich nach Aussage Ihrer verstorbenen Mutter um die Anschrift Ihrer Halbschwester. Selbstverständlich muss sie eine Abschrift des Testaments erhalten. Ich schicke alles sofort per Express. Département Seine-Maritime. Chemin de ... Pourville?«, liest sie stockend. »Mein Französisch ist leider sehr schlecht. Sie müssen wissen, erst wenn der Adressat reagiert hat, können Sie über Ihren Anteil am Erbe verfügen.« Die Anwältin wirft einen Blick auf ihre Armbanduhr. Julie versteht es als Wink.

Sie nimmt die Unterlagen, verabschiedet sich und geht in den dämmrigen Park. Am Rand des Teichs beugt sie sich über das dunkle Wasser. Ihre Gestalt erscheint wie in einem schwankenden Spiegel. »Bist du es, Schwester?«, flüstert sie. »Oder bin es ich?«

5

Als Julie die Wohnung betritt, scheint alles verändert. Jetzt erst begreift sie, was geschehen ist: Man hat ihr eine Schwester verheimlicht. Älter als sie selbst. Ganz allmählich weicht der Schock ihrer Enttäuschung. Sie ist betrogen worden. Plötzlich ist alles fremd, selbst Dinge, die ihr seit jeher vertraut sind: die Vitrine, die zarten Weingläser darin in Form eines Blütenkelchs, Lieblingsstücke der Mutter. Wegen der schönen blauen Färbung, hat sie im Ohr. Aber stimmt das überhaupt? Stammen sie vielleicht aus der Zeit mit einem anderen Mann? Hat die Mutter mit ihm aus diesen Gläsern getrunken? Welcher Erinnerung kann sie trauen? Sind sie nicht alle ungültig geworden? Entwertet von einer Welt, die ihre Mutter ihr vorenthalten hat?

Sie nimmt eines der Gläser, die man nie benutzen durfte, schenkt Wein ein aus einer Flasche, die sie in der Speisekammer gefunden hat, und setzt sich vor das große Balkonfenster. Geisterhaft ihr Spiegelbild darin, der Haarwirbel über der Stirn, den sie vom Vater hat; ihr Gesicht von derselben durchscheinenden Blässe wie das von Florence auf dem Foto. Sie holt es. Wieder erkennt sie die Mutter darin. Bis auf den geradezu schmerzhaften Ausdruck von Offenheit. Oder hat ihre Mutter auch einmal so ausgesehen? Als sie in jene Situation geriet, die sie bis an ihr Lebensende als Geheimnis gehütet hatte? War es dieses Versteckspielen, das ihr Gesicht so maskenhaft und abweisend gemacht hatte?

Julie hebt das Glas gegen das Licht der Straßenlaterne. »Auf dich, Schwesterherz. Wo immer du auch bist, wir werden uns finden.« Der Wein schmeckt viel zu süß. Sie setzt den Kelch so hart auf der Tischplatte ab, dass der Fuß zerspringt. Mit Genugtuung betrachtet sie die spitzen Scherben in der Weinlache, schiebt sie zu einem Dreieck zusammen: Mutter. Vater. Tochter. Die Trinität. In die Mitte platziert sie die größte Scherbe: Florence als das allwissende Auge der Vorsehung. Auf dem blauen Glas ein roter Fleck, sie taucht den Finger in die Weinlache und zieht einen Strahlenkranz um das Symbol. Jetzt erst nimmt sie das Blut an ihrer Hand wahr. Sie hat die Verletzung nicht gespürt, nun aber beginnt sie zu schmerzen. Sie steht auf, um ein Pflaster zu holen. In diesem Moment blinkt ihr Handy auf. Diesmal ist es tatsächlich Sascha.

»Wolltest du nicht heute Abend zurück sein? Wo bleibst du denn? Ich bin in deiner Wohnung und habe uns was Schönes gekocht. Jetzt wird alles kalt. Außerdem habe ich einen besonderen Wein zum Abschied besorgt. Einen Kaiserstühler. Da warst du doch jetzt grad.«

Sie hat ganz vergessen, ihm Bescheid zu geben. Und dabei fliegt er doch in wenigen Tagen in die USA, um ein Jahresstipendium anzutreten. Ein Zeichen, dass sie innerlich schon von ihm Abschied genommen hat?

»Das mit deiner Mutter muss ein Schock für dich sein, so plötzlich. Möchtest du, dass ich komme?«

Sie lauscht auf den Klang seiner Stimme. Besorgt. Aber mit einem Unterton, der darauf baut, dass sie ablehnt.

»Danke, das ist lieb von dir. Die Beerdigung ist nächste Woche, ich werde aber vorher nach Berlin kommen. Vielleicht schon morgen.«

»Ruf mich an, sobald du hier bist. Ich möchte dich unbedingt noch vor meiner Abreise sehen.«

»Natürlich. Also bis dann.«

Sie holt sich das zweite Glas, schenkt es voll. Ob der Vater von Florence weiß? Ist er ahnungslos? Hat er den Ahnungslosen nur gespielt? Ach, wäre er es doch gewesen, der irgendwo noch eine Tochter in die Welt gesetzt hätte! Es wäre die kleinere Lüge. Plötzlich sieht Julie sich wieder am Sterbebett der Mutter sitzen, hört ihr Flüstern: »die Tochter«, wieder und wieder, und dann ein unverständliches Wort. Es muss der Name ihrer Schwester gewesen sein. Ist sie eifersüchtig? War die Mutter aus schlechtem Gewissen immer so kühl gegen sie gewesen? Hätte sie selbst stärker auf sie zugehen sollen, behutsamer sein müssen? Fragen über Fragen und keine Antworten.

Als sie auf dem Sofa liegt und endlich zur Ruhe kommt, gleitet sie in einen Traum. Eine junge Frau geht ihr auf einer staubigen Dorfstraße entgegen, barfuß, um ihre braunen Beine schwingt ein roter Rock. Plötzlich bleibt sie stehen, beschattet die Augen mit der Hand und sagt Julies Namen. »Wer bist du?«, fragt Julie. »Weißt du denn nicht, wer ich bin? Erinnerst du dich nicht an unseren Garten, in dem wir so glücklich waren?« Die Person steht jetzt direkt vor ihr, berührt sie an der Schulter, streicht ihr übers Haar. »Meine kleine Schwester«, sagt sie sanft. »Du hast unseren Garten vergessen, wie unglücklich du sein musst. Komm mit mir!« Sie nimmt Julies Hand und zieht sie mit sich. »Ich zeige dir den Ort. Vom Hügel oben kannst du ihn sehen, ganz nah beim Meer.«

6

Am nächsten Morgen ruft Julie bei der Bestattungsfirma an. »Wir haben alles für Besucher vorbereitet. Es gibt noch ein paar Dinge zu besprechen. Könnten Sie nicht vorbeikommen?«

Es ist nicht weit. Bald biegt Julie in eine ruhige Straße mit breiten Bürgersteigen und alten Bäumen. Im Schaufenster wirbt ein Poster mit einem lichtdurchfluteten herbstlichen Wald für Bestattungen in freier Natur. Eine junge Frau mit blondgefärbten, zu Rattenschwänzen geflochtenen Haaren öffnet die Glastür für Julie und reicht ihr die Hand. »Mein aufrichtiges Beileid.« Wie oft hat sie diese Floskel nun schon hören müssen. Von der Stimme am Telefon her hatte sie sich eine geschäftstüchtige, resolute Dame vorgestellt, nicht dieses Mädchen im enganliegenden Wollkleid. »Folgen Sie mir.« Sie zieht einen schweren Vorhang zur Seite und geht durch einen langen, in indirektes Licht getauchten Gang. An seinem Ende führen drei Stufen hoch zu einer Art Kapelle mit gewölbter Decke. »Ich lasse Sie zum Abschiednehmen jetzt allein.« Einen Moment lang sieht Julie überhaupt nichts in der von wenigen Kerzen erhellten Düsternis. Dann merkt sie, dass sie direkt vor dem offenen Sarg steht. Man hat den Kopf der Toten auf ein hohes Kissen gebettet. Die gewölbte Stirn, die lange Nase, das vertraute Profil, wie sie es als Kind so oft von unten herauf gesehen hat. Plötzlich hat sie ein Bild vor sich: Sie sind gemeinsam am

Meer. Ein leichter Wind verweht die Haare ihrer Mutter, sie streicht sie zurück, reckt lächelnd das Gesicht der Sonne entgegen; in ihrem blau-weiß geringelten Badeanzug läuft sie mit der Tochter an der Hand aufs Wasser zu, zieht sie mit sich in die kalten Wellen, während der Vater am Strand mit der Leica vor Augen Aufnahme um Aufnahme schießt, als misstraue er seiner Kamera, den Moment auch wirklich festhalten zu können.

Man hat der Mutter die Hände gefaltet, zwischen die Finger einen Strauß weißer, aufdringlich süß duftender Freesien geklemmt. Das eingefallene Gesicht kontrastiert überdeutlich mit dem glänzenden Chintz, mit dem der Sarg ausgeschlagen ist. Die Wangen sind viel zu rot geschminkt. Julie wendet sich ab. Das Bild mit der Mutter am Meer ist es, das sie in Erinnerung behalten möchte.

Zurück im Büro, erhebt sich die Inhaberin von ihrem Schreibtischstuhl. »Sie sieht wirklich gut aus, Ihre Mutter, nicht wahr? Beinahe, als ob sie noch leben würde.« Julie nickt stumm.

»Es gibt noch ein paar Dinge zu besprechen. Die Musikauswahl zum Beispiel. Und vor allem die Trauerkarten. Aber«, setzt die Geschäftsfrau hinzu, »das können wir auch später noch erledigen. Hier ist meine Karte. Auf der Website finden Sie auch ein paar Textmuster.« Dass alles so geschäftsmäßig klingt, wirkt wie ein Trost.

Während Julie unter den Bäumen entlang zurückgeht, weiß sie plötzlich: Sie bringt es nicht fertig, heute noch zum Vater zu fahren. Sie braucht dringend Abstand, ein bisschen Zeit für sich selbst. Für ihn gibt es ohnehin nicht mehr die Kategorie des Wartens.

Schnell packt sie ihre Sachen, ordert ein Taxi zum Bahnhof, steckt das Adressbuch der Mutter ein. Wenig später sitzt sie im Zug. Es ist eine Flucht. Das Gefühl, zwischen zwei Punkten in der Schwebe zu sein, stellt sich diesmal nicht ein.

Hinter dem Bahndamm ziehen Landschaften vorbei, sie hat keinen Blick dafür. Vor ihrem inneren Auge sieht sie einen anderen Bahndamm, den engen Hinterhof eines Hotels, der daran grenzt. Das Foto hat der Freund des Goldschmieds, ein Hotelier, ihr zugeschickt, der diesen trostlosen Fleck von ihr gestalten lassen möchte. Ihr ist endlich etwas eingefallen – eine Idee, die sie schon lange hegt: die Simulation einer dunklen Zypressenallee, die zu einem fernen weißen Tempel führt. Das Arbeiten mit einer Illusion. Sie müsste lediglich eine Rampe vom Hof schräg bis auf Sichthöhe des Bahndamms bauen, sie mit Erde anfüllen und zu beiden Seiten mit Lebensbäumen bepflanzen. Und zwar den höchsten nach vorne, den niedrigsten nach hinten, die Pflanzen dazwischen sich gleichmäßig nach hinten verjüngend. In den Fluchtpunkt dieser optischen Allee käme die Miniatur eines weißen Tempelchens – und der Eindruck von Weite wäre perfekt.

Auch sie ist einer Illusion aufgesessen. Was ihr am schwersten fällt: sich damit abfinden zu müssen, dass diese Florence schon ihr ganzes Leben lang gleichzeitig mit ihr auf der Welt gewesen ist. Wie sehr hatte sie sich immer eine Schwester gewünscht. Warum hat die Mutter ihr die Existenz dieser Tochter so lange verschwiegen – um sie ihr jetzt doch mitzuteilen?

Der Hinterhof, in dem sie lebt, ist dicht von wildem Wein berankt. Sie quert ihn und steigt die Treppen im Gartenhaus hinauf zu ihrer Wohnung. Als sich die Tür hinter ihr schließt, empfindet sie endlich ein Gefühl von Geborgenheit.

Sie geht in die Küche, schaltet die Espressomaschine ein, füllt frisches Wasser nach. Im Kühlschrank steht eine abgedeckte Schüssel. Minestrone, ihre Lieblingssuppe. Sascha hat sich Mühe gegeben. Sie holt sie heraus und löffelt sie kalt, während sie sich an das alte zugige Fenster stellt. Der Ausblick hier ist so anders als bei den Eltern. Galerien von Fenstern, hinter denen Leute leben, deren Gesichter und Gewohnheiten sie seit Jahren kennt, ohne dass sie Namen oder Zusammenhänge wüsste, verdeckt von den Zweigen einer Linde, die mit jedem Jahr ausladender wird. Wassertropfen fallen herab, obwohl die Sonne scheint. Sie blickt nach oben. Der Nachbar über ihr gießt seine Blumen. Sie tritt vom Fenster zurück. Wie lange dauert diese Expresspost nach Frankreich? Müsste sie nicht schon ausgeliefert sein? Es ist durchaus möglich, dass sie schon sehr bald von Florence hört. Plötzlich verspürt sie eine Vorfreude auf diese Phantomschwester. Wie mag sie jetzt aussehen? Noch immer wie auf dem Foto?

Sie geht an den Schreibtisch, blättert in ihrem Kalender. Zwei Termine sind eingetragen: die Einweihungsparty für die italienische Strandbar, für die sie ein Stück Flussufer neu gestaltet hat. Sie wird nicht hingehen. Enzo wird traurig sein, aber Verständnis haben. Der Tod der Mutter ist für einen Italiener ein extremes Ereignis. Dann die zwanzig Sack japanischer Flusskiesel! Sie hat ihrer Kundin, die im Urlaub ist, versprochen, sie für sie in Empfang zu nehmen. Das muss sie augenblicklich stornieren. Sie greift zum Hörer, beginnt zu wählen. In diesem Moment meldet sich ihr Mobiltelefon. Im Display die Nummer der Anwältin. Sie legt schnell wieder auf und antwortet. Jemand sagt: »Ich verbinde.« Im nächsten Moment hört sie: »Hallo, Frau Zurbrüggen. Leider ist die Post, die ich Ihrer Schwester geschickt habe, eben zurückgekommen. Sie konnte nicht zugestellt werden. Entweder stimmt die Adresse nicht oder die Annahme wurde verweigert. Hätten Sie da eine Idee?«

»Vielleicht ist die Postleitzahl falsch? Zahlendreher waren eine Spezialität meiner Mutter. Ihre Überweisungen sind oft auf falschen Konten gelandet, ihre Geburtstagsglückwünsche kamen häufig zum verkehrten Datum.«

»Das ist möglich. Aber wie soll ich jetzt vorgehen? Wollen Sie sich selbst mit Ihrer Schwester in Verbindung setzen? Oder soll ich einen Anwalt vor Ort mit der Sache beauftragen? Mir persönlich sind in Frankreich leider die Hände gebunden.«

»Dann schalten Sie bitte einen französischen Anwalt ein.« Julie kann die Überraschung am anderen Ende der Leitung förmlich spüren. Aber sie hat keine Lust, zu erklären, dass sie bis vor kurzem nicht einmal von der Existenz dieser Schwester wusste. Und dass sie sich außerstande fühlt, jetzt den ersten Schritt zu tun. Florence soll ihn tun.

Und dennoch, denkt sie, als sie aufgelegt hat. Ist dieses passive Verhalten nicht feige? Sie blickt noch einmal in den Kalender. Die Saatgutauktion findet nach der Beerdigung statt. Der Auftrag des Kochs könnte also ein willkommener Anlass sein, nach Frankreich zu fahren. Sie hebt ein Blatt auf, das vom Schreibtisch gefallen ist. Eine Skizze, die sie für einen Kunden angefertigt hat, der seinen Garten gerne *in Ordnung* gebracht haben möchte. Ihn stören die umgefallenen Zäune, das wuchernde Unkraut, die zu Wildrosen verwandelten einstigen Edelrosenstämmchen. Ein Garten, der verkommen ist, über den Punkt der Schönheit der Verwilderung hinaus, ohne jene Poesie, die aus der reizvollen

Auflösung der strengen Ordnung durch die richtige Mischung aus Zufall und Störfaktoren entsteht und die das Ergebnis kunstvoller Balance von gezieltem Pflanzen und freiem Wachstum ist. »Ordnung«, sagt sie spöttisch und steckt das Blatt in die Auftragsmappe, »vielleicht sollte ich Ordnung in meinen eigenen Lebensgarten bringen.« Hat sie nicht früher, wenn sie nicht mehr weiterwusste, eine Zeichnung gemacht von allem, was um sie her war? Warum soll das nicht wieder funktionieren? Sie reißt ein Blatt aus ihrem Skizzenblock, in dem sie ihre Entwürfe festhält, und legt es vor sich auf den Tisch. Als Erstes malt sie eine Wiese voller Gräser und Blumen, wie sie sie schon als Kind liebte. Dahinein skizziert sie eine hohe Mauer, aus vielen alten Schichten. Ins Zentrum kommt ein Baum, der keine Blätter mehr trägt. »Das bist du, Klara.« Sie hält inne. Wie sehr hatte sie gehofft, ihren Frieden mit der Mutter finden zu können. Jetzt aber ist sie weiter davon entfernt als je.

Als Nächstes zeichnet sie einen alten knorrigen Baum, in dem noch Leben steckt. »Vater.« Daneben eine junge Korkenzieherweide. Ein grafisch interessanter, schnell wachsender und raumgreifender Baum, der dem Boden viel Kraft entzieht und bald schon Schatten werfen wird. »Das ist Sascha.« Sie hält inne. Sie ist ihm einen Anruf schuldig. Sie greift zum Telefon und wählt seine Nummer.

»Julie, endlich! Ich habe so darauf gewartet, dass du dich meldest. Ich möchte mich von dir verabschieden!«

»Ich ertrage jetzt keine Abschiede, Sascha. Es ist etwas passiert, über das ich noch nicht reden kann. Ich habe das Gefühl, mein ganzes Leben auf den Kopf stellen zu müssen. Und das betrifft auch uns. Was ich dir versuche zu sagen: Fühl dich nicht mehr an mich gebunden. Ich weiß nicht, welche neuen Wege sich auftun, aber sie führen uns wahrscheinlich in verschiedene Richtungen. Ich wünsche dir viel Glück in den USA.« Sascha schweigt. Ist er enttäuscht oder vielleicht sogar erleichtert? Als sie spürt, dass er zu reden anheben will, trennt sie die Verbindung. Er ruft nicht zurück.

Noch einmal widmet sie sich ihrer Skizze. Wo ist das verwunschene Geheimnis, das jeder Garten haben sollte? Es hat zweifellos mit Florence zu tun. Sie zeichnet eine exotische Blüte, die neben dem Baum im Zentrum aus dem Boden wächst. »Florence. Den Samen hat der Wind über die Mauer getragen.«

Dann räumt sie alles fort. Morgen hat sie einen Termin, der nicht in ihrem Kalender steht und der keinen Aufschub mehr duldet.

7

Neben der Autobahn tauchen die Heideflächen und Moore auf, die weißen Stämme der Birken – Seezeichen in heimatlichen Gewässern. Wind ist aufgekommen, der Himmel erstrahlt wolkenlos in diesem typischen Licht des Nordens, das Julie so liebt, genau wie ihr Vater. Tausendfach hat er es auf seinen Fotografien eingefangen. Er machte sie mit jener alten Leica, die jetzt ihr gehören soll. Die Kamera ihres Großvaters Michael, die ihm einst das Leben gerettet hatte. Im Krieg in Nordfrankreich war eine feindliche Kugel in den Apparat eingeschlagen, gerade als er durch den Sucher blickte. Das zerschossene Objektiv wurde all die Jahre wie eine Reliquie in der Vitrine aufbewahrt. Da das Gehäuse intakt geblieben war, setzte der Vater später ein neues Objektiv ein. »Der Himmel über Flandern«, fällt ihr jetzt ein. Manches Mal hatte er diesen Ausspruch seines Vaters zitiert. Warum eigentlich? Es musste mit dem Krieg zu tun gehabt haben. Wieso hat sie ihn all dies nie gefragt. Sie hatte immer geglaubt, noch so viel Zeit zu haben. Und dann ging alles so schnell! Als sie die Stadtgrenze passiert, weiß sie: Sie wird jetzt als Erstes zu ihm fahren.

Die Rezeption der Seniorenresidenz ist unbesetzt, schnell läuft sie zu seinem Zimmer im ersten Stock, klopft an, öffnet die Tür. Er sitzt in seinem vertrauten alten Ledersessel am Fenster, damit beschäftigt, sich die Nägel zu feilen. Ein Lächeln fliegt über sein Gesicht, als er sie sieht.

»Wo kommst du denn jetzt her? Das ist ja eine nette Überraschung.« Seine Stimme klingt freudig und weckt in ihr eine Gefühlsmischung aus Wehmut und Schuldbewusstsein. Weshalb hat sie sich vor diesem Besuch gefürchtet? Immer wieder in solchen Momenten ihre Zweifel an der Diagnose. Was bedeutet eigentlich dieses Wort, das so unangenehm klingt, Demenz? Es fällt ihr schwer, es nicht als Verrat zu sehen, dass er hier untergebracht ist.

»Vater! Wie geht es dir?«

»O danke, ich bin zufrieden. Und du?«

Sie setzt sich auf die Armlehne seines Sessels, ganz nah neben ihn, und gibt ihm einen Kuss auf die Stirn. Dann legt sie ihren Arm um seine Schultern, spürt dabei seinen mageren Körper. In den letzten Jahren hat er unglaublich viel Gewicht verloren. Sein Rücken fühlt sich zerbrechlich an, jeder einzelne Knochen ist unter dem Pullover zu spüren. »Danke, mir geht es auch gut, Vater.«

Sie weiß nicht, wie sie anfangen soll. Die Baumkronen werfen Licht- und Schattenkringel ins Zimmer. Der Monet, fällt ihr plötzlich ein. Hierher gehört er doch.

»Ich bin gekommen, weil ich dir etwas zu erzählen habe«, sagt sie schließlich. »Eine traurige Nachricht, weißt du. Mutter ist gestorben.«

»Mutter?« Er sieht sie mit großen Augen an und blickt dann aus dem Fenster.

»Ja. Sie hatte einen Schlaganfall. In der Wohnung.«

»Ach«, sagt er. Dann wendet er ihr sein Gesicht wieder zu. »Und Vater? Wo steckt der denn eigentlich? Den habe ich schon lange nicht mehr gesehen.«

Da ist das alte Muster wieder. Die Dinge aus seiner eng gewordenen Sicht wie aus einem tiefen Brunnen. Die immer gleichen Fragen, die immer gleichen Antworten. Nachrichten haben in seiner Welt einen neuen Stellenwert bekommen, sie haben kein Gewicht mehr für ihn.

Von oben blickt sie auf seinen weißen Haarkranz, den er jedes Mal sorgfältig kämmt, wenn er sich im Spiegel erblickt, nicht ohne dabei eine spottende Grimasse zu schneiden. Sie streicht ein querstehendes Büschel glatt. Der gleiche Haarwirbel, den sie auch hat. Wie sie ihn auch zu bändigen versucht, immer bildet er sich wieder neu über der Stirn.

»Du bist mein Neffe, nicht wahr?«

»Neffe? Aber nein, Vater. Ich bin doch deine Tochter!«

Er lacht, als sei ihr ein Scherz geglückt. »Meine Tochter ist Julie. Die kenne ich. Jetzt bring mich nicht ganz durcheinander. Du bist doch ein Junge!«

»Aber nein, Vater. Ich bin deine Tochter Julie!«

»Nun hör aber mal auf!« Ärgerlich schiebt er sie fort. Sie steht von der Lehne auf, wie betäubt. Sie weiß, sie sollte nicht verletzt sein. Aber es gelingt ihr nicht sofort.

»Gut, Vater. Dann gehe ich jetzt. Ich komme morgen wieder.«

Er blickt auf. »Ach. Eben habe ich nur deine Beine gesehen. Du bist ja doch Julie.« Erleichtert gibt sie ihm einen Abschiedskuss.

In der Wohnung der Mutter herrscht eine furchtbare Luft. Noch immer steht der volle Müllbeutel im Flur. Julie reißt die Fenster auf. Auch die Tüten mit dem Altpapier sind noch da. Die Mutter hat sie wie immer mit Bindfaden verschnürt, aus Angst, jemand könne alles durchwühlen. Die Knoten sind schlecht gemacht, als habe sie große Mühe damit gehabt. Ein Indiz, dass es ihr in den letzten Tagen schon nicht mehr gut gegangen ist. Es hat zu regnen begonnen. Als Julie die Tüten in die Papiertonne im Hof werfen will, platzt eine auf, Blätter quellen heraus. Handbeschriebene Seiten, die Tinte zerfließt. Briefe? Hat die Mutter, als hätte sie es geahnt, versucht, in den letzten Tagen noch ihre Korrespondenz zu vernichten? Auf einem Blatt eine kunstvoll kolorierte Zeichnung. Sie sieht aus wie ein Entwurf für ein Medaillon: Man blickt in zwei Ovale wie in die beiden Schalen einer aufgeklappten Muschel. Auch Fotos sind dabei, die sicher der Vater einst gemacht hat. Sie fischt die Blätter und Fotos wieder heraus, birgt sie unter ihrer Jacke. Sie überzeugt sich, dass die anderen Tüten nichts Wertvolles enthalten. Dann geht sie völlig durchnässt in die Wohnung zurück.

8

Ich habe es die ganze Zeit gewusst. Ich wusste es und wollte es nicht wahrhaben. Ich hatte Angst. Ich habe noch immer Angst. Wenn ich vor die Tür trete, in die Dunkelheit hinaus, höre ich die Wellen auf den Strand schlagen, rieche die salzige Luft. Und weiß, diese Dinge sind nicht austauschbar. Trotzdem beunruhigt mich etwas. Die Angst, nicht wahrhaftig sein zu können. Ich will nichts Gelogenes. Es ist die Zeit, die verschwindet und doch im Überfluss vorhanden ist. Seitdem ich an diesem Ort lebe, weiß ich, die Zeit ist nicht mein Feind. Alles kann geschehen in einer einzigen Sekunde. Und Jahre können vergehen, ohne dass ich einen solchen Moment noch einmal erlebe. Ein Kunstwerk entsteht auf diese Weise. Ein Leben.

Man sagt: im Angesicht des Todes. Als hätte auch der Tod ein Gesicht. Der Tod aber ist das Ausbleiben der Zeit. Das Gefühl, die Ewigkeit nicht mehr als Ewigkeit erleben zu können, sondern als einen einzigen Augenblick.

Altes, edles Papier, bedeckt mit dunkelblauer Tintenschrift. Es klingt wie ein Eintrag aus einem Tagebuch, herausgerutscht aus der Tüte mit den Zeitungen der letzten drei Wochen und zahllosen Briefen von Leuten, deren Namen ihr nichts sagen. Vielleicht hatte die Mutter verhindern wollen, dass ihre Tochter in einem Zuviel an Vergangenheit erstickt. Die meisten Fotos zeigen Wolkenformationen. Wellen. Horizonte. Die Lieblingsmotive des Vaters. Die kolorierte Zeichnung auf dem gleichen Papier wie der Tagebuchtext. Oben links in winzigen Druckbuchstaben eine Materialliste: Silber.

Gold. Mondstein. Feueropal. Chalzedon. Chrysolith. Der Entwurf ist perfekt ausgeführt. In der oberen der beiden ovalen Silberschalen verliert sich ein Strand vor baumbestandenen Klippen in unbestimmte Ferne. In der unteren verbirgt sich ein Garten. Eine Frau steht darin, in einem weißen Kleid, und blickt aufs Meer hinaus. Ein kleiner Fluss windet sich vor ihr über den Strand, in seinem Uferschilf schwirren goldene Libellen. Reiner Jugendstil. Unter der Zeichung die Worte: *For my one and only* ... – etwas Unleserliches, wo der Regen die Tinte verwaschen hat – ... *the incomparable Irma ... June 1911.*

Wer ist Irma? Wieder ein Rätsel. Geheimnisse der Mutter. Julie sollte nichts unbesehen fortwerfen. Alles wird sie sichten müssen. Ein beklemmendes Gefühl. Sie tritt auf den Balkon. Der Wind rauscht mächtig in den hohen Bäumen. Hinter dem violetten Schein der Straßenlaternen schwanken die dunklen Wipfel gegen den Nachthimmel wie betrunkene Riesen. In der Zeit, als der Vater hier lebte, lief er nachts manches Mal zum Park hinüber, in dem Glauben, dort sei sein Garten. Fand einmal nicht mehr allein zurück. Dramatische Stunden damals. Die Mutter hatte sie dem Arzt drastisch beschrieben, was dann den Ausschlag gab für seine Unterbringung im Heim. Ausgerechnet in jenen Tagen war Julie nicht erreichbar. Aber es hätte auch nichts geändert. Die Entscheidung war sicher richtig gewesen.

9

Das Telefon ihrer Mutter schreckt sie auf. Ein Anruf für eine Tote. Zögernd meldet Julie sich.

»Hier ist Louise«, hört sie die Stimme, die sie vor ein paar Tagen im Zug angerufen hatte. Louise, die Freundin ihrer Mutter. »Schön, dass du da bist und alles in die Hand nehmen kannst. Das hätte deine Mutter sicher gefreut. Die Ärmste.«

»Ich wollte mich längst melden. Ich bin so dankbar, dass ich rechtzeitig hier sein konnte.«

»Es kam aus heiterem Himmel. Die Putzfrau rief mich an, weil sie nicht wusste, was sie tun sollte, ich habe natürlich sofort den Notarzt benachrichtigt.«

»Es ist mir ein großer Trost, dass ich meine Mutter noch sprechen konnte.«

»Wenigstens ein Lichtblick in dieser traurigen Geschichte. Und wie geht es dir jetzt?«

»Seltsam. Ich fühle mich die ganze Zeit, als ob ich neben mir stehe.«

»Das ist doch kein Wunder. Das ist der Schock. Mir geht es ganz ähnlich. Was meint übrigens dein Vater zu der Tragödie?«

»Ich bin nicht sicher, ob er es schon begriffen hat. Ich will heute noch einmal zu ihm.«

»Dann wünsche ich dir Kraft für diesen Besuch. Vielleicht könnten auch wir uns treffen. Ich war nämlich heute Abend mit Klara zum Essen verabredet. Wie jeden Monat, um sechs Uhr, im Traumschiff am Hafen.«

Klara. Den Namen ihrer Mutter hat Julie schon lange niemanden mehr aussprechen hören. Klara, die Klare, so hatte sie sich selbst gern gesehen.

»Oder soll ich die Reservierung doch lieber absagen?«

»Nein«, hört Julie sich antworten, »es ist bestimmt im Sinne meiner Mutter, wenn ich für sie einspringe. Ich werde um sechs da sein.« Sie legt auf. Dann nimmt sie den Monet für den Vater von der Wand und geht ins Schlafzimmer. Sie möchte ein paar der alten Familienfotos gemeinsam mit ihm betrachten. Vielleicht hilft ihr irgendein Detail weiter. Auf dem Boden liegen kleine alte, in Leder oder Stoff gebundene Alben mit schwarzen Kartonseiten und weißem Spinnenmusterpapier. Fotos der Familie, ihre Eltern, als sie Kinder waren. Einige wurden offenbar entfernt, man sieht es an den leeren Klebeecken. Ihre Mutter als Schülerin in Finnland, als junge Frau an einem Bahnhof. Am selben Ort die Aufnahme von einem Mann mit einem breitkrempigen weißen Hut, hinter seiner runden Brille große helle Augen. Er lächelt zurückhaltend. Sein Kopf ist an den untersten Bildrand verrutscht. Als sei die Aufnahme in größter Hast gemacht worden. *Dr. Godefroid* steht säuberlich in Sütterlin darunter. Wer könnte das sein?

Die Inhaberin des Bestattungsunternehmens meldet sich. Die Trauerkarten seien entsprechend ihrer Adressenliste verschickt worden. »Jetzt ist noch die Frage, welche Musik Sie wünschen.«

»Es wäre schön, wenn man den Syrinx von Debussy spielen könnte. Haben Sie jemanden, der das Stück vortragen kann?«

»Ich kümmere mich darum. Ich werde bei der Musikschule anrufen.«

Als Julie nachmittags am Altenheim aus dem Wagen steigt, entdeckt sie den Vater im Garten in der Sonne auf dem Rollator, den sie ihm gekauft hat. Wohl hundertmal hat sie mit ihm geübt, die Bremsen vorher festzustellen, damit das Gerät im Augenblick des Hinsetzens nicht unter ihm weggleitet. »Vater«, ruft sie ihm entgegen.

Er blickt auf. »Julie. Ich habe schon auf dich gewartet.«

Sie ist erleichtert, dass er sie gleich erkennt. Gemeinsam erklimmen sie die Treppe in die erste Etage, der Vater benutzt den Fahrstuhl nicht gern. Plötzlich bemerkt sie erschrocken: »Wo ist denn dein Stock?«

»Ach, der ist sicher auf meinem Zimmer«, gibt er sorglos zur Antwort und blickt sich suchend um. »Und du – wo ist dein Stock?« Sie kann längst nicht mehr über diese Frage lachen, ist froh, als er sicher in seinem Sessel landet. Er nimmt starke Blutverdünner. Ein Sturz birgt das Risiko innerer Blutungen.

»Ich habe dir etwas mitgebracht.« Sie hängt den Apothekenkalender von der Wand ab.

»Was machst du da?«

»Dein Monet. Ich dachte, du freust dich.«

Auf seinem Gesicht ist abzulesen, dass etwas in ihm vorgeht. So etwas wie Ratlosigkeit. Jede Veränderung in seiner Umgebung muss ihn verwirren. Aber er schweigt. Dann rückt sie ihren Stuhl so nah wie möglich neben seinen. »Ich habe ein paar Fotoalben mitgebracht, die ich heute Morgen gefunden habe. Ich habe die Aufnahmen noch nie gesehen. Du musst mir erzählen, wer das alles ist.«

»Wieso ich?«, sagt er, mit einem Anflug von Ärger in der Stimme. »Ich kenne die Leute doch gar nicht.« Betont desinteressiert blickt er aus dem Fenster. »Bist du das?«, fragt sie und tippt auf einen Jungen. Nach einer ganzen Weile erst wirft er einen Blick darauf. »Das ist Vater.«

»Ihr wart euch ja enorm ähnlich. Und dies hier? Auch dein Vater, nicht wahr. Als Schuljunge. Wen umarmt er denn da so liebevoll – ist das seine Mutter?« Sie hat die Frau mit dem eleganten, im Oberteil gesmokten Kleid noch auf keinem Foto zuvor gesehen, trotzdem kommt sie ihr vertraut vor. Sie ist groß und schlank, trägt einen Turban mit einer Pfauenfeder. Eine kleine Hand liegt um ihre Taille. Die Person dazu fehlt. Das ungewöhnliche Format des Abzugs verrät, dass ein Teil abgeschnitten wurde.

»Und hier. Reise nach Bristol, steht da. Diese schöne Limousine, vor der du mit deinem Vater stehst. Ist das ein Mercedes?«

»Unsinn. Ein Horch.«

»Und sieh mal, dieser Mann hier mit dem weißen Hut und der runden Brille. Da steht: Dr. Godefroid. Wer ist das? Ein Bekannter?«

Die Reaktion des Vaters kommt unerwartet. Er schlägt ihr das Album aus der Hand, so dass es auf den Boden fliegt. Dann erhebt er sich und beginnt, im Zimmer auf und ab zu laufen. »Vater, hier, dein Stock!«

Er bleibt vor der Monetkopie stehen. »Tu das weg«, sagt er. »Ich kann das Bild nicht leiden.« Julie kniet nieder, um das unter den Sessel gerutschte Album aufzuheben. Dann hängt sie das Bild wieder ab. In diesem Moment öffnet sich die Tür.

»Da kommt die Schwester«, sagt Julie erleichtert.

»Von wem?«, fragt der Vater blitzschnell zurück. Julie starrt ihn an.

Die Frau in der hellblauen Tracht bringt ein Tablett mit Tee, Brot, Butter und Aufschnitt. »Haben Sie noch einen Wunsch, Herr Zurbrüggen?«

»Was wollen denn plötzlich alle hier?«, sagt er aufgeregt und schwingt den Stock, während Julie den Kalender wieder aufzuhängen versucht, aber der Nagel ist herausgefallen.

»Ich glaube, es ist besser, Sie gehen jetzt«, sagt die Frau leise zu ihr. Julie zögert. Sie hat ihm noch immer nichts von der Beerdigung gesagt. »Also, dann gehe ich jetzt, Vater.« Sie will ihn umarmen, ihm ein Küsschen geben, aber in diesem Moment tritt die Schwester dazwischen.

»Bis morgen also«, sagt Julie laut und verlässt den Raum, während die Schwester ihren Schützling zu seinem Sessel bringt.

»Bis morgen, mein liebes Kind«, ruft er ihr nach, mit einem Kinderstimmchen, das so dünn ist, dass es ihr das Herz zerreißt.

»So«, sagt die Pflegerin, »jetzt nehmen Sie erst einmal Ihre Pille.« Julie sieht noch, wie er das Schlafmittel schluckt und dann mit seinem Zeigefinger den Verlauf durch die Speiseröhre hinab nachzeichnet bis in den Magen. »Angekommen«, hört sie ihn mit gespieltem Stolz sagen. Leise zieht sie die Tür hinter sich zu.

10

Sie hätte die weißhaarige Dame in der knallroten Jacke, die ohne Stock aus dem Taxi steigt, nicht mehr erkannt.

»Wie viele Jahre haben wir uns nicht mehr gesehen – zehn? Zwanzig? Gott, wie du deiner Mutter ähnelst! Ich darf doch noch Du sagen?« Louise streckt ihr die mit einem großen Amethystring geschmückte knochige Hand entgegen und fährt fort, ohne die Antwort abzuwarten: »Darf ich mich bei dir einhaken?« Julie bietet ihr ihren Arm, gemeinsam betreten sie das ehemalige Terminal für die Passagiere nach Übersee, in dessen oberem Stockwerk sich das Restaurant befindet.

»Und sieht sie gut aus, deine Mutter?«

»Als ob sie noch leben würde.«

»Das wäre ihr sehr wichtig«, sagt Louise. Eine Frau, die nie ein Blatt vor den Mund nimmt, fällt es Julie plötzlich wieder ein.

Im Foyer befindet sich eine kleine Ausstellung mit Schiffsmodellen, Werbeplakaten von Reedereien, alten Fahrplänen. Mädler-Koffer stehen dort, angefüllt mit den Schätzen der Auswanderer: Federbetten, Pfannen, ein Akkordeon, eine Puppe, eine Nähmaschine. An den Wänden Schwarz-Weiß-Fotos von Schiffsankünften und Abfahrten von diesem Bahnhof der Tränen, wie er einst im Volksmund geheißen hatte.

»Ich nehme den Fahrstuhl. Du musst die Treppe hochlaufen: Zwischen dem ersten und zweiten Stock hängt eine Fotografie, die dich interessieren wird. Auf dem Bild von einem Dampfer mit zwei Schornsteinen ist deine Mutter zu sehen.«

Wenig später steht Julie vor dem Foto eines schwarzen Ozeanriesen mit weißen Aufbauten, der am Quai liegt. Rauch quillt aus den beiden Schornsteinen, die Gangways sind fortgerollt, Hafenarbeiter laufen zu den Pollern, um die Trossen loszumachen, während eine Menschenmenge gegen das weiße Geländer der Landungsbrücke gelehnt steht, um Abschied zu winken. Unter den Passagieren entdeckt sie eine schlanke Person in einem gutgeschnittenen weißen Kostüm, eine weiße Lederhandtasche unter dem Arm. Sie hält eine Sonnenbrille in der behandschuhten Hand. Links neben ihr ein Mann mit einer runden Brille und einem auffälligen weißen breitkrempigen Hut; er hat ihr sein Gesicht halb zugewandt. Sein Mund ist offen, als spreche er mit ihr. Es könnte tatsächlich ihre Mutter sein, blutjung, voller Lebensfreude. Sie lehnt an der Reling und lacht. Hat sie der Mann neben ihr durch eine Bemerkung dazu gebracht? Ist es der aus dem kleinen Fotoalbum? Dr. Godefroid? Sie meint, den weißen, breitkrempigen Hut wiedererkannt zu haben. Sie nimmt den Rahmen von der Wand. *1961 Schiffsdestination Südamerika via Southampton / Le Havre* steht mit Bleistift auf der Rückseite. Dann hängt sie das Foto zurück, nimmt ihre Kamera und lichtet es ab.

Louise wartet schon auf sie. »Du meinst die Frau im weißen Kostüm an Bord, die eine Sonnenbrille in der Hand hält?«

»Natürlich, mein Kind. Klara, wie sie leibt und lebt.«

»Wieso bist du dir so sicher, dass das Mutter ist?«

»Weil sie es mir neulich erst selbst gesagt hat. Gehen wir hinein.«

Sie betreten das Restaurant, einen langgestreckten

Raum mit viel dunklem Holz, Messing, Segeltuchklappstühlen. Der Tresen ist einer Kommandobrücke nachempfunden. Durch die großen Scheiben sieht man den Fluss, der hier so breit ist, dass er schon das Meer sein könnte. Es ebbt. Die starke Strömung verstärkt die Illusion, sich an Bord eines Schiffes zu befinden. Ein Kellner in Offiziersuniform geleitet sie an einen Tisch und nimmt die Bestellung auf.

»Sieht deine Mutter nicht sehr elegant aus?«

»Sie wirkt so unglaublich jung!«

»Kein Wunder – sie war ja gerade mal siebzehn. Es war eine ihrer ersten Geschäftsreisen. Sie hat mir davon erzählt.«

»Ich weiß nur, dass sie für eine skandinavische Firma gearbeitet hat, ein Import-Export-Geschäft. Aber dass sie dafür gereist ist, wusste ich nicht.«

»Kann ich mir vorstellen. Sie hat ja nie viel von sich erzählt. Und gerade jene Jahre hat sie später völlig ausgeblendet. Nach dem schrecklichen Autounfall ihrer Eltern.« Louise blickt aufs Wasser hinaus, als würden dort Bilder von einst vorbeitreiben. »Und weißt du«, fügt sie hinzu, »damals wurden Weichen für das Leben deiner Mutter gestellt, die sie in eine Richtung lenkten, die sie so nicht gewollt hatte. So sehe ich es wenigstens.« Wieder blickt sie versonnen aus dem Fenster, während der Kellner die Getränke auf den Tisch stellt.

»Erzähl mir bitte mehr, Louise.«

»Wir waren damals beide fünfzehn, als ihre Eltern, deine Großeltern, umkamen. Das war in Finnland, sie wollten ihre alte Heimat besuchen, wo Klara als Kind aufwuchs, bevor sie hier zur Schule ging. Klara bekam danach einen Vormund, einen Verwandten ihres Vaters, der einen internationalen Handel mit feinen Lederhandschuhen und Produkten aus Rentierleder betrieb und auch eine deutsche Niederlassung hatte. Er überzeugte sie davon, in sein Geschäft einzusteigen. Dabei hatte sie ursprünglich ganz andere Interessen. Kunst. Malerei, das war ihr Ding. Sie konnte sehr gut modellieren. Jedenfalls ging sie vorzeitig von der Schule ab. Wir verloren uns damals etwas aus den Augen. Wie sich schnell herausstellte, bewies sie großes Talent im Einkauf, und bald schon reiste sie für ihre Firma ins Ausland. Oslo, Stockholm, Le Havre, Helsinki, Brest – immer schick gekleidet, immer in vornehmen Hotels. Sie wirkte plötzlich sehr erwachsen. Wir anderen blieben im Vergleich zu ihr kleine dumme Schülerinnen.«

»Von all dem weiß ich überhaupt nichts.«

»Wir waren damals alle ziemlich neidisch auf sie. Ja, so dumm ist man halt in dem Alter. Also. Trinken wir auf Claire.« Louise hebt ihr Glas.

»Claire nennst du sie?« Julie nippt nur an ihrem Wein.

»Den Namen hat ihr Schwiegervater ihr verpasst. Dein Großvater Michael, an den du dich sicher erinnern kannst. Klara sei einfach zu hart, befand er, Claire so viel eleganter, weicher. Das sei auch gut für die Geschäfte in Frankreich. Ich vermute, Claire erinnerte ihn an seine Mutter Irma.«

»Die starb ganz jung, nicht wahr?«

Louise lacht, dann schüttelt sie den Kopf. »Das war eine dieser Legenden, die erfunden wurden, um nicht über die Vergangenheit reden zu müssen. Komisch, dass sich so was so lange hält.«

Julie schweigt. Alles, was sie weiß, ist, dass ihr Großvater seine Mutter sehr früh verloren hatte.

»Diese Irma muss sehr hübsch gewesen sein und eine begabte Künstlerin dazu. Verdrehte offenbar allen Männern den Kopf. Als junges Mädchen war sie aus Brüssel gekommen, hatte einen Franzosen aus einer altehrwürdigen Familie in Le Havre geheiratet. Der erste ihrer beiden Söhne war dein Großvater Michael. Eigentlich Michel, ein Franzose.«

»Mein Großvater Michael war Franzose?«

»Das weißt du nicht? Man dachte natürlich, er sei der Sohn von Irmas Gatten. Bis er etwa zehn Jahre alt war. In dem Alter begann er offenbar auszusehen wie der langjährige Tennislehrer seiner Mutter. Ein Deutscher, der sogar in Wimbledon gespielt hatte. Dieser Mann verschwand in seine Heimat, als ihm der Boden zu heiß wurde – aber da hatte jeder die Ähnlichkeit zwischen ihm und dem ersten Sohn des Hauses längst bemerkt. All ihre Treueschwüre halfen Irma nicht mehr – in seinem gekränkten Stolz verbannte ihr Gatte sie auf einen abgelegenen Landsitz und schickte den unehelichen Sohn zu seinem leiblichen Vater nach Deutschland.«

»Woher weißt du das alles, Louise?« Julie stockt der Atem.

»Ganz einfach. Ich kenne deine Eltern eben schon sehr lange. Klara natürlich, aber auch deinen Vater Walter. Wenn man jemanden lange kennt, kommen irgendwann auch seine Geheimnisse ans Licht.«

Der Kellner bringt die Teller. Louises Kutterscholle ist unter einem Hügel fettiger Speckwürfel begraben, von zerkochten Kartoffeln umringt. Sie faltet ihre Serviette auseinander. »Ich habe angenommen, dass du all das inzwischen auch erfahren hast. Ich finde, du hast ein Recht darauf, Bescheid zu wissen. Im Übrigen verstehe ich nicht, weshalb das alles für deine Eltern offensichtlich noch ein solches Tabu war. Es stimmt schon, sie reagierten auf das Thema sehr empfindlich. Dabei, wenn du mich fragst, entbehrt die Sache mit dem Tennislehrer doch nicht einer gewissen Komik?«

Ihr Großvater Michael war also ein uneheliches Kind gewesen. Und ihr Vater hat es offenbar noch als Makel empfunden, sonst hätte er es Julie doch einmal erzählt. Dass es für die Mutter zeitlebens ein Tabu war, versteht sie sofort – mit ihrer eigenen unehelichen Tochter wiederholte sie die Geschichte doch. Von Florence scheint Louise demnach aber nichts zu wissen. So weit ging das Vertrauen ihrer Mutter zu der Freundin also nicht. So viel Verwirrendes. Die Vergangenheit ein Dickicht, in das sie nicht eindringen kann. Worauf muss sie sich noch gefasst machen?

Während Louise ihren in schwärzlich angebrannter Butter schwimmenden Fisch zu filetieren beginnt, erklärt sie: »Diese französische Familie war übrigens hochinteressant. Reiche Leute. Sie hatten neben ihrem Stadtpalais ein Haus in den Bergen für den Winter und eines am Meer für den Sommer. Klara hat einmal einen Ort bei Dieppe erwähnt. Nach dem Ableben des alten Familienoberhaupts kam es wegen des Erbes zu großen Zerwürfnissen. Es gab Betrug und Verrat, dein Vater wurde auch noch mit hineingezogen. Und Klara hat wohl eine etwas unglückliche Rolle dabei gespielt ...«

»Meine Mutter? Was hatte sie denn mit Vaters Erbe zu tun?«

Louise antwortet nicht. Sie scheint ganz von ihrem Essen in Anspruch genommen. Endlich legt sie ihr Besteck beiseite. »Also, Julie: Ich wurde damals leider unfreiwillig Zeugin einer Auseinandersetzung zwischen deinen Eltern. Deine Mutter hasste die Familie deines Vaters, anscheinend fühlte sie sich fortwährend gekränkt und beleidigt durch diese Verwandtschaft. Sie tat alles dafür, dass Walter sich von ihnen lossagte, auch wenn das bedeutete, dass er auf sein Erbe verzichten musste. Dein Vater weigerte sich wohl erst, Klara nachzugeben, aber sie setzte sich durch – mit allen Mitteln, wie sie einmal zugab.«

Louise greift nach ihrem Weinglas. Julie mustert die Freundin ihrer Mutter. Ihr faltiges Gesicht mit der gepuderten Nase und den schwarzumrandeten Augen, die ihrem Blick etwas Starres geben. Die Traurigkeit vom Anfang ist dem Ausdruck einer vielleicht vom Wein verstärkten Zufriedenheit gewichen. Was stimmt von all dem, und was ist die Phantasie einer neidischen alten Frau, die immer hier gelebt hat, als Hausfrau und frühe Witwe eines Lehrers?

»Als ob sie geradezu panische Angst vor etwas hatte«, fährt Louise fort. »Komisch übrigens, dass wir jetzt davon sprechen. Vor ein paar Monaten nämlich, als Klara mich auf das Foto im Treppenhaus aufmerksam machte, dachte ich plötzlich, das alles müsse mit dieser Reise nach Le Havre zu tun gehabt haben.«

»Was meinst du mit *das alles*?« Julie schiebt ihren halbvollen Teller von sich. Von wegen Klara, die Klare. Ihre Mutter war vielmehr eine Claire-Obscure, eine Meisterin jener Maltechnik mit Hell-Dunkel-Effekten, die Julie schon als Kind beeindruckt hatte.

»Weißt du, Julie: Deine Eltern waren sehr verschieden. Dein Vater sagte mir einmal ...« Sie verstummt, greift wieder nach ihrem Weinglas, tupft sich danach den Mund mit der Serviette sorgfältig ab, schiebt ihren leeren Teller beiseite.

»Was wolltest du sagen?«

»Ach. Dein Vater, Walter, war immer so liebenswürdig. Ein lebensfroher Mann, so ganz anders als Klara mit ihrer skandinavischen Schwermütigkeit.«

In welcher Beziehung hat Louise wohl zu ihrem Vater gestanden, fragt sich Julie plötzlich. War sie der Mutter überhaupt die Freundin gewesen, die sie vorgibt, zu sein?

Eine Weile sitzen sie schweigend da. Louise wirkt jetzt abwesend. Als ob sie in jener komplizierten Vergangenheit verschwunden ist, von der sie erzählt hat. Julie winkt den Kellner herbei. Sie zahlt und bittet ihn, ein Taxi zu rufen. Dann bringt sie Louise hinunter. Sie will nicht mitfahren.

Sie geht über den alten Hafen zurück. In den stillgelegten Gleisen der Güterzüge steht Regenwasser, spiegelt den Himmel als lange violettblaue Streifen wie Wegweiser in eine andere Zeit. Die Welt ihrer Kindheit ist verschwunden: die Fischhallen, die Fischwerker in hüfthohen weißen Gummistiefeln, die nach dem Löschen der Ladung Fischreste und Eisstücke ins Hafenbecken spülten; die Reihen der Kutter an der Kaimauer, die Netzflicker, der Geruch von Tauwerk und Diesel, Fischmehl und Essig. Sterile Kühlhäuser und Lagerschuppen ersetzen die alten Gebäude, es gibt kaum noch Gerüche. Selbst die Möwen fehlen. Ihre Mutter hatte damals also eine Reise auf einem Überseedampfer unternommen. Auch Julie würde am liebsten auswandern an irgendein Ende der Welt, nur um all diesen Rätseln zu entkommen.

11

Schön wie das zufällige Zusammentreffen einer Nähmaschine und eines Regenschirms auf einem Seziertisch ... Noch im Aufwachen hört sie diesen Satz, den der Mittagsdämon ihr eingegeben haben muss. Jene Formulierung des Dichters Lautréamont, die ihr damaliger Freund Fabian als Motto für die Ausstellung gewählt hatte, auf der er ihre ersten Bilder verkaufte. Wieso kommt sie jetzt darauf? Der Tod der Mutter, Florence, ihre Gartenaufträge – all das ist so absurd, so widersprüchlich wie jenes zufällige Zusammentreffen, das für die Surrealisten die Definition des Schönen war. Demnach müsste ihr Leben jetzt eigentlich schön sein.

Sie steht vom Sofa auf, tritt auf den Balkon hinaus. Es ist kühl geworden, die Sonne scheint. Wie euphorisch sie damals war, wie deutlich sie plötzlich ihre Zukunft als Malerin vor sich sah. Sie war sogar zu Fabian nach Frankreich gezogen. Im Rückblick erscheint ihr diese Zeit geradezu unwirklich. Wie anders ist ihr Leben einmal gewesen!

Auf ihrer Mailbox ein Anruf vom Vormittag. Die Anwältin. »Soeben ist Antwort aus Frankreich eingetroffen. Der Unterzeichner ist allerdings nicht Florence, sondern ein Mann, der sich angeblich im Besitz einer Generalvollmacht für Ihre Schwester befindet. Ich lasse jetzt prüfen, was es damit auf sich hat, und melde mich, sobald es etwas Neues gibt.«

Die Nachforschungen werden immer komplizierter.

Vielleicht wäre es das beste, die Sache doch selber in die Hand zu nehmen. Aber erst einmal will sie zu ihrem Vater.

Als sie sein Zimmer betritt, ist er nicht da. Auf dem Sitzpolster seines Ledersessels eine Mulde, der Abdruck seines Körpers, über die Jahre entstanden. Im ersten Moment will sie umkehren, um ihn zu suchen. Dann aber lässt sie sich auf seinem Platz nieder. Der Blick in den Garten, den er von hier aus hat. Sie spürt, wie sehr sie am Vater hängt. Auch wenn er sie oft nicht verstanden und seine häufige Kritik sie immer wieder verletzt hat. Es gab einen Moment, in dem sie sich ihrer Zuneigung zu ihm besonders deutlich bewusst wurde. Sie war für drei Tage zu den Eltern gefahren. In der Stadt wurde ein Konzert gegeben, das sie mit ihm gemeinsam besuchte. Er war zuvor extra beim Friseur gewesen. Der hatte die schlohweißen, immer noch vollen Haare zu kurz geschnitten. Sein faltiger Hals wirkte nun noch länger. Er erinnerte Julie an einen Jungvogel, der gerade den Flaum verlor. Sie ließ ihn einen Augenblick allein, um ein Programmheft zu kaufen. Als sie zurückkam und ihn sah, wie er in seiner Wetterjacke und der blauen Wollmütze verloren inmitten der ankommenden Konzertbesucher stand und nach ihr Ausschau hielt, wurde ihr zum ersten Mal schmerzhaft sein Zustand bewusst; seine Zerbrechlichkeit, die Grenzen seiner Wahrnehmung. Sie hatte sich auszumalen versucht, wie er die Welt nun erlebte. In einem Meer aus Eindrücken schwimmend, jeder neue Wellenkamm, der auf ihn zukam, eine Bedrohung, weil ihm die Übersicht verloren ging und der rettende Strand mit den Bojen nicht wieder auftauchte. Damals hatte sie verstanden, es war zu spät für einen echten Dialog. An seine Stelle trat das gemeinsame Musizieren.

Plötzlich öffnet sich die Tür. Eine Pflegerin schiebt den Vater in einem Rollstuhl herein. Sein Kopf ist vornübergefallen, die Augen sind geschlossen, das Gesicht blass, der Mund schief verzogen. Die Schwester hebt den Finger an die Lippen. »Er hatte eine schlechte Nacht. Ist die ganze Zeit herumgewandert, um etwas zu suchen, was er Ihnen unbedingt geben wollte. Bleiben Sie eine Weile bei ihm, das tut ihm gut. Ich habe ihm sein Beruhigungsmittel heute schon eher verabreicht.«

Kaum sind sie allein, öffnet der Vater die Augen. »Ach, du bist es! Gut, dass du da bist. Man hat mich bestohlen!« Er wirkt jetzt hellwach. Hat er den Schlaf nur vorgetäuscht, damit man ihn in Frieden lässt?

»Wieso sagst du das?«, fragt Julie. Ohne zu antworten, rollt er vor den Kleiderschrank und öffnet die Tür. Der Inhalt ein einziges Chaos, alles ist durchwühlt. »Was fehlt denn?«, fragt sie und bückt sich, um heruntergefallene Hemden wieder auf die Bügel zu hängen. Mit seinem Stock gabelt er eine Hose vom Schrankboden auf, wirft sie ins Zimmer. Dann fegt er die Unterwäsche und Pullover aus den Fächern. »Was machst du denn, Vater!« Als Nächstes fliegt ein metallenes Kästchen durchs Zimmer. Mit einem Knall landet es auf dem Boden, der Inhalt kullert unters Bett. Erschrocken vom Lärm, zuckt der Vater zusammen. »Furchtbar! Alles furchtbar!«

Sie greift nach seiner Hand, will sie streicheln, ihn beruhigen, aber er reißt sich los. In seine Augen ist ein starrer Ausdruck getreten. Sie macht einen Schritt zurück, bleibt an die Wand gelehnt stehen, während er im Zimmer umhersucht. »Furchtbar! Wie sieht es hier bloß aus.« Er versucht, das Kästchen mit dem Stock unter dem Bett wieder hervorzufischen. Es gelingt ihm nicht.

»Vater.« Julie streicht ihm sanft über den Rücken. »Komm, ich helf dir.« Sie kniet sich auf den Boden, kriecht unter das Bett, um die zwischen Staubflusen verstreuten Sachen einzusammeln: Kleingeld, Figürchen aus Glas, Salmiakpastillen. Dann hebt sie das mit schwarz-goldenen Rauten verzierte Kästchen auf, in dem er früher die Filter für seine Leica aufzubewahren pflegte. Eines der wenigen privaten Dinge, die er hierher mitgenommen hat. Sie stellt es auf den Tisch.

»So, Vater, jetzt ist alles wieder da.«

Er steht schon wieder vor dem Schrank. Etwas scheint ihm keine Ruhe zu lassen.

»Was ist es denn, was du suchst?«

»Der Himmel über Flandern«, murmelt er. »Der Himmel über Flandern.«

»Das sagte dein Vater oft, stimmt's? War es vielleicht eine Zeile aus einem Lied, das seine Mutter ihm als kleines Kind beigebracht hatte?«

Plötzlich schließt er die Schranktür mit einem Knall und blickt sie an. »Jetzt weiß ich es wieder. *Du* hast den Schlüssel doch als Letzte gehabt, Klara! Nicht ich! Du hast ihn mir weggenommen.«

Julie zuckt zusammen. »Was für einen Schlüssel? Wieso nennst du mich Klara?«

»Du hast ihn an dich genommen. Du hast gesagt, ich würde ihn bloß verlieren. Ich kann ihn deshalb ja gar nicht haben.« Er umklammert seinen Stock, dass die Knöchel auf der Hand weiß hervortreten. »Du musst ihn ihr jetzt geben. Sie muss endlich davon erfahren!«

»Wovon erfahren? Wem soll ich was geben?«

Wut liegt in seiner Stimme, als er sagt: »Mich kannst du für dumm verkaufen. Das ist mir schon längst egal. Aber deiner Tochter schuldest du Respekt! Gib ihr endlich den Schlüssel vom Schließfach!«

Julie lässt sich auf seinen Sessel fallen. Der Vater hält sie für seine Frau. Aber um welchen Zwist ihrer Eltern geht es hier? Was soll sie erfahren? Wieder etwas, das ihre Mutter ihr verschwiegen hat? Hängt es mit Florence zusammen? Plötzlich ist sie wieder das kleine Mädchen, das sich bei einem Streit unter den Tisch gleiten lässt, in den Schutz der Dunkelheit. Der Vater hat sich inzwischen beruhigt, sitzt in seinem Stuhl, sein Kopf ist zur Seite geneigt. Er hat die Augen geschlossen.

In diesem Moment tritt die Pflegerin ins Zimmer. »Gut«, sagt sie mit einem Blick auf ihn, »die Tablette wirkt. Ich werde ihn jetzt mit meiner Kollegin ins Bett verfrachten, vielleicht schläft er endlich einmal durch. Der Tod seiner Frau hat ihn sehr aufgeregt. Jemand hat ihm die Anzeige für die Beerdigung in der Zeitung gezeigt, ohne daran zu denken, was das auslösen würde.«

12

Julie weiß, dass ihre Eltern wichtige Schlüssel in einem Schränkchen aufbewahren, neben dem Feuerlöscher im Flur. Sie sieht nach, und tatsächlich, da hängt ein Tresorschlüssel mit doppeltem Bart und einer rot eingeprägten Nummer. Passt er zu dem Schließfach, von dem im Testament die Rede ist? Sie geht an den Schreibtisch, nimmt die Hefter mit den Kontoauszügen heraus. Zwei Banken kommen in Frage. Eine liegt nicht weit entfernt am Park. Sie tritt vor den Spiegel. Sieht sie ihrer Mutter wirklich so ähnlich? Aus dem Kleiderschrank im Schlafzimmer nimmt sie den Hosenanzug aus dunkelblauem Wollstoff. Der Blazer passt wie angegossen, die Hose ist nur wenig zu weit und zu kurz. Sie frisiert ihre Haare so wie ihre Mutter sie trug und legt ein großes Seidentuch über die Schultern. Schließlich verstaut sie den Schlüssel in der Handtasche ihrer Mutter. Als sie durch den Park geht, meint sie, immer wieder Leute zu sehen, die sich nach ihr umdrehen. Einige grüßen sie wie eine gute Bekannte. Der Angestellte der Bank reagiert fast verstört, als sähe er ein Phantom. Julie hält ihm den Schlüssel hin. »Ich würde gern an mein Schließfach.«

Demonstrativ blickt er auf die Uhr an der Wand. »Wir schließen gleich, gnädige Frau.«

»Bitte«, sagt sie. »Ich brauche nur fünf Minuten.« Als er zögert, setzt sie hinzu: »Ich bin die Tochter. Sie wissen bestimmt aus der Zeitung, dass meine Mutter verstorben ist.« Sie zeigt ihm ihren Ausweis.

»Und der Erbschein? Ohne Erbschein darf ich Sie nicht reinlassen. Oder, warten Sie einen Moment. Vielleicht gibt es eine Verfügung.« Er sieht in einem Verzeichnis nach und nickt. »Doch, alles in Ordnung. Also kommen Sie bitte mit.«

Er führt sie zum Tresorraum im Keller. Es ist eine ältere Anlage, bei der aus Sicherheitsgründen auch die Bank einen Schlüssel hat, ohne den sich das Fach nicht öffnen lässt. Der Angestellte dreht seinen Schlüssel im Schloss und verlässt dann den Raum, den er, wie es Vorschrift ist, hinter ihr abschließt. Wieder befindet sich Julie in einer Gruft: die Schließfächer wie ein Urnenfriedhof der Geheimnisse. Sie öffnet das Fach mit ihrer Nummer und entnimmt ihm einen schweren Lederbeutel, drei Papiertüten, wie Uhrenläden sie benutzen, und zwei Briefumschläge. Als sie alles in ihrer Handtasche verstaut hat, schließt sie wieder ab und klopft gegen die Tür. Der Angestellte kommt herein, verschließt das Fach seinerseits wieder und begleitet sie hinaus.

Wenig später liegen die Dinge vor ihr auf dem Wohnzimmertisch. In den Tüten der Schmuck ihrer Mutter, ihre Halsbänder und Ohrringe, ihre Perlen, auch das goldene Armband mit den schillernden Libellen, das sie als Kind so bewundert hat. Facettenaugen aus winzigen Onyxsplittern, durchscheinend zart das Silbernetz der Flügel. Es erinnert an den Entwurf des Medaillons. Schade, dass sie nie gefragt hat, woher dieser Schmuck stammt. Der Lederbeutel emthält eine Kachel mit einer Glasur aus zarten Rosa-, Violett- und Blautönen. Die Farben sind von besonderer Tiefe, unter dem Blau schimmert eine Jakobsmuschel. Ein altes Stück, den vielen Rissen in der Glasur nach zu urteilen. In einem Briefumschlag zwei kleine Fotos mit breitem gezacktem Rand, von einem Garten und von einem Haus.

Es hat zu regnen begonnen. Die Fenster beschlagen, ihr ist plötzlich kalt. Sie holt sich das Wolltuch, das sie der Mutter im letzten Winter geschenkt hat, und bringt eine Lupe mit. Das eine Foto zeigt eine alte Villa, im Fachwerkstil gemauert. Zwei holzschindelgedeckte Türmchen, rechteckige und ovale Fenster aus Bleiglas; ein oktagonaler Erker ist mit steinernen Reliefs von Vögeln und Fischen geschmückt. Steinfigürchen zieren den Dachfirst und Zierkacheln die Fassade, ähnlich der Kachel aus dem Lederbeutel. Das zweite Kuvert enthält ein von Hand beschriebenes Blatt mit französischem Wortlaut. Es ist von derselben Art wie das aus dem Altpapier. Angeheftet ist ein Zettel mit einem in Schreibmaschine getippten deutschen Text, offenbar die Übersetzung. Sie liest: »Ich, Irma Godefroid, vermache den Kindern meiner Kinder – und, sobald diese erwachsen sind, deren Kindern – mein Cottage und wünsche es mir als ein Haus des Glücks und der Versöhnung.« Godefroid. So hieß doch der Mann mit dem weißen Hut.

Irmas Kinder – bekommen das Haus also nicht. Dafür die Enkel. Und, sobald sie erwachsen sind, die Urenkel. Julie nimmt noch einmal die Lupe zuhilfe. Die Villa ist eine seltsam verspielte Mischung aus Jugendstilmanoir und normannischem Landsitz. In England sind ihr solche Anwesen schon begegnet, gebaut gegen Ende des neunzehnten Jahrhunderts, als Künstler wie William Morris und die Präraffaeliten in Mode waren. Direkt am Haus befindet sich eine hohe Mauer. Sie passt nicht zum Rest des Baus, sieht eher aus wie die Rückwand eines Stalls oder Schuppens, angebaut vielleicht in Kriegszeiten, als viele Parks in Gemüse- und Nutzgärten umgewandelt wurden. Auf dem Gartenfoto gibt es jedoch Kostbarkeiten: Redwoods, Himalayakiefern, Libanonzedern, Magnolien – nicht endemische, asiatische und amerikanische Baumsorten, wie sie im neunzehnten Jahrhundert unter vermögenden Gartenbesitzern in Europa in Mode kamen. Auf der Rhododendronhecke unregelmäßige Schatten, vielleicht von einem der Türmchen und dem verzierten Dachfirst.

Sie holt die Alben und blättert, bis sie findet, was sie sucht. Ein an den Bildrand gerutschter Kopf, dessen Gesichtszüge sich auch mit der Lupe nicht richtig erkennen lassen: Dr. Godefroid.

Laut sagt sie sich vor: »Irma ist die Mutter meines Großvaters – damit also die Großmutter meines Vaters und meine eigene Urgroßmutter. Mit anderen Worten: Ich bin Irmas Urenkelin. Im Testament steht: Die Kinder von Irmas Kindeskindern sind erbberechtigt. Mit anderen Worten: Auch ich. Und zwar, seitdem ich achtzehn bin!«

Wieso erfährt sie erst jetzt hiervon? Warum haben ihre Eltern ihr dieses Dokument vorenthalten? Louise hat einen Erbstreit erwähnt. Einzelheiten wusste sie aber wohl nicht, sonst hätte sie sie bestimmt genüsslich vor ihr ausgebreitet. Ist Dr. Godefroid Irmas gehörnter Ehemann?

Noch einmal betrachtet sie die Fotos aus dem Schließfach. Soll dieses Haus etwa das im Testament erwähnte Cottage sein? Unter Cottage stellt sie sich eigentlich etwas anderes vor.

Sie schiebt alles beiseite. Reicht es nicht, dass sie nach dem Tod ihrer Mutter mit einer Halbschwester konfrontiert wird? Sie holt sich die Weinflasche aus dem Kühlschrank, schenkt den Rest ein und hält das zarte Kelchglas gegen das Licht: Ein tiefes Blau, dem der Wein einen meergrünen Schimmer verleiht.

»Auf dich, Julie!«, sagt sie und leert es in einem Zug. Sie wird das Rätsel lösen. Vielleicht weiß der Vater doch etwas.

13

»Die Frau Anwältin ist den ganzen Vormittag im Gericht, und am Nachmittag hat sie Termin an Termin«, versucht die Sekretärin sie abzuwimmeln. »Wir gehen nämlich Ende nächster Woche in Urlaub, da drängt sich alles.« Urlaub? Sie kann nur hoffen, dass die Anwältin bis dahin alles in Erfahrung bringt. Umso hartnäckiger besteht Julie auf einem Treffen. Schließlich erhält sie die Auskunft: »Heute um siebzehn Uhr gibt es ein Zeitfenster von fünfzehn Minuten.«

»Ich werde pünktlich sein.«

Mehr denn je zieht es sie zum Vater. Sie braucht seine Erinnerungen. Sie muss mehr wissen, über die Mutter, über seine Familie. Sie hat Irmas Testament dabei und die Kachel, sorgfältig in ein Tuch gewickelt. Immerhin ist dieses Stück vielleicht die einzig greifbare Verbindung zu der im Dunkeln liegenden Vergangenheit.

An der Rezeption des Altenheims empfängt man Julie mit den Worten: »Alle Bewohner und Betreuer sind im Speisesaal. Eine Geburtstagsfeier.« Auf dem Weg dorthin hört sie: »Drei Mal hoch.« Dann Gelächter, Klatschen, aufgeregtes Reden. Es klingt wie bei einem Kindergeburtstag. Sie öffnet die Tür zu dem großen Raum. Die Bewohner sitzen im Kreis, in ihrer Mitte eine zarte kleine Frau im Rollstuhl. Still lächelt sie vor sich hin. Ihr feines weißes Haar wie Spinnweben um ihren sich deutlich abzeichnenden Schädel. Der Vater sitzt neben einer blonden Pflegerin. Deutlich lesbar auf ihrem schwarzen T-Shirt der Spruch quer über ihrer Brust: *I love rich men*, wobei ein pinkfarbenes Herz das Verb vertritt. Sie hat Julie entdeckt und winkt ihr zu. »Wir feiern eine Hundertjährige«, begrüßt sie Julie. »Gleich gibt es Kuchen und Geschenke.«

Als er Julie bemerkt, berührt ihr Vater das rosa Herz und sagt: »Siehst du das? Sie liebt Männer.«

»*Rich* Men. Nur reiche.«

»Jaja, das sagt sie, aber das ist egal, darauf kommt es nicht an.«

»Ich habe Louise getroffen, Vater.«

Er blickt sie ratlos an. Wieder dieser Ausdruck der Verwirrung. »Sie ging in dieselbe Schulklasse wie Mutter. Sie hat ein schönes Bild von Mutter, von deiner Klara gefunden, als sie noch ganz jung war.«

Er lacht und klatscht in die Hände wie ein kleiner Junge. »Meine Klara, als sie jung war. Ach, das waren schöne Zeiten.«

Die Pflegerin steht auf. Sie will anscheinend eine Ansprache halten.

»Ich komme wieder, wenn es besser passt«, sagt Julie zu ihr. »Morgen Mittag ist die Beerdigung meiner Mutter, ich möchte meinen Vater nach Möglichkeit mitnehmen. Könnten Sie ihm ein paar passende Sachen anziehen?«

»Sie können sich auf mich verlassen.«

Ein paar passende Sachen könnte auch sie selbst gebrauchen. Sie fährt zu einer Boutique, die sie noch aus der Schulzeit kennt. In der Umkleidekabine zieht Julie Jeans und Pullover aus und streift sich ein schwarzes Kleid aus Waschseide über den Kopf. Es sitzt wie angegossen. Sie betrachtet ihr Spiegelbild: Ihr Gesicht wie ein bleicher Mond in schwarzer Nacht. So blass wie das von Florence auf dem Foto. Wird ihre Schwester morgen da sein? Es wäre ein kleines Wunder.

Sie ist zu früh, eine Folge ihrer Ungeduld. Diesmal benutzt sie nicht den Fahrstuhl, sondern geht die Treppe hoch in den dritten Stock. Dabei sieht sie den Hinterhof: Pappeln, Kastanien und Efeu. Sie bleibt stehen. Alles offensichtlich sich selbst überlassen. Eigentlich ein ideales Objekt für ihre Arbeit. Aber jetzt sieht sie es anders – ist es nicht schön, manche Dinge sich selbst zu überlassen, ohne überall einzugreifen? Sie merkt, sie hat sich in letzter Zeit verändert.

Die Anwältin öffnet ihr, diesmal in weißen Jeans, einem dunkelblauen Troyer, weißen Segeltuchschuhen, ganz als befände sie sich bereits an Bord ihrer Jacht. »Wunderbar, dass Sie etwas früher da sind, ein Termin ist nämlich ausgefallen und ich bin heute knapp dran mit meiner Zeit.«

»Das hat man mir gesagt. Ich habe auch nur eine kleine Frage: Was bedeutet das – eine Generalvollmacht?«

»Setzen wir uns trotzdem. Wie der Name schon sagt: Eine Generalvollmacht umfasst schlichtweg alles. Man begibt sich komplett in die Obhut eines anderen Menschen. Das gilt für alle Handlungen, Entscheidungen, Rechte. Vor Gericht, bei Behörden, beim Hauskauf oder -verkauf, übrigens auch in Nachlassangelegenheiten. Das setzt natürlich ein großes Vertrauensverhältnis zwischen Geber und Nehmer voraus.«

»Man entmündigt sich sozusagen selbst?«

»Wenn man es negativ auslegen möchte, könnte man es so formulieren. Aber das Motiv ist natürlich, jemanden zu entlasten – zum Beispiel, wenn er selbst krank, verhindert oder nicht mehr geschäftsfähig ist.«

Nicht mehr geschäftsfähig. Wieder dieser Ausdruck.

Aber im Zusammenhang mit Florence? Sie ist doch noch jung.

Die Anwältin scheint zu ahnen, was Julie durch den Kopf geht. »Eine solche Vollmacht wird auch im Falle einer längeren Abwesenheit ausgestellt. Bei einem Auslandsaufenthalt beispielsweise.«

Florence könnte also längst woanders leben als in Frankreich.

»Außerdem ist diese Art der Vollmacht transmortal. Das bedeutet, sie erlischt auch nicht mit dem Tod der Person, die sie ausgestellt hat. Nur ein Erbe des Bevollmächtigenden kann sie widerrufen.«

Auf die Idee, Florence könnte Kinder haben, ist Julie überhaupt noch nicht gekommen. Wie viele Fragen sich plötzlich stellen. Die dringendste: Ist ihre Schwester überhaupt noch am Leben?

»Wann wurde die Vollmacht ausgestellt?«

»Das versuchen wir gerade in Erfahrung zu bringen. Ich habe die Kanzlei in der Normandie ausfindig gemacht, die die notarielle Beglaubigung ausgestellt hat; sie haben versprochen, mir mehr Informationen über den Bevollmächtigten zu verschaffen. Es scheint allerdings ein Problem zu geben. Ich habe leider nicht genau verstanden, weshalb man mir noch keine Auskunft erteilen kann, wahrscheinlich ist mein Französisch zu schlecht. Ich warte jetzt die E-Mail ab, die sie mir schicken wollen.«

Ein Klopfen an der Bürotür. Die Mitarbeiterin steckt den Kopf herein. Ohne ein Wort zu sagen, tippt sie mit dem Finger auf ihre Armbanduhr. Julie erhebt sich. »Informieren Sie mich bitte umgehend, wenn es Neuigkeiten gibt. Ich hoffe, Sie werden vor Ihrem Urlaub herausfinden, wo sich Florence aufhält.«

»Davon gehe ich aus. Wenn nicht, werde ich vor Ort

recherchieren. Wir segeln nächste Woche unser Schiff von Calais aus ins portugiesische Winterquartier. Vielleicht lässt sich ja das Angenehme mit dem Nützlichen verbinden.« Die Anwältin geleitet sie zur Tür. »Geben Sie die Hoffnung nicht auf, Frau Zurbrüggen. Ihre Mutter hat mir vertraut, Sie können es auch. Ich nehme meinen Beruf ernst, über die finanziellen Aspekte hinaus. Wir haben es mit Menschen zu tun. Daraus ensteht eine besondere Veranwortung.«

Große Worte, denkt Julie beim Abschied.

Mitten in der Nacht wacht sie auf. Sie geht ans Fenster. Am Himmel verschwindet eine hauchdünne Mondsichel immer wieder hinter rauchartigen, schnell vorbeiziehenden Wolken. Das gräuliche Licht der Straßenlaterne fällt auf die mächtigen Eichenmöbel, die schon im Haus der Eltern standen. Da ist er wieder, der Narr mit dem bösen Gesicht, der im Dunkeln auf sie lauert. Die alte Angst kommt hoch. Ist sie immer noch das kleine Kind, das sich vor einem Schrank fürchtet, dessen Tür sich plötzlich von innen öffnet? Hat sie ihr ganzes späteres Leben bloß geträumt?

14

Am Morgen vor der Beerdigung informiert die Heimleitung Julie, dass ihr Vater nachts ins Krankenhaus gebracht worden sei. Als sie dort anruft, sagt die Stationsschwester fast fröhlich: »Er hat gerade gefrühstückt. Warten Sie, ich bringe ihm den Hörer, dann können Sie ihn selbst sprechen.« Erleichtert hört Julie schnelle Schritte, das Öffnen einer Tür, dann ein Rascheln und Rauschen und schließlich seine heisere Stimme. »Vater!«, ruft sie. »Ich bin es. Julie.«

»Ach wie schön, mein liebes Mädchen.«

Er ist kaum zu verstehen. »Wie geht es dir, Vater?«

»Ach, es geht mir gut. Ich kann nicht klagen. Die Sonne scheint.«

Dann ist ihm offenbar der Hörer aus der Hand gefallen. Gleich darauf die Krankenschwester: »Ihr Vater ist jetzt müde und muss sich ausruhen. Er hat gestern Abend noch eine Bluttransfusion bekommen. Er sieht schon viel besser aus.«

Die Zeremonie geht ohne Probleme vonstatten. Der Pastor würdigt in nüchternen Worten die Persönlichkeit der Verstorbenen, erwähnt ihre finnischen Wurzeln und ihre Fähigkeit, sich in einer zunächst fremden Welt einzuleben und Erfolg zu haben, familiär gesehen wie auch beruflich. Die Blumen in der Kapelle: Rosen, Lilien und immer wieder Gerbera. Ihr eigener Strauß aus dunkelblauen Anemonen, Gräsern und rosafarbenen Ranunkeln, den Lieblingsblumen der Mutter. Der

Nachbar, der eine einzelne rote Rose niederlegte. Auch die Anwältin hat ein Gesteck geschickt. Der Syrinx von Debussy. Ein Stück, das beide Eltern gemocht hatten. Die Schülerin spielt das Solo fehlerfrei, doch ohne Gefühl. Der Vater hatte es besser gekonnt. Als der Garten verkauft war, intensivierte er sein Üben. Wenn Julie zu Besuch kam, begleitete sie ihn auf dem Klavier. Ganz allmählich hat sie gemerkt, dass es dabei um weit mehr ging als um die Musik. Das Durchzählen der Takte gab ihm Sicherheit, verlässlicher als die althergebrachten Gedächtnisstützen wie Kalender, Zeitung oder Tagebuch.

Nachdem die Flötenklänge verhallt sind, wogen die schwarzen Schirme des Trauergrüppchens aus der Kapelle hinaus zum Grab. Ein Haufen ausgehobener nasser Erde neben der Grube, in die der Sarg an Seilen herabgelassen wird. Eine kleine Gartenschaufel liegt auf dem Erdhügel, ein Gerät, zu dem Julie aus beruflichen Gründen eigentlich ein entspanntes Verhältnis hat. Jetzt ist es anders. Ihre Hand zittert, als sie das Schäufelchen nimmt und Erde auf den Sarg wirft. Ein dumpfer Ton, der sie zusammenfahren lässt, als habe sie Angst, die Mutter zu stören. Die anderen folgen ihrem Beispiel. Immer mehr Erde bedeckt den Sarg. Man schüttelt ihr die Hand, äußert sein Beileid. Auch wenn sie nicht alle Anwesenden kennt, eines hat sie sofort gesehen: Florence ist nicht darunter.

Sie blickt zum wolkenverhangenen Himmel. Krähen fliegen vorüber, kleine schwarze Kreuze. Was würde sie darum geben, wenn sie noch einmal mit der Mutter sprechen könnte! Dann ist es vorbei. Autos setzen sich in Bewegung Richtung Gaststätte, wo die Kaffeetafel bestellt ist.

Kaum betritt Julie das Lokal, winkt Louise ihr zu,

das Gesicht bereits gerötet von Kaffee und Likör. Julie hat keine andere Wahl, sie muss sich zu ihr setzen. Jemand reicht ihr eine Tasse Kaffee und einen Teller mit Butterkuchen. Sie isst und trinkt, ohne etwas zu schmecken. Alles Wesentliche verschwimmt vor ihren Augen. Dafür nimmt sie Nebensächlichkeiten überdeutlich wahr. Der abgesplitterte Nagellack auf den Fingern der Bedienung, die abgefallenen Blütenblätter der Geranien auf der Fensterbank, der rote Lippenstift auf der Tasse ihres Gegenübers. Sobald wie möglich verlässt sie den Raum, in dem der Geräuschpegel immer weiter ansteigt. Sie ist zwar die Hauptperson, aber sie erträgt diese Feier nicht.

Draußen stehen Taxis. Sie lässt sich zum Krankenhaus bringen. Der Pförtner nennt ihr die Zimmernummer ihres Vaters. Als sie die Station der Kardiologie betritt, kommt ihr eine Krankenschwester entgegen. »Sie müssen die Tochter von Herrn Zurbrüggen sein.« Julie nickt. »Sie haben nämlich Ähnlichkeit mit Ihrem Vater.«

»Wie geht es ihm?«

»Fragen Sie am besten den Assistenzarzt. Er ist gerade im Stationsbüro. Kommen Sie, ich bringe Sie hin.«

Julie wartet vor dem Raum mit den großen Fensterscheiben, während die Schwester hineingeht. Dann kommt ein junger bleicher Mann mit schwarzen Locken und einer Kastenbrille heraus und reicht ihr beinahe schüchtern die Hand. »Ihr Vater wurde mit einer ausgeprägten Anämie eingeliefert. Wir haben eine Bluttransfusion veranlasst. Der Hämoglobinwert hat sich schon wieder leicht erholt. Wir haben bei einer Magensondierung eine kleine Blutung gefunden, die jetzt verödet ist. Es sieht also ganz gut aus.«

Julie betritt das Einzelzimmer. Der Vater schläft. Sie zieht einen Stuhl neben sein Bett. Nicht lange ist es her, dass sie so neben der Mutter saß. Sie betrachtet sein Gesicht. Es wirkt entspannt. Sie weiß nicht warum, aber plötzlich hat sie das Gefühl: Er hat alles geahnt.

In diesem Moment schlägt der Vater die Augen auf. Ein Lächeln gleitet über sein Gesicht. »Wo kommst du denn jetzt her?« Sie beugt sich über ihn, streicht ihm über die Stirn. Er gähnt, im nächsten Moment ist er wieder eingeschlafen. Auch sie ist todmüde. Leise geht sie fort.

15

Julie liegt im abgedunkelten Zimmer. Ihre Gedanken kreisen immer um dasselbe: Ihre Mutter, die für immer fort ist. Dafür gibt es eine Halbschwester, die sich nicht gemeldet hat und es vielleicht nie tun wird. Der Vater, der nichts mehr erinnert. Ihr Telefon klingelt. Das Altenheim. Der Vater ist aus dem Krankenhaus zurück, es geht ihm deutlich besser. Erleichtert steht sie auf. Als wäre es das, was ihr gefehlt hat.

Die Luft im Zimmer ist stickig. Sie reißt die Türen zum Balkon auf. Ein Windstoß fegt herein. Bis eben hat es geregnet. Jetzt kommt die Sonne zwischen den Wolken hervor, wetzt ihre blitzenden Messer am nassen Asphalt. Julie schließt geblendet die Augen. Sie schüttet den Rest Kaffeemehl aus der Dose in den Filter. Dann gießt sie heißes Wasser auf. Fasziniert betrachtet sie, wie der braune Kaffeesatz langsam sichtbar wird, wie Wattboden bei Ebbe. Dann fällt ihr Bick auf den kleinen Kalender an der Wand. Auf dem Datumsblättchen noch immer der Todestag der Mutter. Sie reißt es ab, dann das nächste, noch eines, schließlich der Tag der Beerdigung – neun, zehn, elf, zählt sie mit. Und noch immer ist sie keinen Schritt weiter.

Sie geht mit der Kaffeetasse hinaus auf den Balkon. Die Baumkronen gegenüber schwanken heftig. Es riecht nach Algen und Muscheln. Morgen Mittag findet die Auktion in Frankreich statt. Von dort aus wäre es nur ein Katzensprung in die Normandie. Le Havre.

Dieppe. Orte, die jetzt eine magische Anziehungskraft für sie haben.

Ihr fällt ein Spruch des Vaters ein. »Nur wenn man selbst etwas unternimmt, gerät die Welt in Bewegung.« Das gilt noch immer. Was hält sie denn zurück? Geht nicht jeden Abend ein Nachtzug nach Paris?

Die Dinge, die sie zu regeln hat, sind bald erledigt. Am Nachmittag ist sie so weit, dass sie ihren Rucksack packen kann. Kleidung, Regenzeug, ihr kleines Fernglas, ihre Digitalkamera, das Ladegerät für das Mobiltelefon. Auch das Weinglas in Form eines Blütenkelchs steckt sie ein. Dann die Fotos von Florence, vom Haus, vom Garten und die Tagebuchseiten aus dem Altpapier. Ihr Blick fällt auf die Kachel. Sie wiegt sie in der Hand, wickelt sie in ein T-Shirt und verstaut sie ebenfalls. Schließlich verlässt sie die Wohnung. Von der Straße blickt sie noch einmal zu den Fenstern mit den cremefarbenen Vorhängen hinauf. Als erwarte sie das Bild einer Hand, die den Stoff beiseiteschiebt, um ihr zu winken.

Die freundliche polnische Zugbegleiterin hat dafür gesorgt, dass Julie ein Abteil für sich hat. Beim Einschlafen wandern ihre Gedanken zurück in jene Vergangenheit, als sie bei Fabian in Frankreich lebte. Sie sollte ihn vom Tod der Mutter in Kenntnis setzen. Schließlich hat er sie gekannt. Auf einer Kunstmesse in Köln war es, wo ihm ein Bild von ihr aufgefallen war, eine Szene in einem italienischen Restaurant: hohe Deckengewölbe, Spiegel an den Wänden, Regale voller Flaschen, Kellner zwischen dichtbesetzten Tischen, anonyme Gesichter. Er wollte mehr von ihren Arbeiten sehen, nach kurzem Zögern gab sie ihm ihre Karte. Sie wohnte damals in einer Einzimmerwohnung in Frankfurt, die ihr auch als Atelier dienen musste. An der Wand fanden gerade drei

Leinwände nebeneinander Platz, etwas Größeres konnte sie sich nach ihrem Arbeitsstipendium in New York nicht leisten. Ihre Mutter ließ es damals an Kritik nicht fehlen. »Das ist doch Zeitverschwendung! So wirst du nie weiterkommen!«, wurde sie nicht müde, zu wiederholen. Plötzlich hat sie Louises Worte wieder im Ohr: »Damals wurden Weichen im Leben deiner Mutter gestellt, die sie in die falsche Richtung führten. Eigentlich interessierte sie sich für Kunst.« Soll sie nicht sogar sehr gut modelliert haben? Aber warum musste sich Julie dann all die Jahre für ihre Wahl rechtfertigen? Vielleicht war es pure Eifersucht. Erst im Ausland fiel dieser Druck von ihr ab. Fortzugehen war eine ihrer besten Entscheidungen gewesen.Fabian kam damals tatsächlich zu ihr nach Hause, setzte sich auf ihren einzigen Stuhl und bat sie, ihre Leinwände, die hintereinander mit der Vorderseite zur Wand lehnten, nacheinander auf die Staffelei zu stellen. Er musterte sie kommentarlos. Nach der letzten nickte er. Das war alles. Sie gingen dann in das italienische Restaurant, das einem ihrer Gemälde als Motiv gedient hatte. Wollte er ihre Arbeit an der Wirklichkeit überprüfen? Ihre Unterhaltung verlief ziemlich unverbindlich. Sie war enttäuscht gewesen. Doch bei der zweiten Flasche Wein einigten sie sich aufs Du. Als habe er damit ein neues Recht erworben, sah er sie streng an und sagte in ganz verändertem Ton: »Du hast eine ziemlich unverfrorene Art, zu malen. Ein bisschen naiv, ein bisschen konstruiert, ein bisschen frech, aber nicht ohne Reiz. Du hast viel Talent. Du kannst viel mehr, als du es selber wahrscheinlich weißt.«

Drei Bilder nahm er an diesem Abend in Kommission und schlug Julie vor, ihn in seiner Galerie zu besuchen. Und sie fuhr tatsächlich nach Frankreich. Ihre Bilder hingen dort und waren bereits mit einem kleinen roten Punkt auf dem Rahmen gekennzeichnet: »verkauft«. »Es gibt schon eine Nachfrage«, empfing er sie. »Du solltest von Öl auf Acrylfarbe umsteigen. Wegen der größeren Leuchtkraft, das kommt noch besser beim Publikum an.«

Fabians Galerie befand sich im Erdgeschoss eines großen Stadthauses aus dem achtzehnten Jahrhundert. Ein wunderbarer weitläufiger Sandsteinbau mit blassblauen Fensterläden am zentralen Platz eines alten, nur von wenigen Touristen besuchten Provinzstädtchens am Rande des Seine-Tals in der Normandie. Er vermietete die Zimmer im obersten Stock als Chambres d'hôtes. Das alte Parkett, die antiken Spiegel, der traumhafte Blick zwischen den Kastanien hindurch auf den alten Platz faszinierte seine Gäste. Er hatte neue Bäder einbauen lassen, geschickt das Altmodische mit zeitgemäßem Komfort verbunden.

In seinem Fotostudio neben der Galerie machte er Aufnahmen für Modejournale und Kunstkataloge, in denen er auch ihre Bilder vorstellte. Seine Tochter Armelle, Designstudentin in Paris, brachte an den Wochenenden oft einen ganzen Schwarm junger Leute mit, die als Models posierten. Nach den Fotosessions wurde gefeiert, Sonntagabend verließ Armelle, oft ein wenig mitleidig lächelnd, ihren Papa, der sich fernab der Hauptstadt so sehr um die Kunst mühte.

Julie war damals geblieben. Sie wusste nicht genau, ob sie in Fabian oder doch mehr in die neuen Möglichkeiten verliebt war. Was es bedeutete, ein solches Haus instand zu halten, begriff sie erst allmählich. Allein die hohen Heizkosten konnten einem den Schlaf rauben. Sie machte sich nützlich, zeigte den Gästen ihre Zimmer, bezog die Betten, besorgte den Einkauf und betreute die Hängung der Bilder in der Galerie, während

Fabian den Gästen das Frühstück im Wintergarten servierte, immer liebenswürdig und aufmerksam dabei, leger und mit seinem langen pastellfarbenen Kaschmirschal ein wenig dandyhaft gekleidet. Tagsüber arbeitete er an Katalogen und kümmerte sich um Kontakte zu neuen Kunden.

Julie malte inzwischen in Acryl, obwohl ihr Öl sympathischer war: Acryl trocknete ihrer Meinung nach einfach zu schnell, man konnte die Zeit nicht mit hineinmalen. In diesem Jahr machte Fabian mit ihren Bildern kein schlechtes Geschäft, aber auf Nachfrage zu arbeiten lähmte sie mehr und mehr. Irgendwann geriet sie in Panik. Sie wurde reizbar, suchte Streit mit dem Freund. Eines Tages sagte sie, sie wolle Croissants einkaufen, ging zum Bäcker und von da zum Bahnhof. Sie verließ ihn, ihre Leinwände, ihre Farben, das ganze Leben dort. Sie stellte ihr Mobiltelefon aus, denn sie wollte vermeiden, sich rechtfertigen zu müssen. Einen Monat später schaltete sie es wieder ein. Fabian meldete sich nicht. Er hatte wohl aufgegeben.

Als sie am Morgen die Jalousie vorm Zugfenster nach oben schiebt, ziehen vom Regen glänzende Schieferdächer vorbei: die Pariser Vororte. Alte, schmale Häuschen mit streng geometrisch geschnittenen Bäumen davor. Bungalows mit Schaukeln und Sandkästen. Hochhäuser, Gewerbebetriebe, Gebrauchtwagenfirmen, Fabriken, Bürogebäude. Eine typische Übergangszone zur Großstadt, wie sie sie eigentlich mag, aber diesmal gefällt sie ihr nicht. Vielleicht, weil sie selber schon zu lange in einer Art Übergangszone lebt. Sie trinkt den dünnen Kaffee, den die Schaffnerin ihr gebracht hat. Eine SMS vom französischen Mobilfunkbetreiber ist eingegangen, eine Begrüßung und ein Versprechen, auch im Ausland günstig telefonieren zu können. Ein Anlass, Fabian anzurufen. Sie wollte ihn informieren. Vielleicht ist es auch der Wunsch, in diesem Land nicht ganz allein zu sein. Seine Nummer steht in ihrem zerfledderten Notizbuch, das alle Telefonnummern enthält, die ihr wichtig sind, auch die nicht mehr gültigen. Sie wählt. Eine Mailbox springt an. Die tiefe, resonanzreiche Männerstimme sagt: »Galerie Merveille. Wir sind derzeit nicht erreichbar. Wenn Sie einen Wunsch haben, bitte äußern Sie ihn nach dem Signalton, wir rufen zurück.« Das ist nicht Fabians Stimme. Sie legt auf, ohne etwas zu sagen. Die Galerie existiert also noch. Dann wählt sie noch einmal und spricht auf das Band: »Hier ist Julie. Ich bin gleich an der Gare de l'Est und fahre weiter Richtung Westen, erst zu einer Pflanzenauktion in einem Schloss nahe der Seine, dann nach Le Havre oder Dieppe. Bist du da, dass ich dich vielleicht besuchen komme? Melde dich mal.« Sie macht eine Pause, bevor sie hinzufügt: »Übrigens ist meine Mutter vor kurzem gestorben ...« Ein schriller Ton signalisiert das Ende der Aufnahmezeit.

Aus allen Richtungen münden jetzt Gleise in den immer breiter werdenden, silbern glänzenden Schienenstrang. Der Zug fährt ein, Julie läuft zum Ende des Bahnsteigs, quert die von Menschenlärm erfüllte Halle und tritt unter dem großen schmiedeeisernen Sonnenaufgang, der das Tor dieses östlichsten Pariser Bahnhofs ziert, hinaus ins Freie. An der Gare Saint-Lazare muss sie über eine Stunde warten, bis die Regionalbahn abfährt. In dem tiefen Graben, durch den die Gleise hier führen, liegt noch alles im Dunklen, hoch darüber die obersten Fenster der siebenstöckigen Wohnhäuser bereits im Licht der Morgensonne. Als der Zug wieder auf Höhe der Straße fährt, kommt eine Hauswand mit einem übergroßen, verführerisch rot geschminkten Frauenmund ins Blickfeld. Ein Mädchen in einem weißen Kleid steht davor. Es gleicht der Kleinen aus dem Gemälde von Seurat, und Julie ertappt sich dabei, nach Florence Ausschau zu halten, ein kindisches Unterfangen. Als sie aus den Wohnvierteln heraus sind, zeigt sich zwischen Industriezonen der gewundene Lauf der Seine. Und dann plötzlich von einer Brücke aus die Île de la Grande Jatte.

Julies Wagen ist fast leer. Ein paar Reihen vor ihr sitzt ein Mann mit einer großen Fototasche. Er starrt sie so ungeniert an, dass sie sich schließlich umsetzt. Dann ist sie am Ziel. Der Bahnhof von Mantes-la-Jolie. Auf dem Vorplatz, von dem aus der Bus zum Château gehen soll, befindet sich ein Imbissstand. Unter einem ausgeblichenen Sonnenschirm verzehrt ein junger Schwarzer im dunklen Anzug und bunter Wollmütze säuberlich mit Messer und Gabel ein Croque Monsieur von einem Pappteller, eine Hausfrau im Fischgrätmustermantel neben ihm trinkt ein Glas Bier, während ihr Hund an der Leine Julie beschnuppert. Sie hat sich einen Kaffee geholt. Beim Einsteigen bittet sie den Fahrer, ihr Bescheid zu geben, wenn sie an ihrer Haltestelle ist. Auch der Mann mit der Fototasche steigt ein. Jetzt scheint er sie nicht mehr zu beachten. Sie fahren oberhalb des Seinetals entlang. Immer wieder spektakuläre Ausblicke auf die weißen Kreidefelsen am nördlichen Ufer. Die Gärten von Bonnard und Monet müssen ganz in der Nähe sein, Orte, an denen sich Malen und Gärtnern auf eine geniale Weise verbunden haben. An einem dunstigen Tag wie heute herrschten wohl eher zarte Pastelltöne vor, das blasse Lila der Astern, das Rosa der alten Gebäude und die hellen Sandwege, jene Poesie aus Licht und Farbe, um die es diesen Malern gegangen war.

Der Bus fährt an brachliegenden Feldern entlang, zwischen denen immer wieder wie Inseln hohe Mietskasernen aus Beton auftauchen, die der Regen mit einem trostlosen Anstrich versehen hat. Die Haltestelle, an der der Fahrer ihr im Spiegel zunickt, liegt einsam an einem Waldrand. Er deutet auf eine Allee, die dort beginnt. Auch der Mann mit der Fototasche verlässt den Bus. Der Regen ist einem milchigen Dunst gewichen. Mit schnellen Schritten folgt sie einem Kiesweg unter alten Eichen, gelangt schließlich auf einen großen Platz, auf dem sternförmig aus allen Richtungen Alleen zusammentreffen. In diesem Moment dringt die Sonne durch und taucht alles in ihr strahlendes Licht: die Eichen bilden Symphonien aus goldglänzendem Laub, Schneisen entstehen im emailleblauen Himmel, Himmelsalleen zwischen den Baumkronen, die diesen atmenden, lebendigen Wald die Atmosphäre eines großstädtischen Platzes verströmen lassen, ein beeindruckendes Zeugnis jahrhundertealter Gartenbaukunst.

Jetzt sieht sie auch das Château: Ein Herrenhaus aus dem achtzehnten Jahrhundert, gebaut aus den weißen Kalkfelsen des Seinetals; im ersten Stock über einer fensterlosen Mauer eine Galerie mit bodentiefen, alten Fenstern und hellen Holzläden, im zweiten Stockwerk oval geschwungene Gauben unter einem hochgewölbten Schieferdach. Zur einen Seite der Garten, zur anderen schließt sich eine alte Felssteinmauer mit einer erhöhten Terasse an, vor der Gruppen von Leuten stehen. Die Auktion hat offenbar noch nicht begonnen. Julie nutzt die Zeit, um sich umzusehen. Eine streng axialsymmetrische Anlage, deren Wegkreuzungen überdimensionale Vasen schmücken. Sie wirken, als seien sie aus Marmor, sind jedoch täuschend echte Imitationen aus Pappmaché, ein Produkt alter Handwerkskunst. Zum Wald hin löst sich die strenge Geometrie auf in einen Park mit künstlichen Teichen und einem über viele Kaskaden strömenden Bach. Sie läuft bis zu dem alten Fontänenhäuschen, von dem aus die komplizierte Wassertechnik für das Areal gesteuert wurde, als plötzlich hinter ihr jemand ruft: »Vorsicht, bitte!« Sie lässt einen kleinen Traktor vorbei, dessen Anhänger mit Pflanzkübeln beladen sind, und folgt ihm auf den gepflasterten Hof vor den Gewächshäusern. Hier warten bereits ganze Reihen von Zitronenbäumchen und Oleanderbüschen, Kamelien und Agapanthus darauf, in die Orangerie gebracht zu werden. Verschiedene Personen schreiten, mit Stift und Papier oder iPad bewaffnet, die Schaubeete ab. Ein Gärtner in grüner Joppe und Gummistiefeln händigt Verkaufslisten aus, ein Fernsehsender hat seine Scheinwerfer aufgebaut, Fotografen sind unterwegs und lichten die Pflanzen ab. Kleine Schilder neben den Pflanzen verzeichnen den botanischen Namen, den Zeitpunkt der Aussaat, der Ernte sowie die Anforderungen an den Standort. Als eine Glocke im Hof ertönt, kommt Bewegung in die Menschengruppe. Julie schließt sich dem Besucherstrom an, der sich in Richtung des größten Glashauses in Bewegung gesetzt hat. Viele sind auffallend teuer gekleidet – Loden- und Kaschmirmäntel, Pelze und Seidenschals, wohin sie blickt, Hüte, feine Lederhandschuhe. Villen- und Schlossbesitzer, Leute aus alten Familien mit langen Stammbäumen, viele vermutlich aus den Seitentälern von Seine und Loire und den Landstrichen zwischen Indre und Loire – jener eigenen Welt, die Balzac so unvergesslich in Szene gesetzt hat. Wie im Theater läutet die Glocke noch ein zweites und ein drittes Mal, während alle in dem zentralen Glashaus Platz finden, das die Sonne jetzt in einen glänzenden Kristallpalast verwandelt. Der Auktionator, gekleidet wie ein Pariser Börsenmakler, steigt auf einen Leiterwagen. »Mesdames et Messieurs, heute ist ein besonderer Tag. Ist es nach so vielen Jahren gemeinsamen Bemühens doch endlich gelungen, das Saatgut, von dem schon im achtzehnten Jahrhundert in diesen Gärten gezogen wurde, dem Vergessen zu entreißen und wieder zum Leben zu erwecken. Obst und Gemüse in alter Qualität, mit einem Geschmack, der den einen oder anderen von uns an die Kindheit erinnern wird.« Sie versteht nur die Hälfte seines unglaublich schnell gesprochenen Monologs. Schließlich verliest er den ersten Namen von der Liste: eine beinah ausgestorbene Braunkohlart. Der Gärtner an seiner Seite hält ein prächtiges Exemplar von fast zwei Metern Länge in die Höhe. »Bestens geeignet speziell für kleinere Gärten«, fügt der Auktionator hinzu, als sich niemand für das Gewächs zu interessieren scheint. Kein Wunder, diese Kunden haben sicher keine kleinen Gärten, sondern halbe Parks. Soll sie es versuchen? Julie hebt die Hand, aber zu spät. Der Hammer ist bereits gefallen. Weiter geht es. Sie hat Mühe, den Vorgängen zu folgen, so rasend schnell wird geboten. Plötzlich beugt sich jemand von schräg hinter ihr vor, und sie blickt in das braungebrannte, von Lachfältchen durchzogene Gesicht eines Mannes mit grauem Schnauzbart. »Gestatten Sie, dass ich Ihnen behilflich bin? Jetzt kommen seltene Kartoffelsorten an die Reihe. Zum Beispiel die Vitelotte, eine Trüffelkartoffel. Soll ich?«

»Ja, bitte. Das ist lieb von Ihnen.«

Er erhält den Zuschlag. Bevor sie ihm danken kann, fragt er: »Das Nächste auch?« Julie nickt. Auch wenn sie nicht ganz sicher ist, was sie da bekommt, es ist jedenfalls Saatgut darunter für Hirschhornsalat, weiße

Zucchini, Rehzunge, roten Trianon, Goldköpfchentomaten. Als alles Gemüse verkauft ist, zieht der Gärtner den Wagen mit dem Auktionator darauf zum nächsten Stand, an dem es um Obst geht. Alle folgen. Ihr Retter, in seinem olivfarbenen Cordanzug und dem Lodenhut, sicher auch ein Jäger, weicht nicht von Julies Seite. »Jetzt kommt das Steinobst: Pflaumen, Bergamotten, Reineclauden, Pfirsiche. Mögen Sie auch davon etwas?«

»Sehr gerne.«

Wenig später ist sie Besitzerin von drei Exemplaren alter Mirabellen. Wieder wird der Wagen des Auktionators weitergezogen. »Nun sind Äpfel dran. Deswegen bin ich hauptsächlich hier. Wollen Sie auch davon?«

»Nein. Äpfel brauche ich nicht. Sie können sich also ganz auf Ihr Anliegen konzentrieren.«

»Sehen wir uns gleich im Café? Die Apfeltarte ist legendär.«

Julie zögert. Dann sagt sie: »Ja. Ich möchte Sie für Ihre Hilfe gern auf einen Imbiss einladen.« Sie geht zur Kasse am Ausgang. Man registriert ihre Kreditkartennummer, für die ersteigerte Ware gibt sie die Adresse der ehemaligen Postkutschenstation an. In Zukunft kann sie online bestellen.

16

Es ist spät geworden. Ihr Helfer hat sie nach dem Kaffee auf sein Schloss eingeladen, aber diesmal hat sie abgelehnt. Es dunkelt bereits, als sie ganz allein an der Landstraße steht. Nichts ist zu hören, bis auf das Tropfen des Nebels von den Zweigen. Das Verrinnen der Zeit, jeder Tropfen ein Augenblick. Darin gleichen sich wohl alle Bushaltestellen der Welt: Den Reisenden spüren zu lassen, dass er einsam ist, dem Schicksal ausgeliefert, just in dem Moment, in dem er zu etwas Neuem aufbrechen, vielleicht sogar fortgehen will in ein anderes Leben.

Schließlich Scheinwerfer. Sie ist nicht der einzige Fahrgast. Im letzten Moment ist der Fotograf von heute Morgen eingestiegen. Er hat sich ganz nach hinten gesetzt und würdigt Julie keines Blickes. Bald biegen sie auf eine Schnellstraße. Hinter den dreckigen Scheiben orangefarbene Bogenlampen, von Graffiti übersprühte Reklametafeln, eine Hochhaussiedlung. Direkt unterhalb der Dachkante eines zehnstöckigen Hauses liest sie die aufgemalten Worte: *Pour la Liberté!* Sie schaudert bei der Vorstellung, auf welch abenteuerliche Weise sie dorthin gelangt sein müssen.

Ihre Haltestelle liegt am zentralen Platz des Ortes. Er ist von mehrstöckigen Wohngebäuden umgeben, Typ gealterte Neubauten. Beim Näherkommen sieht sie, dass viele Ladenfronten mit Brettern und Sperrholzplatten zugenagelt sind, auf den Gehwegen davor zersplittertes Glas und verkohlter Müll. Es riecht nach verbranntem nassem Holz. Laut Internet soll ihr Hotel direkt am Platz liegen, aber sie kann es nicht entdecken. Erst als sie in eine Seitenstraße geht, sieht sie die neonblaue Leuchtschrift *La Clef*, klein daneben das Piktogramm eines Schlüssels. Sie muss klingeln, um eingelassen zu werden, eine ältere Farbige mit einem safrangelben Tuch um den Kopf scheint nur noch auf sie gewartet zu haben. Kaum hat sie Julie eingelassen, verriegelt sie wieder die Tür.

Ihr Zimmer liegt zum Platz hin. Gegenüber ein großes Gebäude. Dort hat es gebrannt: Der Türeingang ist rauchgeschwärzt, die Flammen müssen bis zum ersten Stock hochgeschlagen sein. Der ganze Platz liegt im Dunkeln. Nirgendwo ein Mensch. Auf dem Flur klappt eine Tür. Sie hört, wie ein Schlüssel gedreht wird, Schritte sich nähern. Jemand geht dicht an ihrem Zimmer vorüber. Dann ist es so still, dass sie glaubt, ihr Herz klopfen zu hören.

Sie will noch eine Kleinigkeit essen gehen. Als sie ihr Zimmer verlässt, springt das Flurlicht an. Die Rezeption liegt verlassen. Nur das Notlicht brennt.

Draußen ist es finster, die blaue Schrift von vorhin ausgeschaltet, lediglich die Reklame mit dem Schlüssel blinkt in Abständen auf. Die Läden vor den Fenstern der Wohnungen sind geschlossen, bei anderen sind die Jalousien herabgelassen, die Straßen leer, als sei eine Ausgangssperre verhängt worden. So müssen die Ortschaften im Krieg ausgesehen haben. Verdunklungsgebot. In einiger Entfernung immerhin ein Lichtschein wie von einem Wirtshausschild. Sie geht darauf zu, sieht, dass es sich um eine hellerleuchtete Wohnung handelt. Die Fenster im Erdgeschoss zur Straße sind weit geöffnet, Dinge werden von drinnen nach draußen gereicht, ein intensiver Geruch nach Kardamom und Muskat erfüllt die Luft. Männer mit kleinen Teegläsern in der Hand stehen vor dem Haus beisammen, im Wohnzimmer drängen sich Frauen und spielende Kinder. Aus der Küche hört man das Klappern von Töpfen, Dampf steigt auf. Sie tritt auf einen jungen Mann in einem langen weißen Hemd zu. »Könnten Sie mir sagen, wo ich ein Restaurant oder ein Bistrot finden kann?« Lächelnd macht er eine einladende Geste in Richtung der geöffneten Fenster. »Wir alle sind hier, um gemeinsam zu Abend zu essen. Bleiben Sie. Seien Sie unser Gast.« Jemand neben ihm ruft etwas, und schon bekommt auch Julie ein Glas heißen Ingwertee gereicht. »Was machen Sie hier?«, fragt der junge Mann. »Reporterin? Sind Sie hier wegen des Brandanschlags?«

»Ich bin auf der Durchreise.«

»Erstaunlich. Touristen meiden diese Gegend. Entschuldigen Sie mich bitte für einen Moment.« Er legt seinem Nachbarn sanft seine Hand auf die Schulter, der dreht sich zu ihm um, und sie beginnen in einer Sprache zu sprechen, die sie nicht versteht. Julie blickt sich um. Kaum jemand ist europäisch gekleidet. Die Frauen in langen Gewändern, viele Tschadors, einige tragen Saris. Ein kleines Mädchen mit einer rosa Haarspange im schwarzen Haar bringt eine Schale mit dampfendem Couscous und stellt sie auf die Fensterbank. »Für Sie«, sagt es. »Guten Appetit.« Julie dankt und löffelt aus der Schale mit Möhren, Stücken von Hammelfleisch und Merguez. »Ausgezeichnet«, sagt sie, als der junge Mann wieder zu ihr kommt.

»Sie wissen, was hier gestern passiert ist?«

»Ich habe die Brandspuren gesehen.«

»Ein Brandanschlag auf unsere Bibliothek. Wir hatten sie erst im letzten Monat eingeweiht. Ein Gemeinschaftsprojekt von privaten Spendern und dem Arbeitseinsatz vieler Freiwilliger. Manch eine Gemeinde hat uns darum beneidet.«

»Eigentlich wirkt dieser Ort hier doch friedlich.«

»Das ist er ja auch. Wir haben nicht die Probleme, die in vielen Vorstädten Alltag sind. Bei uns kochen Nachbarn für Nachbarn. Heute hier, das nächste Mal in einer anderen Wohnung. Alle sind willkommen, ob sie nun aus Algerien stammen oder aus Frankreich, aus Tunesien, den Philippinen, Afghanistan, Kaschmir, Pakistan oder dem Senegal. Die Welt hat viele Farben. Wir versuchen, das zu respektieren. Manchen Leuten passt das nicht. Seit ein, zwei Jahren werden wir terrorisiert. Nachts kommen junge Männer auf Motorrädern über die Schnellstraße, rasen durch den Ort und besprühen unsere Häuser mit abscheulichen Drohungen.«

»Und die Polizei?«

Er zuckt die Achseln. »Die Polizei hält sich raus. Unsere Kinder haben Angst. Sie fangen an, sich zu bewaffnen. Nicht nur mit Handys, um Hilfe holen zu können oder die Vorfälle festzuhalten, leider auch mit Messern und Schlagstöcken. Vor ein paar Monaten ist das Ganze eskaliert. Eine Schlägerei aus nichtigem Anlass. Auf der anderen Seite muss es unerwartet viele Verletzte gegeben haben. Die Motorradleute sammelten ihre Opfer ein und verschwanden. Nirgendwo wurde darüber berichtet. Als habe es diesen Tag nie gegeben. Eine gespenstische Ruhe herrschte. Bis gestern.«

»Rabah?« Er dreht den Kopf in Richtung der Frauenstimme, die ihn gerufen hat. »Ich werde gebraucht«, sagt er. Julie reicht ihm die Hand. »Danke für Ihre Gastfreundschaft. Das werde ich nicht vergessen.«

Als sie zum Hotel zurückgeht, fällt ihr Else ein, eine Sekretärin, die damals in der Straße ihrer Eltern im

Haus gegenüber wohnte. Else aus Kleve, die es in den Norden verschlagen hatte und die Gesellschaft liebte. Mit Vergnügen ließ sie sich von mehr oder minder erfolgreichen Geschäftsleuten in Restaurants ausführen, mit anschließenden Besuchen in kleinen Garni-Hotels. Nur ungern allein, verwandelte sie an den Wochenenden, wenn niemand sie abholen kam, ihr Wohnzimmer in eine Ausschankstube, eine kleine Welt der offenen Tür in einem spießigen deutschen Mietshaus. Keine Vorhänge vor den Fenstern, eine gutbestückte Bar, die Else immer wieder auffüllte, und deren Preise sich jeder leisten konnte. Und sie kamen gerne, Nachbarn und Nachbarinnen, Alleinstehende wie auch Paare. Alle nahmen sie Platz auf Elses purpurfarbenem Samtsofa, auf ihren mit glänzendem Satin überzogenen Stühlen und Sesseln. Ein fester Kreis, zu dem sich immer wieder neue Gäste gesellten, wobei Else Wert auf interessante Personen legte. Sie genoss das Gefühl, dass die Welt zu ihr kam. Einer ihrer Besucher hatte enge Beziehungen zu einem Weingut, ein Italiener, Kellner im einzigen Fünf-Sterne-Hotel der Stadt, verkörperte mit seinen eleganten Bewegungen beim Servieren das Flair der großen, weiten Welt, den Luxus, wie Else sagte, worunter sie sich Marmorböden, vergoldete Spiegel und blitzende Kristalllüster vorstellte. Ihre Mutter, die sich gern lustig machte über Else, sah es nur ungern, dass ihr Mann gelegentlich dort vorbeischaute.

Der Vater! Morgen wird sie ihn anrufen.

17

Die Sonne wirft ein geripptes Muster durch die Spalten der hölzernen Fensterläden. Lichtstreifen flimmern wie bewegtes Wasser über die Tapete neben ihrem Bett. Heute – der erste Tag, an dem sie sich auf Spurensuche begeben kann. Auch wenn diese Spuren vielleicht nur eingebildet sind. Es ist nicht nur ihre Halbschwester, die sie sucht, es ist auch all das, was in der Geschichte ihrer Familie rätselhaft ist. Die vielen Unwahrheiten, die es gegeben haben muss und die sie zuweilen geahnt hat, auch wenn sie unter dem Mantel einer perfekten Ehe verborgen geblieben waren.

Sie steht auf und ruft ihre Mails ab. Die Kanzlei teilt ihr mit, man habe ihr ein Fax geschickt. Sie geht hinunter an die Rezeption, das Gerät ist besetzt. In dem winzigen Frühstücksraum bedient ein junger Mann mit Irokesenschnitt. Sie setzt sich an einen Tisch. »Könnten Sie mir sagen, wo ich hier in der Nähe einen Wagen mieten kann?«, fragt sie ihn. Er nennt ihr eine Firma an der Ausfahrtstraße Richtung Westen. »Direkt neben der Tankstelle. Keine zehn Minuten zu Fuß.«

Schließlich holt sie ihr Gepäck aus dem Zimmer und begleicht die Rechnung. »Kann ich sonst noch etwas für Sie tun?«, fragt der junge Mann. »Danke«, sagt sie. »Ich hole nur schnell noch ein Fax ab.«

»Dann wünsche ich Ihnen eine gute Fahrt.« Wenig später hält sie zwei Seiten in der Hand: »Liebe Frau Zurbrüggen. Zu meiner Entlastung anbei die Kopie eines

Briefes aus den Unterlagen Ihrer Mutter. Ich habe sie neulich übersehen. In der Hoffnung, Ihnen weitergeholfen zu haben.« Ein Brief? Wie hat die Anwältin das übersehen können! Die Schrift ist groß und gleichmäßig, ein wenig steif nach rechts geneigt, eine ausgesprochene Kinderschrift. Kein Datum. Julie lässt sich in einen der Sessel im Foyer fallen. Sie spürt ihre Anspannung. »Bruderherz!«, liest sie. Das Wort ist doppelt unterstrichen. »Nachdem du fort bist, ist auch unsere Mutter verbannt worden. Jetzt ist der Vater auf Reisen, und du kannst dir vorstellen, wie trüb hier alles ist. Er will Gras über die Sache wachsen lassen, sagt er, und ich weiß nicht, ob er damit nur unseren Tennisplatz gemeint hat. Er hat ihn vor kurzem umgraben lassen. Ich habe ohnehin niemanden mehr zum Spielen. Der Gärtner hat jetzt einen Rasen dort angelegt, für Krocket. Aber das Gras will nicht recht wachsen, man sieht die alten Linien des Platzes durchkommen. Er sagt, das sei vorauszusehen gewesen: Die Vergangenheit eines Gartens lasse sich genauso wenig verbergen wie die einer Familie. Der Untergrund kommt immer wieder durch. Verstehst du, was er damit sagen will, Michel? Ich fürchte, die Aussichten auf deine Rückkehr zu mir sind leider sehr gering. Ich vermisse dich so sehr.«

Fernste Vergangenheit. Ein Brief an ihren Großvater von seinem Bruder. Was soll ihr das jetzt nützen? Hat sie etwas übersehen? Sie liest noch einmal. Nein. Das alles weiß sie inzwischen längst von Louise: Michel, Irmas ältester Sohn, wurde fortgeschickt, als herauskam, dass er ein uneheliches Kind war. Irma selbst wurde von ihrem Gatten verbannt. Dieser Brief hilft ihr nicht weiter. Sie faltet ihn zusammen und steckt ihn in den Rucksack. Verflogen ihre Unternehmungslust. Vor der gläsernen Eingangstür des Hotels draußen zieht eine

Schulklasse vorbei, Zwölfjährige in Uniformen, ein Ausflug an ein längst bestimmtes Ziel. Und sie? Wohin soll sie sich jetzt wenden? Soll sie versuchen, zu überprüfen, was es mit dieser ungültigen Adresse auf sich hat?

Le Havre. Dorthin will sie auf jeden Fall. Die Stadt, in die ihre Mutter mit dem Schiff gereist war. Und Louise hat erzählt, ihre Mutter hätte einmal einen Ort ganz in der Nähe von Dieppe erwähnt. Dort solle es einen Sommersitz der Familie des Vaters gegeben haben. Auch dorthin will sie unbedingt. Sie blickt auf das Datum. Es sind noch ein paar Tage, bis die Anwältin in den Urlaub geht. Bis dahin klärt sich vielleicht einiges. Also, unternimm etwas, fordert sie sich auf.

Sie geht die Hauptstraße entlang, nach ein paar Hundert Metern die Tankstelle, direkt daneben die Leihwagenfirma. Sie betritt den asphaltierten, von einem hohen Maschendrahtzaun gesicherten Hof. In der Werkstatt arbeitet ein Monteur in azurblauem Overall unter einem aufgebockten Auto. Als er Julie sieht, bedeutet er ihr mit einem Kopfnicken, sie solle ins Büro vorgehen, während er sich noch die Hände mit einem Lappen säubert. Sie wartet in der kleinen Bude, die völlig überhitzt ist und von Tabakrauch verqualmt. Eine große, grau-schwarz gestreifte Katze hockt auf dem von Papieren übersäten Schreibtisch. Das Chaos auf ihm ist unbeschreiblich. An der Wand eine alte Gauloises-Reklame und ein Kalender mit Pin-ups, von Fliegendreck gesprenkelt. Auch eine verblichene Frankreichkarte. Sie studiert sie. Ob sie nach Le Havre oder Dieppe fährt – die erste Etappe ist ohnehin dieselbe.

»Was kann ich für Sie tun?« Der Mann betritt das Büro durch einen Seiteneingang. »Ich hätte gern für ein paar Tage einen kleinen Wagen. Ich weiß noch nicht genau, für wie lange.«

»Dann brauche ich Ihren Ausweis und den Führerschein.« Er setzt sich an den Schreibtisch, schiebt die Katze beiseite, die nur widerwillig Platz macht. Julie reicht ihm ihre Papiere. Sie ist irritiert angesichts des heruntergekommenen Büros.

»Und ich kann ihn überall wieder abgeben?«

»In all unseren Filialen. Adressen liegen im Handschuhfach.«

Er tippt einige Daten in seinen Computer, dann steht er auf, packt die Katze und befördert sie an ihren alten Platz. »Meine beste Mitarbeiterin. Sie findet alles, was ich suche. Suchen Sie auch etwas?«

»Wie kommen Sie darauf?«

»Ich finde, man sieht es Ihnen an. Vielleicht sollte ich Ihnen meine Katze leihen.« Er zündet sich eine Zigarette an. Keine Gauloise, eine Marlboro. »Kann ich noch etwas für Sie tun, Mademoiselle?«

»Wie lange braucht man bis an die normannische Küste?«

»Kommt drauf an, wohin.«

»Nach Dieppe zum Beispiel. Oder Le Havre.«

»Nach Dieppe brauchen Sie heute mindestens drei Stunden. Nach Le Havre wohl etwas weniger.«

Er druckt ihr Vertrag und Rechnung aus, sie unterschreibt und zahlt mit der Kreditkarte. Er steht auf und beginnt zu suchen. »Wo ist der Schlüssel? Hilf mir, Katze.« Das Tier springt vom Schreibtisch, und kurze Zeit später spielt es mit einem Schlüsselbund. »Sehen Sie? Ohne sie wäre ich verloren.« Er nimmt die Katze in den Arm und krault sie.

»Und, hat es Ihnen geschmeckt gestern Abend bei den Arabern?«

»Ausgezeichnet. Waren Sie auch da?«

»Ich wohne dort im Haus. Aber glauben Sie mir –

wenn man diesen Geruch ewig im Flur hat! Dazu diese vermummten Frauen. Das ist für uns, die hier geboren sind, eine Zumutung. Kommen Sie.«

Er geht hinaus. Julie folgt ihm. Er öffnet einen roten Peugeot für sie. Julie wirft ihren Rucksack auf den Beifahrersitz und steigt ein. Der Wagen riecht nach Desinfektionsmittel. Sie lässt den Motor an. Der Monteur tritt einen Schritt zurück, hebt kurz die Hand zum Gruß. Sie erwidert die Geste, während sie die Fenster herunterlässt, um zu lüften. Es hilft wenig. Dann biegt sie aus dem Hof auf die Schnellstraße Richtung Evreux. Sie schaltet das Radio ein und drückt den Suchlauf, landet bei einem Oldiesender. *I'm going home.* Ten Years After mit Alvin Lee, die perfekte Einstimmung.

Nach einer Weile biegt sie an einer Tankstelle ab, holt sich eine Flasche Wasser. Als sie zurückkommt, steht eine Frau in einem langen, buntgeblümten Kleid neben dem Auto. Sie trägt ein rosafarbenes Tuch um den Kopf und sieht aus wie ein Exemplar der aussterbenden Art der Hippiemädchen.

»Kannst du mich zur Fähre nach Dieppe mitnehmen?«, spricht sie Julie auf Englisch an. Zuerst also Dieppe, denkt Julie und nickt. »Gern. Stell dein Gepäck einfach auf die Rückbank.«

»Thank you. I'm Cindy.« Julie öffnet ihr die Wagentür, Cindy stellt ein kleines abgeschabtes Köfferchen hinein, holt einen etwas abseits stehenden riesigen Pappkarton und verstaut ihn ebenfalls. Als Julie den Wagen anlässt, spielt das Radio in voller Lautstärke, und sie stellt es schnell aus. »Oh, no! Do you mind?«, ruft Cindy und dreht wieder auf. Die engelgleiche Stimme von Kate Bush ertönt. *Wuthering Heights. Ooh it gets dark, it gets lonely ... How could you leave me ... I hated you, I loved you too ...* singt Cindy mit, dann wird Werbung eingeblendet, bevor das Lied zu Ende gespielt ist. »Bastards«, ruft Cindy ärgerlich und stellt das Radio wieder aus. In der plötzlichen Stille hört Julie: »Ooh it gets dark, it gets lonely.« Ein dünner Klang, als habe das Mädchen neben ihr die Stimme verloren.

»Was war das?« Julie sieht Cindy erschrocken an. Statt einer Erklärung beugt die sich über die Nackenlehne nach hinten. Und wieder: »Ooooh, it gets dark, it gets lonely ...« Julie bekommt eine Gänsehaut. Cindy klopft gegen den Karton. Dann sagt sie mit einem entschuldigenden Blick zu Julie: »My mom's old parrot.« Sie besinnt sich einen Moment und setzt hinzu: »Mom's Papagei. Er is totally«, Cindy sucht nach dem Wort, »durcheinander jetzt. Meine Mom ist gestorben. This Vogel ist das Einzige, mit das sie geredet hat. On the Canary Islands.«

Julie hört das Geräusch von Vogelkrallen auf Metall. Er sitzt offenbar in einem Käfig.

»Wie heißt er? Java vielleicht?«

»Chip. Aber das hat nichts mit Computern zu tun. Mom hasste Computer. Sie war eine echte Hippie.« In Cindys Redestrom treiben englische und deutsche Wörter. Vor drei Wochen sei ihre Mutter gestorben, in Valle Gran Rey auf La Gomera. Als Cindy auf die Insel kam, war die Mutter bereits beerdigt. All ihre Sachen seien weg gewesen. Nur der Papagei habe in der dunklen Küche gesessen, verstört und halb verhungert. Sie habe ihm das Leben gerettet. Jetzt sei er ihr bester Freund.

»Ooooh, it gets dark, it gets lonely«, kommt es wieder von hinten. Cindy sieht traurig aus. »Es war Moms liebstes Song. Und sie liebte auch den Roman.«

»Meine Mutter ist auch vor kurzem gestorben«, sagt Julie. »Dafür habe ich eine Schwester dazubekommen.«

»Wonderful.« Cindy strahlt. »Ich hätte auch gern eine.«

»Meine Mutter hat mir nie von ihr erzählt. Ich weiß nicht einmal, ob sie überhaupt noch lebt. Ich denke jetzt so oft an sie, dass ich das Gefühl habe, sie entsteht in mir selbst. Manchmal sind das Alpträume.«

Der Himmel vor ihnen beginnt plötzlich wie von innen her zu leuchten; ein überwältigendes, intensives Blau, wie es nur von einer großen Fläche kommen kann, die jeden kleinsten Lichtstrahl reflektiert: das Meer. Als Julie vor der Rampe am Hafen hält, spiegeln sich die Lichter der Fähre auf den Wellen. Vorsichtig zieht Julie die große Box vom Rücksitz. Der Vogel hat den Kopf schräg gelegt und sieht sie aus einem Auge an. Sein rotgrünes Gefieder ist zerzaust, es scheint dem Tier nicht gut zu gehen. Cindy kritzelt ihre Adresse auf einen Zettel, Gomera, Valle Gran Rey. Julie muss ihr versprechen, sich bei ihr zu melden. Dann fährt sie allein weiter. Das Hotel, das sie von unterwegs aus für zwei Nächte gebucht hat, liegt an der Strandpromenade.

Es ist ein schmuckloser Kasten aus den siebziger Jahren. Das Foyer wird gerade renoviert, Farbtöpfe und Leitern versperren den Weg, Plastikfolien verbergen einen Teil des Raums, ein Kellner lehnt träge an der Bar, er verfolgt ein Autorennen auf dem Bildschirm. Ein Junge trägt ihr Gepäck aufs Zimmer. Blumenaquarelle in vergoldeten Rahmen, billige Stilmöbel, imitierter Louis-quinze. Im Hotelbistrot wird ihr ein ziemlich mittelmäßiges Essen serviert. Julies Blick fällt auf eine Uhr an der Wand, deren Zeiger sich um eine Flasche Pernod drehen. Schon nach neun. Wieder zu spät, den Vater anzurufen!

Mitten in der Nacht wacht sie auf. Sie hat heftiges Herzklopfen. Der Traum ist ihr immer noch gegenwärtig. Als sie nicht wieder einschlafen kann, setzt sie sich an den Schreibtisch, nimmt Stift und Briefpapier aus der weinroten Ledermappe und schreibt auf, wovon sie geträumt hat. Die Mutter gibt jemandem etwas in die Hand, einen Schlüssel, oder ist es eine Tafel Schokolade? Oder beides? Sie hat es eilig, zieht ihre feinen weißen Lederhandschuhe hervor und sagt mit heiserer Stimme: »Sie verstehen ... in dieser Situation ...« Wortlos nimmt die andere Person den Schlüssel und die Schokolade, ja, es war beides, entgegen. Ein Kind kommt hinzu, ein kleines Mädchen. Es gibt artig die Hand. Die Mutter zieht sich die Handschuhe über und sagt: »Na also dann.« Das Mädchen beobachtet, wie sich die Mutter prüfend übers Haar fährt, so wie sie es immer tut, bevor sie ausgeht. Sie lächelt voller Vorfreude. Dann verschwindet sie aus der Küche, die Eingangstür der Wohnung schließt sich, das Mädchen betrachtet den dunkelrot und weiß gekachelten Küchenboden. Dann tritt es ans Fenster. Es sieht, wie die Mutter unten die Straße entlangeilt, ohne einen einzigen Blick zurückzuwerfen. An der Ecke steht ein Mann im offenen weißen Mantel, die Gürtelenden wehen im Wind.

»Hier hast du ein Stück Schokolade«, sagt die Person. Das Mädchen nimmt es und setzt sich schweigend auf einen Stuhl.

Julie hält inne: Ganz deutlich erinnert sie sich jetzt. Es ist die alte Küche ihrer Eltern, mit den Holzregalen, auf denen Gläser standen mit Gewürzen und Kräutern, mit Zucker, Salz, Reis, Mehl, mit der eierschalenfarbenen Küchenuhr mit ihrem monotonen Ticken, dem zerkratzten Porzellanspülbecken. Die Mutter hatte ihr rote Herbstblätter auf den Küchentisch mit der Wachstuchdecke gelegt und ihr Tusche und Papier zum Malen gegeben. Sie sollte nicht erfahren, wohin die Mutter ging und zu wem. Doch hatte sie längst alles verstanden, auf eine besondere Weise, wie Kinder etwas verstehen: nicht logisch, nicht präzise, aber mit jener Einfühlsamkeit, wie sie den meisten Erwachsenen irgendwann abhandenkommt.

Im Spiegel hinter sich sieht sie sich am Schreibtisch eines französischen Hotels sitzen, einen Stift in der Hand, auf einer Reise, die sie nicht aus freien Stücken unternommen hat. Die Mutter, die ihr Leben auch jetzt noch bestimmt. Je länger dieser Zustand nun schon anhält, desto zwiespältiger werden ihre Gefühle. Noch einmal setzt sie zum Schreiben an: »Du hast damals nicht nur Vater betrogen, sondern auch mich. Du hast gespürt, dass ich es wusste, und um mich geworben. Als ich einmal deswegen geweint habe, sagtest du: Ach, mein liebstes kleines Libellchen. Julibellchen. Komm, mein kleiner Schmetterling, sei fröhlich und lass deine schönen bunten Flügel von Tränchen nicht nass werden.«

Julie schiebt die Vorhänge beiseite. Ein Auto im fahlen Morgenlicht. Ein Mann gegenüber auf dem Platz sieht herauf. Sein offener Trenchcoat weht im Wind. Noch einmal beugt sie sich über das Blatt und schreibt. Nur einen einzigen Satz: »Entscheidungen, in einem wütenden Moment getroffen, ziehen ihre Konsequenzen hinter sich her wie einen schweren Stoff aus Trauer, auch wenn das blitzende Messer des Zorns, seine scharfe Klinge, mit der Zeit allmählich stumpfer wird.«

Die Morgendämmerung setzt ein. Der Mann draußen ist verschwunden. Sie steckt das Blatt in ein Kuvert, klebt es zu. Am liebsten würde sie den Brief in einen Postkasten werfen. Aber diese Adresse gibt es nicht mehr.

18

Sie hat sich noch einmal hingelegt und auch schlafen können. Als sie aufwacht, steht eine milchige Sonne am wolkenverhangenen Himmel. Ihr erster Blick gilt dem Mobiltelefon. Nichts! Julie schreibt der Anwältin eine Kurzmitteilung. Sie sei jetzt in der Normandie und warte dringend auf Informationen. Sie möge sich unbedingt so bald wie möglich melden!

Dann verlässt sie das Hotel und geht an den Strand. Warme, diesige graue Luft umgibt sie, träge schickt das Meer seine Wellen herbei, verlässliche Wiederholung. Sie läuft den Wassersaum entlang, begleitet vom gleichmäßigen Geräusch der abgerundeten Steine, die von den Wellen hoch auf den Strand gehoben werden und bei ihrem Zurückfluten kollernd wieder hinabrollen. *Wenn ich vor die Tür trete, in die Dunkelheit hinaus, höre ich die Wellen auf den Strand schlagen, rieche die salzige Luft. ... Seitdem ich an diesem Ort lebe, weiß ich, die Zeit ist nicht mein Feind,* stand auf den Seiten im Altpapier. Zeilen, die vermutlich Irma geschrieben hat.

An diesem Küstenstreifen soll die Familie väterlicherseits einen Sommersitz gehabt haben. Lag hier auch das Haus, in das man Irma verbannt hatte, ihr Cottage? Ein Ort, an dem sie trotz allem auch Zuflucht gefunden haben muss. *Die Zeit ist nicht mein Feind.* Wenn sie die Küste jetzt entlangfahren würde – wie hoch ist die Wahrscheinlichkeit, dass sie es findet? Gegen null. Und trotzdem – heute, an diesem grauen Tag, reizt sie allein schon der Versuch. Muss man sich manchmal nicht einfach treiben lassen, sich über das Bedürfnis hinwegsetzen, sich Gewissheit verschaffen zu wollen – weil doch jede Gewissheit auch immer wieder neue Fragen aufwirft? Sie kehrt um, zurück zu ihrem Wagen. Im Moment des Einsteigens entscheidet sie sich für die Richtung: nach Osten, der Sonne entgegen.

Die Küstenorte, durch die sie kommt, sind alle deutlich auf Sommerbetrieb eingestellt. Jetzt wirken sie gottverlassen. Die kleinen Hotels längst geschlossen, leere Campingplätze auf Kuhweiden am Meer. Immer wieder billig gebaute Ferienbungalows zwischen alten, stattlichen Villen, die das Lebensgefühl einer vergangenen Zeit in ihrer Architektur gespeichert haben; Wohlstand, Sommerfrische, große Familienfeste mit Hausmusik und stundenlang dauernde Mahlzeiten. Aber auch sie liegen verlassen da.

Im ersten größeren Städtchen parkt sie an der Promenade und geht zu Fuß weiter auf der Suche nach einem Café. Ein großes, altes Hotel steht zum Verkauf, seine Türen und Fenster sind mit Brettern vernagelt, zum Schutz gegen das Hochwasser im Winter. Ein vom Sand zugewehter Kiosk mit der verblichenen Speisekarte vom Sommer ist übriggeblieben; eine Eisbude im Wartestand. Vor einem verlassenen Vergnügungspark sind drei Arbeiter damit beschäftigt, ein nostalgisches Karussell abzubauen. Bei den ersten Regentropfen verschwinden sie in einem Bauwagen. Julie geht zu den schwarzlackierten Holzpferdchen mit den roten Helmbüscheln auf dem Kopf. Zebras daneben, ein Apfelschimmel. Gemalte Nixen und Tritonen auf der Verblendung des Motors. Sie schwingt sich auf den gelben Löwen, von dessen gefährlich aufgerissenem Rachen die Farbe blättert. Als sie die Augen schließt, glaubt sie, die

Musik zu hören, das Drehen des Karussells zu spüren. Claire, denkt sie. War es so? Drehte sich damals die Welt um dich?

Plötzlich hört sie ein leises surrendes Geräusch. Sie öffnet die Augen und erschrickt im ersten Moment. Ein Mann unweit von ihr starrt in den Sucher einer Mittelformatkamera, deren Objektiv auf sie gerichtet ist. Er macht Bild auf Bild, dann, ehe sie mit Empörung reagieren kann, ruft er: »Bitte lehnen Sie sich ein wenig zurück, Kopf in den Nacken und die rechte Hand auf die Mähne.« Zu ihrem eigenen Erstaunen folgt sie der Anweisung. Dann springt sie auf den Boden.

»Danke«, sagt er. »Wenn Sie mögen, schicke ich Ihnen Abzüge.«

»Sind wir uns nicht schon einmal begegnet? In dem Landschloss, auf der Pflanzenauktion? Sie hatten die große Kameratasche dabei?«

»Sie müssen mich verwechseln. Ich bin nicht der einzige Fotograf auf der Welt.« Julie versucht vergeblich, sich an den Mann zu erinnern, von dem sie sich verfolgt gefühlt hatte. Es waren tatsächlich viele Fotografen vor Ort gewesen.

Der Regen ist heftiger geworden. Der Fotograf zeigt auf die Wolken, die sich dunkel über ihnen zusammenballen, und dann auf die Terrasse eines Restaurants, deren Tür zum verglasten Innenraum der Wind aufgedrückt hat. »Kommen Sie, schnell, gleich geht es richtig los.«

Er rennt voran. Sie schaffen es gerade noch vor dem Wolkenbruch. Ohrenbetäubend das Pochen der Tropfen auf dem Plastikdach. Es gelingt ihr nicht, die Tür zu schließen, zu viel Sand ist bereits hereingeweht. In dem niedrigen Raum sind Hunderte von Rohrstühlen gestapelt, aufgerollte Sonnenschirme stehen in einer Ecke.

»Niemand da«, sagt er. »Und doch spürt man noch die Anwesenheit von Menschen in Badekleidung und Sandalen, mit Strohhüten und ins Haar geschobenen Sonnenbrillen, meint das Sonnenöl zu riechen, das Lachen von Kindern zu hören. Der Sommer als Phantom.«

Julie schätzt ihn auf Anfang fünfzig. Drahtiger Typ, halblanges dunkles, lockiges Haar, von grauen Strähnen durchzogen, salopp, aber teuer gekleidet.

»Die Wetterwechsel hier an der Küste sind extrem. Erst regnet es in Strömen, eine halbe Stunde später aber strahlt die Sonne wieder vom Himmel. Das ist wie im wahren Leben.«

Ist er klug oder ein Schwätzer, fragt sich Julie. Er blickt auf seine Uhr. »Hier ist alles dicht. In welche Richtung sind Sie denn unterwegs? Nach Westen?«

Sie nickt.

»Ich kenne da ein Café bei Dieppe, das jetzt noch offen hat. Direkt am Strand. Man fühlt sich dort wie auf hoher See. Mögen Sie mich dorthin begleiten? Ich spendiere Ihnen einen Prosecco für Ihre Mitarbeit.«

»Warum nicht. Mein Wagen steht ein Stück weit die Promenade hinunter.«

»Wie meiner auch.« Er hängt sich die schwere Fototasche um und geht voran; als er in sein Auto steigt, klingelt sein Handy. »Ja, Alex?«, hört sie ihn mit einer tiefen, resonanzreichen Telefonstimme sagen. »Lieber in Paris. Sauwetter hier.«

Sie muss sich konzentrieren. Er fährt sehr schnell. Kurz hinter Dieppe geht es auf eine Serpentinenstraße. Sie ist von herrschaftlichen Villen gesäumt, aber Julie traut sich nicht, den Blick von der Fahrbahn abzuwenden, die jetzt steil hinabführt zu einer weiten Bucht. Vor einem großen weißen Kubus auf Stelzen direkt am Strand hält er und steigt aus. Sie parkt daneben.

»Wir fahren das gleiche Modell. Ein gutes Omen.«

»Auch Ihr Peugot ist nicht der einzige auf der Welt. Ein Leihwagen.«

»Ich heiße übrigens Guillaume. Aus Genf. Und Sie?«

Sie zögert einen Moment, bevor sie sagt: »Ich bin Claire.«

Über eine Metalltreppe geht es in einen auf drei Seiten von großen Glasfenstern umschlossenen Raum. Eben lässt die Sonne das Meer wieder türkisfarben aufleuchten, schwarz davor die Silhouetten der Gäste an den Tischen. »Sehen Sie, ich hatte recht«, sagt er nicht ohne Stolz.

Eine Kellnerin, schwerbeladen mit zwei Tabletts voller Austern auf Eis, kommt durch die Schwingtür aus der Küche. »Den Tisch da drüben können Sie haben.«

Sie setzen sich. Im nächsten Moment lässt eine Windböe die Scheiben erzittern, eine Wolke verdunkelt den Raum und Hagel prasselt gegen die Fenster. Das Wasser ist plötzlich aufgewühlt, Gischt fegt über den Strand.

»Sehen Sie hinaus. ›Das Meer, einzig Unberührtes, Ältestes auf dem Erdball. Das sich immer wieder zurücknimmt zwischen zwei Zeiten der Hingabe.‹ Wissen Sie, von dem das ist? Von einem Kenner, von Paul Valéry. Von Frauen verstand er allerdings nichts.«

»Im Gegensatz zu Ihnen.«

»Also, ich habe inzwischen Hunger. Sie bestimmt auch.«

»Ich habe gesehen, dass es Austern gibt.«

»Die besten der ganzen Küste.«

Die Kellnerin kommt.

»Wir nehmen Austern. Jeder zwölf. Und dazu einen kalten Sancerre.«

»Und eine Karaffe mit Wasser.«

Vorm Fenster läuft ein Kind in die Wellen, lässt sich fallen, geht unter, taucht wieder auf, das Rot seiner Badekappe wie ein Ball.

»Ah – schwimmen«, sagt Guillaume. »Dieses Sich-Stürzen in die Masse und Bewegung.«

»Ist das wieder von Valéry?«

»Sehen Sie den Jungen, er ist glücklich. In diesen Tagen hält das Meer die Wärme.«

Die Getränke kommen. Guillaume schenkt den Wein ein, die Gläser beschlagen. Er nimmt seines in die Hand. »Wollen wir uns nicht duzen, Claire? Auch wenn sich hierzulande selbst die Eheleute siezen?«

Sie ergreift ihr Glas ebenfalls. »Meinetwegen. Schließlich sind wir nicht verheiratet. Also: à ta santé.«

Der Wind rüttelt an den Scheiben, die Farben wechseln chamäleonhaft im sich schnell ändernden Licht. Bald schon kommen die Austern. »Frischer geht es nicht«, sagt Guillaume, während er Zitronensaft über seine Schalen träufelt.

»Das hätte Valéry nicht schöner sagen können.«

»Ich mag es, wenn du spottest.« Er nimmt eine der Perlmuttschalen nach der anderen, schlürft sie aus, schweigend, offenbar dem Geschmack des Meeres hingegeben. Julie tut es ihm gleich. Dazwischen trinken sie den kühlen, köstlichen Wein. Alles scheint perfekt in diesem Moment. Zum ersten Mal seit der Nachricht vom Tod ihrer Mutter fühlt sie sich unbeschwert. Zum ersten Mal kann sie aus ihrer Rolle als Tochter schlüpfen.

»Ich bin im Auftrag einer Touristikfirma unterwegs. Fotos für einen Katalog. Um vor Langeweile nicht einzugehen, arbeite ich gleichzeitig an einem Bildband – Fotos, inspiriert von den Texten aus den Cahiers von Paul Valéry. Allerdings habe ich für das Projekt noch keinen Verleger. Mein Privatvergnügen sozusagen. Und du?«

»Ich reise.«

»Ist das Arbeit?«

»Manchmal schon. Vor allem, wenn es dabei um geschäftliche Dinge geht.«

»Was für Dinge?«

»Elchleder zum Beispiel.«

»Vertreterin also. Nehmen wir noch einen Wein?« Er bestellt per Blickkontakt bei der Kellnerin.

»Ich habe mal einen Fotoband über die Region gemacht. Es ist wunderschön hier. Die Gärten vor allem. Sie profitieren vom milden Seeklima. Kein Frost, dafür regelmäßige Feuchtigkeit. Durch die Steilküste entsteht ein spezielles Mikroklima, das das Pflanzenwachstum begünstigt. Le Havre ist seit jeher bekannt für seine Gärten. Viele Anlagen hier sind über hundert Jahre alt, oft mit seltenem Baumbestand.«

»Wie zum Beispiel Atlaszedern, Redwoods und Himalayakiefern?«

Er zuckt die Achseln. »So genau kenne ich mich da nicht aus.«

Sie holt die kleinen Schwarz-Weiß-Fotos aus ihrer Tasche und reicht ihm das von dem alten Garten. »Dies zum Beispiel ist ein Redwood.«

»Kleiner geht es wohl nicht.« Er hält das Bild mit ausgestrecktem Arm von sich. Dann zeigt sie ihm das andere. »Und hier, hinter dem Haus, sieht man eine Atlaszeder.«

Er wirft einen Blick auf das Foto, dann auf Julie. »Das sind ziemlich alte Aufnahmen. Ich schätze, aus den zwanziger Jahren. Hübsche kleine Villa. Super Lage.«

»Wie kommst du darauf?«

»Na.« Er blickt sie aus zusammengekniffenen Augen an, als versuche er, einzuschätzen, ob sie ihm etwas vormacht. »Das sieht man doch.« Er tippt auf die graue Wand, die sie für einen Schuppen gehalten hat. »Direkt am Meer.«

Tatsächlich – es könnte die Horizontlinie sein und davor das Meer. »Und wo würde man eine solche Villa finden?«

»Die Regenfront ist abgezogen«, sagt er, den Blick zum Himmel gerichtet. Das Meer schimmert plötzlich in der Sonne, dunkelgrün und gemustert wie der Panzer einer uralten Riesenschildkröte. Er ruft die Kellnerin, Julie zückt ihr Portemonnaie.

»Das geht auf mich«, sagt er und zahlt.

Der Wind weht ihr die Haare ins Gesicht, als sie über den Strand aufs Wasser zugehen. Plötzlich hat sie das Bild ihrer Mutter vor sich: im blau-weiß geringelten Badeanzug, lachend, auch ihre Haare vom Wind zerzaust, die Tochter an der Hand, geht sie in die Wellen. Ein Foto, das der Vater gemacht hatte.

Guillaume hat sich ausgezogen, in seiner Badehose rennt er ins von den Kreidefelsen hellgrün gefärbte Wasser. Ein trainierter Körper, braungebrannt. Mit kräftigen Zügen schwimmt er hinaus. Auch sie kann nicht widerstehen. Sie zieht sich aus bis auf die Unterwäsche. Einen Augenblick kommt sie sich vor wie ein Model für Dessous, dann läuft sie ebenfalls ins Wasser. Es ist sehr salzig, sie spürt die Kälte kaum. Auch sie ist eine gute Schwimmerin, allerdings kennt sie das Revier mit seinen Strömungen nicht. Guillaume steht inzwischen ein Stück weiter draußen auf einer Sandbank. Bei jeder Welle, die ihn erreicht, versucht er, das Gleichgewicht zu halten. »Komm hierher!«, ruft er. »Ein toller Blick.«

Als sie vor der Sandbank ist, nimmt er ihre Hand und hilft ihr hinauf. »Es ebbt«, sagt er. »Die Gezeiten sind extrem hier. In drei, vier Minuten können wir zurücklaufen.«

Wieder am Strand, trocknet sie sich notdürftig mit ihrem Pullover ab. Guillaume wirft ihr sein Handtuch zu. Noch immer ist ihr vom Wein ein wenig taumelig zumute. Als sie angezogen ist, geht sie den Strand entlang. Ein Schuh liegt im Spülsaum. Eine Ledersandale, dunkel vom Salzwasser, das Riemchen für den Zeh abgerissen. Sie hebt ihn auf. »Ein echter Jesuslatschen«, ruft sie Guillaume zu, der sich gerade eine Zigarre aus seinem Sakko genommen hat und sie anzündet. Sie lässt den Schuh am Finger hin und her baumeln. »In all den Jahren, in denen ich am Meer entlanglaufe, habe ich immer nur einzelne Schuhe im Strandgut gefunden. Nie ein Paar.«

Guillaume nimmt ihn ihr aus der Hand. »Auf dass dieser seinen Partner findet!«, ruft er und wirft ihn mit einem großen Schwung in die Wellen zurück.

Der Himmel hat sich wieder bezogen. »Fahren wir«, sagt Guillaume und legt seinen Arm um sie. »Willst du nicht lieber bei mir mit einsteigen?« Er setzt sich hinters Steuer, sie sich neben ihn.

»Ich wohne im Strandhotel in Dieppe.« Er nickt, dann geht es die Serpentinenstraße hinauf. Sie ist froh, nicht fahren zu müssen. Direkt vorm Hotel rangiert er den Wagen in eine Parklücke.

»Trinken wir noch ein Glas Wein miteinander? So kann der Tag doch nicht enden.«

»Gut. Ich ziehe mir nur schnell etwas Wärmeres an.« Sie läuft auf ihr Zimmer, geht kurz unter die Dusche, zieht sich um. Auf dem Schreibtisch liegt die Kachel mit der Jakobsmuschel. Spontan steckt sie sie ein, wie einen Talisman. Unten am Empfang wartet Guillaume, in der Hand einen kleinen Koffer.

»Ein schönes Hotel. Ich habe mir eben ein Zimmer gemietet. Ganz oben, mit Blick auf Hafen und Meer. Ich möchte es dir zeigen.«

Oben rückt er das Tischchen und zwei Stühle vors Fenster.

»Nimm Platz«, sagt er. Er öffnet seinen Koffer – es ist ein alter Picknickkoffer – und holt eine Flasche Wein, zwei farbige Kristallgläser, einen Korkenzieher und eine Dose mit Salzmandeln heraus. »Wirfst du das bitte in den Abfallkorb hinter dir?« Er gibt ihr ein Stückchen Papier, eine Zigarrenbanderole mit einem goldenen Indianerkopf. Julie wirft es fort und blickt aus dem Fenster. Dann nimmt sie ihre Kachel und legt sie auf das Tischchen. Er streicht mit dem Zeigefinger über die Glasur. »Sehr schöne Arbeit. Wo hast du sie her?«

»Gefunden.«

Er dreht die Kachel in seiner Hand. Betrachtet sie. »Dazu gehört Glück. So unversehrt. Das Stück ist ziemlich alt. Im Nachbarort gibt es eine Ziegelei. Da werden solche Kacheln noch gebrannt. So. Fehlt noch was?«

»Eigentlich nicht. Und doch fehlt etwas. Aber das wird dich nicht interessieren.«

Er öffnet die Flasche und schenkt ein. »Mich interessiert alles, was dich interessiert. Sag schon, was es ist.«

»Ich suche ein bestimmtes Haus.«

»Das auf dem kleinen Foto?«

Wieder blickt sie aus dem Fenster. Dann dreht sie sich zu Guillaume um, der neben ihr sitzt und, wie er sagte, auf einen schönen Abschluss eines schönen Tages wartet. Das Licht der Straßenlaternen draußen lässt die scharfen Linien um seinen Mund hervortreten. Plötzlich fällt ihr siedend heiß ein: der Vater! Sie wollte ihn heute unbedingt anrufen. Sie zählt die Uhrschläge der Kathedrale. »Neun Uhr vorbei«, sagt sie leise.

»Wartest du noch auf jemanden?«

»Ja. Auf meine Schwester.«

»Ist sie auch hier?« Er sieht sie abwartend an. Ein Fremder.

Was willst du hier, fragt sie sich, in diesem Zimmer, mit diesem Mann. Und in diesem Moment empfindet Julie zum ersten Mal mit aller Schärfe: Ihre Mutter hat unter ihrem Schweigen ein Leben lang gelitten.

Sie leert ihr Glas, viel zu schnell, füllt es wieder auf, ärgerlich auf sich selbst, während der Alkohol allmählich ihre Gedanken und Skrupel verwischt.

19

Ein Geräusch hat sie geweckt – ein leichtes hohles Klappern. Im ersten Augenblick weiß sie nicht, wo sie sich befindet. Im Fenster über ihr zeigt sich ein von fedrigen Wolken gemusterter Himmel; eine Möwe fliegt darin. Dann spürt sie die Wärme des anderen Körpers neben sich und mit einem Schlag ist sie wach. Sie dreht sich um, betrachtet die Linie seines Rückens, den Flaum im Nacken, das regelmäßige Heben und Senken der Schultern. Vorsichtig zieht sie ihr Bein unter seinem hervor. Um keinen Preis will sie ihn jetzt wecken. Sie verlässt das Bett und geht zum Fenster: Im türkisfarbenen Wasser des Hafens spiegeln sich Jachten in kubistisch verzerrten Linien. Marktstände sind auf der Kaimauer aufgebaut, Fischer verkaufen Jakobsmuscheln aus bis oben hin gefüllten, großen Körben. Wenn gerade niemand zu bedienen ist, greifen sie eine Muschel heraus und zerschneiden mit einem kleinen scharfen Messer den Muskel, der die Schalen zusammenhält. Die gewölbte Hälfte mit dem Muschelfleisch kommt in die Auslage, die flache Hälfte landet im Abfall, ein Haufen, der zwischen den Ständen allmählich anwächst. Jedes Mal, wenn eine neue leere Muschelschale auf die anderen trifft, gibt es dieses hohle Geräusch, von dem sie aufgewacht ist. So leise wie möglich zieht sie sich an, steckt die Kachel in die Tasche und geht.

Leichter Dunst über dem Strand. Das Licht am späten Vormittag im Speisesaal mit den weißen Vorhängen vor den großen geöffneten Fenstern; die Kellner decken schon die Tische ein für das Mittagessen, mit silbernen Leuchtern, weißem Porzellan, geschliffenen Gläsern, während in der Hotelküche die glänzenden Kupfertöpfe auf den Herd gestellt werden.

Nicht weit vom Hotel findet sie ein Café, direkt am Hafen. Eine Sportsbar, ziemlich voll. Niemand achtet auf sie, als sie eintritt. Alle Barhocker sind besetzt, Männer in Arbeitskleidung, ein Glas Bier oder Wein vor sich, starren auf einen Fernseher in der Ecke über dem Tresen, wo gerade überlaut die Lokalnachrichten laufen. Man sieht Bilder eines Fischereihafens. Der Sprecher sagt, in der vergangenen Nacht habe es eine schwere Havarie vor der Küste gegeben. Sie hört ihn von einem Superfrachter reden. Im Nebel sei er mit einem Fischerboot kollidiert. Jetzt wird gezeigt, wie ein Rettungsschlepper einen völlig zerstörten Fischkutter in den Hafen zieht. Zwei Männer, die mit dem Ausbringen der Netze beschäftigt waren, als der Unfall passierte, konnten geborgen und ins Krankenhaus von Fécamp gebracht werden. Zwei andere werden anscheinend noch vermisst – die Eigner des Kutters, Vater und Sohn. Man sieht Hubschrauber im Einsatz über den stürmischen Wellen kreisen.

Die Bedienung hinter dem Tresen wirft Julie einen fragenden Blick zu. Julie bestellt einen großen Kaffee. Das Mädchen nickt und bedient mit geübten Griffen die Espressomaschine, wobei durch ein Loch in ihrem modisch zerrissenen T-Shirt immer wieder die blauschwarzen Flügel eines Schmetterlings-Tatoos auf ihrer Schulter sichtbar werden. Julie nimmt sich ein Croissant aus einer Vitrine und setzt sich an den Tisch in der Ecke vor einem großen Spiegel, durch den sie die Straße im Blick hat. Ein Fischer in Ölzeug und Gummistiefeln kommt herein und hält eine Zeitung hoch. Auf der Titelseite das Foto des zerstörten Kutters. Er wirft die Zeitung auf den Tresen, offenbar ist er wütend. Die anderen scharen sich um ihn. Julie versteht: Diese Männer hier sind Muschelfischer, von der nächtlichen Ausfahrt zurück; ihre Boote liegen jetzt im Hafen, und ihre Ware ist es, die gerade auf dem Kai verkauft wird. Die Verunglückten sind Kollegen, vielleicht Freunde. »Nicht den Hauch einer Chance«, hört sie den Mann im Ölzeug sagen. »Da taucht in fünfzehn Metern Höhe ein Schatten aus dem Nebel über dir auf. Der Frachter bemerkt dich nicht einmal.«

Mitten im Stimmengewirr gibt Julies Telefon einen Ton von sich. Sie hat eine Nachricht auf der Mailbox. Von gestern schon. Jetzt sieht sie, dass die Notarin mehrfach versucht hat, sie zu erreichen, um ihr etwas mitzuteilen: »Die Generalvollmacht wurde vor drei Jahren von Ihrer Schwester unterzeichnet. Der Bevollmächtigte heißt Gilles Goudevert. Das hat eine Kanzlei bestätigt. Sie liegt in ...« Julie versteht den Namen des Ortes nicht. Die Anwältin versucht bereits, Erkundigungen über Goudevert einzuziehen. Julie geht nach draußen und ruft zurück. Ein Anrufbeantworter springt an. »Sie rufen außerhalb unserer Bürozeiten an. Diese sind von montags bis freitags ...« Wochenende! Jetzt verliert sie auch noch zwei Tage! Wo lebt dieser Goudevert? Das herauszufinden ist jetzt wichtiger als alles andere. Julie zahlt und verlässt die Bar, unzufrieden mit sich und der Situation. Kaum draußen, sieht sie, wie Guillaume gerade aus dem Hoteleingang kommt und sich suchend umblickt. Schnell läuft sie zu den Taxis am Ende des Hafenbeckens und steigt in das vorderste. »Zum Austernlokal am Strand, bitte!« Während der Fahrer den Wagen anlässt, sagt er: »Die haben um diese Zeit noch nicht geöffnet.« Er fährt aus der Stadt hinaus auf die Serpentinenstraße.

»Wie lange braucht man von hier bis Le Havre?«

»Das kommt darauf an. Heute, von hier aus, ohne den Stau im Berufsverkehr, ungefähr zwei Stunden. Ich selbst habe von Calais aus fünf Jahre gebraucht.« Sie blickt ihn an. Er versteht es als Aufforderung, zu erzählen: Etwas, das mit seiner Urgroßmutter in den hohen Bergen Marokkos im Winterschnee beginnt, über Großmütter und Onkel reicht, zu einer verbotenen Meerfahrt, die noch lange nicht zu Ende ist, als sie auf die Strandstraße einbiegen. Ihr roter Peugeot vor dem weißen Kubus ist das einzige Auto weit und breit. Schließlich hält das Taxi.

»Ist das Ihr Wagen?«, fragt er, während sie zahlt.

»Ein Leihwagen. Wieso?« Ein belustigtes Lächeln gleitet über sein Gesicht, und sie ist froh, als er abfährt.

Sie geht zum menschenleeren Strand hinunter. Das Meer schillert im Sonnenlicht eidechsengrün. Die Flut kommt mit vielen kleinen Wellen. Es sieht aus, als würde der Wind kleine Spitzendeckchen auf den Sand werfen. Am Ende der weiten Bucht die Steilküste. Alte Bäume, Weideland und verstreut liegende Villen. Die Kreidefelsen wie die Falten eines lang herabhängenden Tischtuchs.

Sie läuft bis an den Wassersaum. Unter anderen Umständen würde ihr dieser Ort gefallen. Aber jetzt – verflogen ihre gelöste Stimmung von gestern, ihre Lust an der Rolle der Claire, die sich auf einen fremden Mann eingelassen hat.

Auf dem Weg zurück zum Wagen fällt ihr über den Baumkronen ein Schornstein auf. Die Ziegelei, die Guillaume erwähnt hat? Das könnte sie sein. Noch einmal hört sie die Nachricht der Anwältin ab.

Diesmal versteht sie besser. Der Name des Ortes mit der Kanzlei klingt so ähnlich wie Sainte-Marguerite, gelegen im Département Seine-Maritime. Sie sucht auf der Karte danach. Gar nicht weit von hier gibt es ein Sainte-Marguerite-sur-Mer. In der Nähe ein Hinweis *Alte Industrieanlage*. Das könnte die Ziegelei sein.

Sie fährt die Straße zur Steilküste hinauf, im Rückspiegel die jetzt in der vollen Sonne liegende weite Bucht. Ungefähr nach einem Kilometer erreicht sie das Wäldchen, über dem sie den Schornstein gesehen hat. Ein Weg biegt von der Straße in die gewünschte Richtung ab und sie folgt ihm. Dann landet sie tatsächlich vor einem alten, aus Ziegeln gemauerten Fabrikgebäude. Es ist verfallen, die Scheiben zerbrochen, die Geräte im Hof verrostet. Hier wird nichts mehr hergestellt. Doch über dem Wohnhaus steigt Rauch auf. Eben werden in der Eingangstür Pantoffeln und ein lila-weiß karierter Kittel sichtbar, eine Frau setzt eine Schüssel mit Speiseresten auf den Treppenabsatz, Katzen laufen herbei.

»Entschuldigen Sie«, ruft Julie und steigt schnell aus dem Wagen. »Ich suche handgemachte Ziegel und Zierkacheln. Sie sind so viel schöner als die industriell hergestellten. Bin ich hier bei Ihnen richtig?«

Die Frau starrt sie voller Misstrauen an. »Schöner sind sie, da haben Sie recht. Aber richtig sind Sie hier leider nicht, hier ist längst Schluss mit der Produktion, das sehen Sie doch. Mein Schwiegervater und sein Bruder haben das Werk einst aufgebaut. Als mein Mann sein Erbe antrat, war es vorbei mit dem Geldverdienen.«

Sie klingt verbittert und scheint jetzt froh zu sein, sich eine Last von der Seele reden zu können. »Früher war es ganz anders. Als die Städter aus Rouen und Paris ihre Sommervillen und Altersruhesitze hier bauten, da waren die beiden Brüder begehrt. Zwei echte Künstler.

Sie legten Wert auf Unikate. Ihre Ziegel glichen keinen anderen.«

Eine gelbgestreifte Katze ist aufs Treppengeländer gesprungen, macht einen Buckel und automatisch beginnt die Frau das Tier zu streicheln. »Eigentlich waren sie Ebenisten. Aber Ebenholz geriet aus der Mode, der Familienbetrieb warf nichts mehr ab. Da haben sie auf Stein und Kacheln umgesattelt. Nicht einfach nur Ziegel, sondern richtige Schmuckstücke. Exquisite Glasuren. Ihre Steine waren bis Le Havre gefragt, sogar bis auf die andere Seite des Kanals.«

»Und dann hat der Krieg alles zerstört?«

»Ach was.« Sie macht eine wegwerfende Handbewegung. »Kaum waren die Brüder erfolgreich, zerstritten sie sich wegen einer Frau, das war der Anfang vom Ende.«

Julie zieht ihre Kachel hervor. »Ist dieses Stück von hier?«

»Da fragen Sie besser meinen Mann. Er kann es genau beurteilen. Philippe!«, ruft sie in den Garten. »Komm doch bitte mal.«

Ein älterer, gebeugt gehender Mann in blauer Arbeitskleidung erscheint, einen Spaten in der Hand.

»Die Dame möchte gern wissen, ob ihre Kachel von hier stammen kann.«

Er begrüßt Julie freundlich. »Zeigen Sie mal her.« Er untersucht die Rückseite der Kachel, klopft mit dem Fingerknöchel darauf. »Das ist japanisches Feinsteinzeug. So, wie man es nach der Pariser Weltausstellung 1867 auch hier hergestellt hat. Die Glasur ist in einer später entstandenen Technik gefertigt, die auch mein Vater verwendet hat. Mehrfacher Glasurauftrag und mehrfaches Brennen. Hier, schauen Sie.« Er bewegt die Kachel hin und her. »Das Licht bricht sich in der Tiefe.

Das entsteht, wenn Glasuren übereinander gebrannt werden. Man erzeugt dadurch optische Tiefenwirkung. Die künstlerische Gestaltung ist durch Feldspat möglich geworden. Und auf diese Gestaltung kam es unserer Familie an, wir waren schließlich von Haus aus nicht einfach nur Maurer. Deshalb waren unsere Produkte auch nicht ganz billig. Ihre Kachel könnte durchaus von hier stammen. Das Craquelé ist alt. Und sie gleicht den Exemplaren, die noch immer an einigen Gebäuden in der Umgebung zu finden sind. Gehen Sie an den Strand, von dort haben Sie einen guten Blick auf die Häuser.«

Julie fährt in die nächste Ortschaft. Unter mächtigen Bäumen verborgen hohe Schieferdächer. Villen. Eine Kirche. Erstaunlich viele Geschäfte: zwei Schlachter, ein Bäcker, eine Konditorei, eine Apotheke, ein Restaurant, ein Fischhändler. Aber nirgendwo eine Zufahrt ans Meer. Dann ist sie schon am Ortsausgang. Sie wendet, fährt noch einmal zurück, sucht besonders aufmerksam. Nichts. Schließlich hält sie an der Apotheke, um zu fragen. Die blonde Dame, die in ihrer eleganten Aufmachung besser nach Paris passen würde, gibt ihr liebenswürdig Auskunft. »Es verlief einmal ein Pfad entlang der Gemeindegrenzen, das sind diese kleinen Punkte hier auf Ihrer Karte«, erklärt sie Julie. »Heute gibt es nur noch für Eingeweihte erkennbare Reste davon, allerdings ist er nach dem Regen der letzten Tage wohl unpassierbar. Wenn Sie an den Strand wollen, fahren Sie besser in den Nachbarort.«

»Sie meinen, es gibt hier keinen offiziellen Meerzugang?«

Die Frau schüttelt den Kopf. »Das beruht auf einem uralten Streit. Bis heute will keine der beiden Gemeinden für die Instandhaltung einer Straße aufkommen und deshalb sind die Wege ans Meer zugewachsen.«

»Vielleicht ist das ja nicht schlecht für die Natur.«

Die Dame wirkt belustigt. »So kann man es natürlich auch sehen. Wir sind aber kein Naturparadies, sondern ein Ort mit Atmosphäre und Geheimnissen. Er hat schon immer schöpferische Menschen angezogen, Künstler, auch Exzentriker. Monet hat unseren Blick aufs Meer gemalt, auch Renoir. Georges Braque besaß hier ein großes Haus. Jeden Tag ging er hinunter an den Strand. Die Farben seiner Bilder stammen von dort. Er hat auch ein Kirchenfenster in der Nähe gestaltet. Und Musiker wie Ravel und Albert Roussel schätzten diese Gegend. Roussel lebte und komponierte hier in seinen letzten Lebensjahren. Er ist auf dem Friedhof an der alten Kirche bestattet, wie Braque. Ich gebe Ihnen einen Tipp: Folgen Sie dem Weg hinter dem Feuerwehrhäuschen, bis er einen scharfen Knick macht. Der Wald, der dort beginnt, reicht bis zur Steilkante hinab.«

»Roussel gehört zu meinen Lieblingskomponisten. Ich finde, man hört seinen Stücken irgendwie an, dass er eine Weile zur See gefahren ist.« Wie oft hat sie seine Kammermusik für Flöte und Klavier mit dem Vater gehört und gespielt.

Die Apothekerin ist offensichtlich erfreut darüber, einen dankbaren Zuhörer in Julie gefunden zu haben. »Ich bin in unserem Kulturverein. Wir versuchen, die Aura des Ortes zu bewahren.«

»Maler und Komponisten. Und es gab doch sicher auch Schriftsteller, die dieser Ort angezogen hat?«

»Natürlich: Ich nenne nur einige der wichtigsten Namen. Virginia Woolf, André Gide, Cocteau und Marcel Proust. Breton hat in dieser Gegend an seiner berühmten Erzählung *Nadja* gearbeitet. Gar nicht zu erwähnen die vielen Gartenkünstler!

Auf Ihrem Weg kommen Sie an einer großen Villa

vorbei mit prächtigen, hundert Jahre alten Rosenstöcken. Es lohnt sich, den Garten dort anzusehen. Er wurde von einer berühmten Engländerin entworfen und ist weit über die Region hinaus bekannt. Das Haus ließen sich die Besitzer von einem britischen Architekten aus dem Kreis um William Morris bauen, dem Vater der Präraffaeliten, er hat einige Details sogar selbst gestaltet. Das Anwesen soll verkauft werden, es ist fraglich, wie lange es noch öffentlich zugänglich ist. Wirklich schade, es ist einmalig.

Die ehemaligen Bauherren hingen der theosophischen Bewegung an. Das ist eine sehr diesseitige, am Menschen orientierte Philosophie. Manche nennen sie auch die weiße Magie. Im Zentrum stehen Lebensfreude, Reisen, ein Leben im Einklang mit der Natur und Künstlertum. Die Bewohner der Villa unterhielten Beziehungen in alle Künstlerkreise. Ich schenke Ihnen die Broschüre, die unser Verein herausgegeben hat. Da können Sie noch einmal alles nachlesen.« Sie gibt Julie ein kleines, aus edlem Bütten gebundenes Heft. »Falls Sie hier übernachten wollen, kann ich Ihnen eine gute Pension empfehlen. Die Dame ist auch Mitglied bei uns. Ich schreibe Ihnen ihre Nummer auf.«

Julie stellt ihren Wagen hinter dem Feuerwehrhaus ab und läuft los. Schon bald stößt sie auf einen unbefestigten Weg. Ein intensiver Geruch nach feuchter Erde und Moos steigt auf, Tropfen glitzern an den Farnen und Gräsern. Zu beiden Seiten mächtige Rhododendronhecken, dahinter versteckt große Grundstücke. Türmchen und Giebel ragen zwischen den Kronen uralter Blutbuchen und Bordeauxkiefern hervor. Überall verwehren hohe schmiedeeiserne Tore den Zugang zu kiesbestreuten Auffahrten, auf denen ausschließlich schwere Limousinen stehen. Alles strahlt Eleganz und

Reichtum aus. Nicht ein Neubau stört das Bild, kein typischer Künstlerort, keine Galerien oder touristische Einrichtungen. Ist der Spiritus loci vor allem eine Frage des Geldes?

Ein rotes Coupé mit zurückgeschlagenem Verdeck biegt aus einer Einfahrt, fährt an ihr vorüber. Am Steuer des offenen Wagens eine blonde Frau. Sie könnte die Schwester der Apothekerin sein. Plötzlich Stimmen. Der Geruch von frischem Toast und Kaffee. Wieder ein großes Anwesen. *Propriété privée* steht auf dem Schild an einer quer über die Einfahrt gespannten Kette. Unmittelbar vor der Zufahrt biegt der Weg in scharfem Winkel ab, verengt sich zu einem schmalen, matschigen Pfad an einer Viehweide entlang. Dicht aneinandergedrängt stehen Kühe auf dem kleinen Fleck hinter dem Zaun, den die bleiche Sonne gerade noch erreicht. Ihr Atem steigt als Nebel von ihren weichen Mäulern auf, die Blicke ihrer großen, sanften Augen folgen Julie. Dann ist sie in einem Buchenwald. Ein kleiner Bach neben dem Weg. Stille. Nur der Wind in den Baumkronen. Unwillkürlich läuft sie schneller. Nach einer Weile glaubt sie ein fernes Rauschen zu hören. Der Wald wird lichter. Plötzlich zwischen den Stämmen das tief unter ihr liegende Meer.

Der Pfad endet am Zaun eines Häuschens mit einem sechseckigen Turm inmitten eines verwilderten Gartens. Die Fenster sind mit Brettern vernagelt, auf den Zaunlatten Stacheldraht. Kein Weiterkommen. Sie kriecht auf allen vieren eine Böschung hoch, dann steht sie auf einer großen Wiese, die sich einen Abhang hinabzieht. Hinter einem Hügel sieht sie die Spitze eines Kirchturms. Ein goldener Wetterhahn blinkt in der Sonne. Sie quert die Weide, zwängt sich durch eine dichte Hecke, gelangt auf einen Sandweg. Sie folgt ihm und landet auf einem Friedhof. Auf seiner Nordseite, nah an den steil abfallenden Klippen, steht eine kleine Kirche. Sie scheint uralt zu sein, die Steine bemoost, das Meer wie eine aus Silber getriebene Schale tief unter ihr. Sie öffnet die niedrige Eisenpforte und geht an den Gräbern entlang: mächtige Sarkophage, Marmorplatten mit goldenen Lettern, lebensgroße Figuren, reichverzierte Eisenkreuze; dazwischen immer wieder kleine Grabstellen, von in die Erde gesteckten Ziegelsteinen begrenzt und von Strandkieseln und Muscheln bedeckt. Ruhestätten jener Namenlosen, die das Meer an diese Küste gespült hat. Es sind nicht wenige. Dann steht sie unvermittelt vor einem mächtigen, von grüner Patina überzogenen Bronzevierkant. Das Grab von Roussel. Delfine schwimmen durch Wellen aus Bronze, man sieht Flöte spielende indische Gottheiten zwischen Lotosblüten und unter Wasser dahintreibende Mädchen. Motive aus seinen Kompositionen, Khrishna, Pan. Sie liest: *C'est face à la mer que nous finirons nos existences et que nous irons dormir pour entendre au loin son éternel murmure.* »Im Angesicht des Meeres«, wiederholt sie leise, »werden wir unsere Existenzen beenden und uns schlafen legen, um in der Ferne sein ewiges Murmeln zu hören.« Ihr fällt ein, dass es ihr Vater war, der einmal gesagt hat: Man hört das Meer in Roussels Noten, man hört, dass er Seemann war, bevor er Komponist wurde. Noch immer hat sie ihn nicht angerufen! Was hält sie davon ab? Angst, dass es ihm schlechter geht?

Sie öffnet die schwere Holztür der Kirche und betritt das kühle Gewölbe. Durch schmale Fenster fällt nur wenig Licht, malt Farben auf den alten Steinboden, milchiges Weiß wie von Muscheln und Sand, ein ultramarines Meerblau. Hinter dem hellblauen Glas zur Nordseite ahnt man den dünnen Strich des Horizonts.

Plötzlich Gesang. Es klingt, als käme er aus den Tiefen des Weltalls. Jetzt erst nimmt sie die Sänger wahr, neben dem Altar, in Mönchskutten, die sie über ihrer Straßenkleidung tragen. Sie intonieren einen gregorianischen Choral. Ebenso plötzlich bricht er ab. Er scheint nachzuhallen in der Stille wie im Resonanzkörper eines Instruments.

Die Männer beginnen Alltägliches zu reden und ihre Kutten auszuziehen. Um dem Einbruch der Wirklichkeit zu entgehen, verlässt Julie die Kirche. Unvermittelt bleibt sie stehen. Es ist eine Inschrift, die sie verharren lässt: *Was man sich selbst genommen hat, das kann man nie wieder erlangen.* Ein Satz, der sie mitten ins Herz trifft. Sie spürt das Blut aus ihrem Kopf weichen, muss sich setzen, einen Moment die Augen schließen. *Was man sich selbst genommen hat ...* echot es in ihr. Was ist geworden aus ihren alten Ansprüchen, aus den großen Zielen in ihrem Leben? Aus ihrer Hoffnung, eine gute Malerin zu werden? Hat die Mutter mit ihrer Skepsis recht behalten?

Nach einer Weile vernimmt sie das Rauschen der Wellen. Oder ist es das Rauschen des Blutes in ihren Ohren? Sie öffnet die Augen. Der Parkplatz ist leer. Die Sänger sind fort. Noch einmal zieht es sie in die Stille der Kirche, in diesen magischen Raum. In einer Bank lässt sie sich nieder. Immer noch glaubt sie den Chorgesang zu hören. Uralte Steinsäulen aus hellem, porösem Kalk stützen die hölzerne Decke. Aus ihnen herausgemeißelt Jakobsmuscheln und Fische, Seeanemonen und Kraken. Dazwischen Seeungeheuer mit Teufelsfratzen. Plötzlich sieht sie ihn: schmal, hochaufgeschossen, ein Junge. Unbeweglich steht er in einer Mauernische nahe dem Altar wie eine Statue. Ist er schon die ganze Zeit da gewesen? Er trägt Kleider, die einem Erwachsenen gehören könnten: eine graue Fischgrätmusterhose, einen dunkelblauen Wollpullover, grobe Stiefel. Er mag dreizehn, vierzehn Jahre alt sein; warum hat sie das Gefühl, ihn zu kennen? Einen Augenblick überlegt Julie, ob sie ihn ansprechen soll. Doch dann verlässt sie leise den Raum.

20

Sie wählt die Nummer, die die Apothekerin ihr aufgeschrieben hat. »Bechet«, meldet sich eine sanfte und freundliche Stimme. Ja, es gibt ein freies Zimmer. Julie nimmt es, und Madame Bechet beschreibt ihr detailliert, wie sie gehen soll. »Ich bin an der kleinen Kirche«, sagt Julie. »Dann würde ich Ihnen empfehlen, den Wagen stehen zu lassen und zu Fuß über den Küstenweg zu kommen. Es ist ein einmaliger Spaziergang.«

Es dämmert bereits, als sie sich aufmacht. Über den schwarzen Baumkronen erscheinen die ersten Sterne. Gerade steigt der Mond auf und lässt den Sandweg vor ihr als ein helles Band aufscheinen. Der Duft der Kiefernnadeln, die den Waldboden zu ihrer Linken in dichter Schicht bedecken, mischt sich mit dem Salzgeruch. Der Wind hat sich gelegt. Totenstille. Gelegentlich ein Blitz am Himmel. Wetterleuchten – dabei ist die Nacht doch klar. Schließlich die Wegmarke, die man ihr genannt hat: zwei mächtige, einzeln stehende Föhren. Hier soll sie sich unmittelbar rechts halten, direkt aufs Wasser zu. Sie kommt an einer unbewohnt wirkenden Villa vorbei, die leicht erhöht auf einem Abhang liegt. Die alten, mit Schnitzereien verzierten Holzläden stehen offen, die dunklen Fenster spiegeln das Mondlicht. Irmas Cottage, muss sie denken. Es würde in diese Gegend passen. Erst nach einer ganzen Weile das nächste Anwesen. Ein Schlösschen mit Türmen und Erkern, von einem hohen Eisenzaun gesichert. Das rote Blinken einer Überwachungskamera. Ein Zweig knackt überlaut. Sie erschrickt und bleibt stehen. Lauscht. Nichts als das Klopfen ihres Herzens.

Das Wetterleuchten ist näher gekommen, erfasst die Baumkronen, lässt sie immer wieder aufschimmern. Dann erneut tiefe Dunkelheit. Endlich erreicht sie die asphaltierte Allee. Plötzlich bricht ein greller Schein durch die mächtigen Baumreihen auf beiden Seiten der Straße, rast direkt auf sie zu, über ihren Kopf hinweg. Sie hebt die Hand vor Augen, um nicht geblendet zu werden, dann verschwindet alles wie ein Spuk in Richtung Meer. Es ist wieder dunkel. Doch das Licht kommt zurück. Es lässt die Alleebäume für einen Moment wie bleiche Korallen aussehen, um erneut aufs Meer hinaus zu verschwinden. Julie beschleunigt ihre Schritte, beginnt schließlich zu rennen. Dann eine dunkle Masse direkt vor ihr. Wie eine Rakete. Von ihrer Spitze gehen kreisende Lichtbündel aus. Sie begreift. Ein Leuchtturm mitten im Wald.

Sie läuft wieder langsamer. In einer der alten Holzvillen brennt Licht unterm Dach. Dann sieht sie am Ende der Allee ein kleines, weißgestrichenes Haus. Die Pension. Ein Mädchen öffnet und zeigt ihr das Zimmer. »Sie können sich gerne ins Esszimmer setzen, ich habe Feuer für Sie im Kamin gemacht. Madame Bechet ist vorhin nach Paris gefahren und kommt erst heute Nacht zurück. Auch ich gehe jetzt. Hier ist meine Handynummer, falls Sie etwas brauchen.«

Julie ist allein. Das Feuer brennt anheimelnd. Trockenes Holz ist genug da. An den Wänden Regale mit Hunderten von Bildbänden. Sie tritt ans Fenster, schiebt den bodenlangen Vorhang beiseite. Eine Gartenterrasse. Lichtstrahlen huschen über sie hin. Das Leuchtfeuer. Sie lässt den Vorhang wieder zurückgleiten und geht die Buchrücken in den Regalen durch. Dann zieht sie einen Fotobildband hervor. Sein Thema: Le Havre im Wandel eines Jahrhunderts. Fotos aus der Blütezeit der Stadt, als die Gärten und Monets *Terrasse* entstanden, bis zum Ersten Weltkrieg, jene Jahre, in denen Irma hierherkam, eine junge Brüsselerin; dann der Zweite Weltkrieg. Versenkte Schiffe, deren Aufbauten aus dem Wasser ragen. Trümmer. Häuserskelette. Dieser wichtigste Hafen des Landes wurde völlig zerstört, es gab über fünftausend Tote. Im letzten Teil der Wiederaufbau durch Auguste Perret. Eine weiße Stadt aus Sichtbeton, mit klaren Linien und scharfen Kontrasten, errichtet auf den Trümmern der alten Häuser und Straßen, eine unterirdische Phantomstadt, von Erinnerungen bewohnt. Hier sollte sie vielleicht nach Florence suchen.

Wiederholen sich Schicksale von Generation zu Generation, eine Art Familienfluch? Irma und Klara. Welch Parallelen. Beide waren in dieser Stadt gewesen. Irma brachte hier ihr erstes Kind zur Welt, Michel, Julies Großvater. Nicht das Kind ihres Mannes. Und Klara gebar nur wenige Monate nach ihrem Aufenthalt in Le Havre ebenfalls ihr erstes Kind, Florence. Nicht das Kind ihres Verlobten und späteren Gatten. Mit ihm bekam sie ihre zweite Tochter, Julie – so wie Irma noch einen ehelichen Sohn bekam. Wie war noch der Name dieses jüngeren Bruders ihres Großvaters? Der Vater wird den Namen seines Onkels vielleicht noch wissen. Der Vater! Gott, wie spät ist es? Gerade noch rechtzeitig, ihn anzurufen. Sie hatte ihm nicht gesagt, dass sie nach Frankreich fährt, um ihn nicht zu beunruhigen.

Er meldet sich fast augenblicklich. »Wo steckst du, Julie?« Seine Stimme klingt fest und beinahe fröhlich. Erleichtert ruft sie: »Wie schön, dich zu hören, Vater.«

»Kommst du heute noch vorbei?«

»Heute nicht mehr. Es ist zu spät.«

»Wo bist du denn?«

»Ich bin grad noch unterwegs. Ein Kunde, weißt du.«

»Unterwegs. Was ist denn das für eine Antwort.«

Immer wieder sein unglaubliches Gespür, wenn man ihm nicht die volle Wahrheit sagt. Sie kann sich deshalb auch nicht vorstellen, dass er nicht von Florence gewusst hat.

»Sag mal, Vater, wie hieß noch der Bruder deines Vaters? Dein Onkel. Hieß der nicht Heinrich?«

»Heinrich? Heinrich. Heinrich. Julie. Was machst du?«

»Ich muss jetzt los, Vater, man wartet auf mich. Aber ich komme bald wieder zu dir.«

»Ja, ja, das ist gut. Du musst Geld verdienen. Das ist wichtig.«

Sie beendet das Gespräch, auch wenn es ihr wehtut.

Ihr Blick ist auf eine Broschüre gefallen, die auf dem Tisch liegt. Eine gedruckte Widmung: *Für meine Schwester Marie Bechet* – das ist doch ihre Wirtin? Ein Aufsatz über Monets Gemälde *Terrasse à Sainte-Adresse*, verfasst von Virginie Revel. Sie nimmt das schmale Heft in die Hand und liest: »Monet malte das Bild seiner Familie als 27-Jähriger im Sommer 1867, zehn Jahre nach dem Tod seiner Mutter. Ein Familienbild, das nichts vertraut Behagliches ausstrahlt. Schon die Perspektive schafft Distanz: Von einem erhöhten Standpunkt hinter den Personen aus gemalt, entsteht der Eindruck, der Künstler habe beim Arbeiten nicht bemerkt werden wollen.

Der Vater des Malers sitzt vorne rechts sehr aufrecht in seinem Korbstuhl, den Spazierstock zwischen den Knien. Man sieht ihn schräg von hinten. Sein Blick scheint nicht den beiden Personen am Ende des Gartens zu gelten – einem jungen Mädchen im Gespräch mit einem Herrn, vielleicht die Cousine des Malers mit ihrem Vater, – sondern den Schiffen am Horizont. Links von ihm sitzt, mit beträchtlichem Abstand, eine Frau, halbverborgen von einem cremefarbenen Parasol, möglicherweise die Besitzerin des Anwesens, zu dem der Garten gehört, eine Halbschwester seines Vaters. Rechts und links von diesen beiden zwei leere Stühle. Man könnte vermuten, der Maler wünscht sich, dort mit einer vertrauten Person Platz nehmen zu dürfen. So schön das Ambiente auch sein mag, man spürt die großen familiären Spannungen symbolisch vertreten durch diese leeren Sitzgelegenheiten. Und in der Tat: Monets Freundin, Camille, ist zu diesem Zeitpunkt schwanger. Sie und ihr finanziell erfolglos malender Freund hoffen auf Unterstützung durch seine Familie. In seiner Not wendet sich der junge Mann an seinen Vater. Diesem aber ist der Lebenswandel seines Sohnes, der sich nicht nur geweigert hatte, wenigstens eine seriöse Ausbildung als Maler zu machen, geschweige denn in das Geschäft der Familie einzutreten, schon lange ein Dorn im Auge. Und nun zeigte sich, wohin das geführt hatte: Sein Sohn liebt eine nicht standesgemäße Person, eine einfache Näherin aus Paris, deren Ansprüche ihn zu ruinieren drohen. Die Meinung des Vaters: Du bist bei uns zu Hause natürlich jederzeit willkommen. Aber trenn dich von dieser Frau! Der Sohn bringt Camille zu einem Freund nach Paris und zieht allein zum Vater, um ihm zu demonstrieren, dass er bereit ist, sich seinem Willen zu beugen. Jeden Morgen muss der junge Claude damals mit der Hoffnung aufgestanden sein, sein Vater würde sich doch noch eines Besseren besinnen und seine Liaison akzeptieren, nur um sich jeden Abend aufs Neue eingestehen zu müssen, dass alles vergebens war. Als Monets Sohn Monate später in Paris zur Welt kommt, verlässt der Maler Le Havre und zieht zu Camille, ebenso mittellos wie zuvor. Seinen Vater wird er vor dessen Tod nie wiedersehen.«

Julie lehnt sich zurück. Das Bild der Terrasse ist eine koloristische Meisterleistung. Man sieht den Meerwind in den Fahnen. Man riecht ihn förmlich. Die Farben der Blumen scheinen selbst in ihnen zu blühen, und die Schatten lassen die Sonne, auch wenn sie außerhalb des Rahmens steht, zum Bild gehören. Aber es ist auch das Vexierbild eines menschlichen Dramas. Das Zusammenspiel beider Ebenen verleiht ihm seine einzigartige Kraft.

Julie löscht das Licht und begibt sich auf ihr Zimmer. Sie zieht die Vorhänge zu und legt sich hin. Im Rhythmus der kreisenden Lichtstrahlen draußen leuchten die Vorhänge blutrot auf. Obwohl sie müde ist, kann sie lange nicht einschlafen. Auch in ihrem Kopf kreist etwas unaufhörlich. Gedanken an den Vater, an die Schwester und immer wieder die eine Frage: Warum habe ich das Malen aufgegeben, ausgerechnet als sich erste Erfolge einstellten? Wovon hat sie sich entmutigen lassen. Hat dabei etwa auch die Mutter noch eine Rolle gespielt?

21

Ein Sommertag aus Licht und Glast. Hitze liegt über den weißen Felsen der Alabasterküste, Wind fegt über die Felder und das Gras, das so trocken ist wie in einer Steppe. Zwei junge Menschen laufen über eine Wiese, einem schmalen Pfad folgend, der an der Felskante steil ans Meer hinunterführt. Das Mädchen vielleicht siebzehn Jahre alt, mit dichtem rötlichen Haar, die Haut sommersprossig, legt immer wieder den Kopf in den Nacken, lacht. Der Junge kräftig, älter, weißblond. Unten angekommen, ziehen die beiden ihre Kleider aus, werfen sie achtlos beiseite und laufen, sich an den Händen fassend, über den breiten Sandstrand aufs Meer zu, weit hinaus bis an den fernen Wassersaum. Gerade setzt wieder die Flut ein. Im Licht der Mittagssonne rollen Wellen heran, jadegrün schimmernd. Die beiden rennen ins Wasser, lassen sich lachend fallen, wälzen sich auf der großen, trockengefallenen Sandbank, küssen sich, rollen übereinander, springen ins Wasser zurück. Irma, ruft der junge Mann, meine Göttliche!

Seit einer Weile ein lauter werdendes Brummen vom Festland her. Ein Flugzeug erscheint über der steil abstürzenden Felskante, ein großer schwarzer Vogel im Gegenlicht. Die beiden unten im Wasser blicken auf, sie schreien, aber man hört nichts, sieht nur ihre offenen Münder; aneinandergeklammert versuchen sie, unterzutauchen, doch der Pilot hat sie entdeckt, fliegt in einem Bogen zurück, geht tiefer. Schüsse nageln in einer Linie über das Wasser. Zwei Körper treiben leblos in den Wellen.

Schweißgebadet wacht Julie auf. Sie hat die beiden so deutlich gesehen. Hat sie lachen und rufen hören. Auch die lauten Salven des Maschinengewehrs. Sie muss an die zerschossene Leica ihres Großvaters denken. Das untergründige Gefühl von Bedrohung, das sie seit Tagen empfindet, will sie nicht verlassen.

Im Flur ist alles still. Sonntagsruhe. Ein leichter Nieselregen legt sich wie ein zarter Schleier auf ihr Gesicht, als sie nach draußen tritt. Vor dem Haus parkt jetzt ein Kleinwagen. Sie geht die Straße entlang aufs Meer zu. Bis hoch über die Baumwipfel erhebt sich der gewaltige schwarz-weiße Leuchtturm. Nach ein paar Hundert Metern versperrt eine Bunkeranlage den Weg. Alles ist mit Stacheldraht abgezäunt. Sie kehrt um.

Plötzlich kommt die Sonne hervor, bringt das Blau eines Hibiskus und das Lachsrosa von Gladiolen hinter dem weißen Holzhaus zur Geltung. Julie tritt näher an das mit viel Liebe und Gespür für Poesie angelegte Gärtchen; es ist von einer alten Ziegelmauer umgeben, die die Sonnenwärme speichert und Schutz gegen den Meerwind bieten kann. Ein perfektes, kleines Paradies, ganz im Sinne des altpersischen Wortes *Paradeizos*, das nichts anderes besagen will als »ummauerter Garten«.

»Ah, Sie sind mein neuer Gast.« Jetzt erst bemerkt sie die Frau im hellgrauen Kaschmirkleid, die ihren violettfarbenen Schal enger um die Schultern zieht und Julie winkt, hereinzukommen. Es kann nur Madame Bechet sein. Eine Rose an der Schwelle zum Verblühen, geht es Julie durch den Kopf.

»Mögen Sie Gärten?«, fragt sie Julie, ohne die Antwort abzuwarten. »Ich liebe Blüten. Diese zarten Blätter.

Diese Farben. Vielleicht, weil ich aus einer Malerfamilie komme. In meiner Kindheit in Le Havre hatten wir einen schönen Garten, um den meine Mutter sich kümmerte. Aber kommen Sie. Ich habe Kaffee gekocht.«

Auf dem gedeckten Frühstückstisch liegen noch die Bücher, die Julie gestern Abend angeschaut hat. Julie zeigt auf die Broschüre. »Hat das Ihre Schwester geschrieben? Ich bin sehr beeindruckt.«

»Ja, meine Schwester; ich finde, es ist ihr da etwas gelungen. Sie interessieren sich für unsere Architektur?«

Julie nickt. »Und zwar aus einem ganz persönlichen Grund. Ich bin auf der Suche nach einem alten Haus irgendwo an dieser Küste. Ich weiß nicht, ob es überhaupt noch existiert.«

»Hier bei uns verschwinden leider so einige Anwesen. Das Meer holt sich sein Terrain zurück. Es wird von Jahr zu Jahr schlimmer. Eine regelrechte Invasion der Wellen. Jedes Jahr verlieren wir einige Meter Land, auch der Regen trägt seinen Teil dazu bei. Bei jedem starken Niederschlag rutscht der Boden weiter ab, manchmal sogar ganze Hänge. Vor zwei Jahren gab es eine Tote. Eine Frau, die verbotenerweise in ihrem gesperrten Haus nach etwas suchte. Als man sie am Strand fand, hielt sie ihren alten Familienschmuck in der Hand. Vor allem die älteren Gebäude, die, die über hundert Jahre zählen, stehen inzwischen viel zu nahe an der Kliffkante und müssen geräumt werden. Es kam sogar schon zu Enteignungen. Eine Katastrophe für die Besitzer. Oft sind das ja alte Familienschätze. Man muss sich eben vorstellen, diese Kreidekliffe bestehen aus Milliarden winziger Skelette von Lebewesen aus dem Meer, kein fester Stein also. Selbst unsere tausend Jahre alte kleine Kirche ist gefährdet.«

»Das ist deprimierend. Ich war gestern dort.«

»Haben Sie das Taufbecken bemerkt? Und die Figuren in den Steinpfeilern? Alles reine Romanik! Noch ein bisschen Kaffee?« Julie reicht ihr ihre Tasse.

»Und Sie wollen heute schon wieder abreisen?«

»Ja, nach Le Havre. Aber zuvor möchte ich wenigstens einmal an den Strand hinunter. Wie komme ich von hier aus dorthin?«

»Von hier direkt? Das geht nicht.«

»Wirklich? Ertragen die Leute, die hier leben, das Meer nur aus der Entfernung?«

»Der Eindruck einer Art Phobie kann wohl entstehen. Aber es ist vielmehr zu unserem Schutz. So bleiben wir verschont vom Tourismus. Fremde müssen entweder einen Ort weiter fahren oder die Allee an der Küste zurück nach Osten laufen. Dort gibt es einen Pfad, vorausgesetzt, man findet ihn. Aber nach dem Regen der letzten Tage ist er sicher in keinem guten Zustand. Warten Sie.« Sie kommt mit einem kleinen Heft aus dem Nebenzimmer zurück. »Das ist ein Tidenkalender. Sie müssen unbedingt auf die Gezeiten achten. Sie können nicht einfach am Strand entlanglaufen, das Wasser kann Ihnen den Weg abschneiden. Jedes Jahr ertrinken Leute hier, weil sie die Situation falsch einschätzen.« Die Halbbrille auf der Nasenspitze, fährt sie mit dem Finger die Seiten entlang. Julie muss an ihre Mutter denken. Jener Nachmittag, als sie sie zum ersten Mal als alte Frau wahrnahm. Seit diesem Moment sah sie sie in einem milderen Licht.

»Sie haben Glück. Es ebbt bereits, gegen Mittag ist der tiefste Stand erreicht, dann müssen Sie unbedingt umkehren. Bis drei, halb vier können Sie dann noch laufen, aber nur Richtung Küste. Und Sie müssen wissen: Sie befinden sich dort unten in einem Funkloch. Im Notfall können Sie mit Ihrem Mobiltelefon keine Hilfe rufen.«

Wenig später ist Julie unterwegs. Die Baumallee, die ihr gestern so gespenstisch erschienen war, gibt jetzt in der Sonne ein friedliches Bild ab. Bald tauchen wieder die großen Anwesen auf; in der alten Holzvilla brennt noch immer das Licht unterm Dach. Schließlich die Gabelung mit dem heruntergekommenen Haus. Es ist offenbar unbewohnt, ein Fenster zugenagelt. Wo einmal Rasen war, wuchern hohe Gräser. Eine Katze sitzt vor der Tür. Etwas weiter ein Holzschild mit einem handgemalten Hinweis *Plage*. Jemand hat es aus seiner Verankerung gerissen und zwischen die Brennnesselstauden geworfen. Ein schmaler Hohlweg führt zwischen Kalkgestein hinab. Der Boden ist aufgeweicht. Immer wieder rutscht sie aus, muss sich mit den Händen abstützen. Plötzlich versperren gut fünfzig Meter Geröll und Schlamm den Weg. Sie zieht Schuhe und Strümpfe aus, sucht sich einen Stock zur Unterstützung und balanciert darüber. Immer wieder sinkt sie bis über die Knöchel ein. Steinchen und Zweige ritzen ihr die Haut. Ein Hund springt von unten herauf, ein graubrauner Jagdhund, unter dessen Fell sich die Rippen abzeichnen. Er bleibt direkt vor ihr stehen. Seine stechend gelben Augen fixieren sie. Julie rührt sich nicht. Der Hund knurrt. Er spürt ihre Angst. Ein Mann nähert sich. Er trägt einen groben, bis zu den Knien hängenden Wollpullover, seine Schuhe und Jeans sind schlammverschmiert. Als er an Julie vorüberstapft, streift er sie. Ihren Gruß erwidert er mit einem undefinierbaren Laut. Als er den festen Weg erreicht hat, bleibt er stehen, zündet sich eine Zigarette an und ruft den Hund zu sich. Dann verschwinden beide um die Biegung.

Julie erreicht eine steile, in den Fels geschlagene Treppe, die auf den Strand hinabführt. Unten brechen sich weißschäumende Wellen. Sie setzt sich und reibt sich die schmerzenden Füße. Das Meer eine riesige Farbenpalette, über die kein Maler verfügt. Mächtige Steinblöcke ragen aus dem Wasser. Mit ihren glattgeschliffenen Oberflächen, Rundungen und Höhlen sehen sie aus wie vom Meer geschaffene Skulpturen. Tiere, Menschen in bizarren Stellungen, von den Wellen in Hunderten von Jahren modelliert. Hierher also kam Braque Tag für Tag.

Das Wasser zieht sich schnell zurück. Der Strand wird zusehends breiter. Sie geht auf den feuchten Sand hinunter. Die aus der Ferne so makellos weißen Kliffe sind aus der Nähe schmutzig braun, von Erdschlamm überzogen, den der Regen über die Abbruchkante gespült hat. In unregelmäßigen Abständen ist ein hallendes Klatschen zu hören. Mächtige Kalkbrocken, die sich hoch oben aus der aufgeweichten Kante lösen und herabstürzen. Sie hat sich allein geglaubt, jetzt aber kommen ihr zwei Frauen entgegen, von Windhunden begleitet. Ein Mann in Gummistiefeln läuft in einiger Entfernung direkt zur Wasserkante. Als er seine Angeln auswirft, glänzen die Bögen der Nylonschnüre in der Sonne. Es sind keine Spuren im Sand vor der Treppe zum Hohlweg zu sehen gewesen. Irgendwo in der Nähe muss es also noch einen anderen Zugang zum Strand geben.

Die Sonne brennt von einem makellos blauen Himmel. Als sie eine langgestreckte, hohe Sandbank erreicht, zieht sie sich aus, legt sich auf ihren Anorak und die Jeans, rollt Bluse und T-Shirt zu einem Kissen für den Kopf. Die sonnenwarme Luft hüllt sie ein wie ein Tuch. Überall um sie her hat die Ebbe schneeweiße flache Kreideformationen freigelegt, ehemals Teil der Steilküste, im Laufe der Jahrmillionen abgeschliffen von

Wasser und Wind. Sie sehen aus wie arabische Städte in einer Sandwüste, mit Moscheen und Minaretten, Gärten mit schattigen Innenhöfen und Wasserspielen. Der Himmel über Julie ein riesiges blaues Kirchenfenster. Sie schließt die Augen, fällt in einen angenehmen Zustand zwischen Wachsein und Schlaf. In der Ferne das leise einschläfernde Geräusch kleiner Wellen, *l'éternel murmure* ...

Auf einmal wird es dunkel und kühl. Sie will die Augen öffnen, aber ihre Lider sind schwer. Es muss eine Wolke sein, die sich vor die Sonne geschoben hat. Doch der Himmel war eben noch makellos, und es ist absolut windstill. Sie blinzelt. Der schwarze Umriss eines Menschen. »Florence?«, murmelt sie benommen. Plötzlich ist sie hellwach. Es ist ein junger Mann, der im Gegenlicht neben ihr steht. Sein Schatten ist es, der auf ihrem Gesicht liegt. Er starrt auf sie herab. Julie fühlt Wut in sich aufsteigen, wegen der unverschämten Nähe dieses Fremden, Wut auch auf sich selbst, sich in eine solche Lage gebracht zu haben. Sie dreht sich auf den Bauch, geht in die Hocke, springt auf den Menschen zu, der im Gegenlicht steht. Aggressiv schreit sie auf ihn ein. Schützend hebt er die Hände vors Gesicht und weicht zurück. Jetzt erkennt Julie ihn. Es ist der Junge aus der Kirche!

»Was fällt dir ein, mich so zu erschrecken!« Schnell streift sie T-Shirt und Bluse über, die Jeans. Als er nach ihrer Hand greift, lässt Julie es zu ihrer eigenen Verwunderung geschehen. Er legt einen kühlen Gegenstand hinein, schließt ihre Finger darüber. Dann rennt er fort, den Wassersaum entlang, der inzwischen viel näher gekommen ist. Es ist eine vom Meer abgeschliffene Scherbe. Julie hält sie gegen die Sonne: ein diaphanes Türkisblau. Sie will den Jungen zurückrufen, aber er ist schon zu weit weg. Immer wieder bückt er sich, hebt etwas vom Boden auf. Ab und zu steckt er etwas in den Mund. Rohe Muscheln vielleicht.

Ihr fällt die Warnung von Madame Bechet ein. Es ist höchste Zeit, umzukehren. Ein Priel zwischen Sandbank und Strand hat sich bereits gefüllt. Sie muss durch hüfttiefes Wasser waten. Als sie oben auf der Treppe steht, hält sie noch einmal Ausschau nach dem Jungen, sie kann ihn nirgendwo entdecken.

»Ma chère, Sie sind ja ganz nass«, ruft Madame Bechet ihr entgegen. »Hat die Flut Sie etwa überrascht?« Sie legt die Rosenschere aus der Hand. »Sie müssen unbedingt schnell die Kleidung wechseln, sonst erkälten Sie sich noch. Kommen Sie dann zu mir ins Esszimmer. Ich werde Ihnen etwas zur Stärkung machen.«

Im Spiegel des Badezimmers erschrickt Julie, wie mitgenommen sie aussieht. Sie bürstet sich den Sand aus den Haaren und wäscht sich die Salzkrusten aus dem Gesicht. Dann zieht sie warme Sachen an und packt ihren Rucksack. Die Scherbe des Jungen legt sie zu ihrer Kachel.

Madame Bechet wartet bereits. Kaum sitzt Julie, serviert sie ihrem Gast aus einer dampfenden Schüssel. Eine ausgezeichnete Fischsuppe. »Ist es nicht phantastisch dort unten?«

»Unbedingt. Die reinste Skulpturensammlung.«

»Man könnte unsere Küste ohne weiteres als Bildhauerei des Meeres bezeichnen. Vieles könnte von Henry Moore sein, finden Sie nicht?« Sie nimmt Julie gegenüber Platz. »Wollen Sie nicht noch ein bisschen hierbleiben? Ich finde, Sie sehen aus, als müssten Sie dringend ausspannen.«

Angesichts solch mütterlicher Fürsorge regt sich in Julie normalerweise sofortige Abwehr. Aber in diesem

Falle stört es sie nicht. »Sie haben ganz recht, und es ist sehr schön bei Ihnen. Aber ich sagte Ihnen ja, dass ich nach Le Havre muss.«

»Darf ich fragen, warum?«

»Ich muss dort einen Blick ins Melderegister werfen.«

»Sind Sie dafür angemeldet?«

»Nein. Ich dachte, ich gehe einfach hin.«

»Oh. Sie müssen wissen, dass das eine sehr zeitraubende und komplizierte Angelegenheit werden kann, selbst für uns. Wir Franzosen haben bekanntlich die Bürokratie erfunden. Der Sohn meiner Schwester ist Anwalt in Le Havre. Er könnte Ihnen behilflich sein im Umgang mit den Behörden. Um was geht es denn, mein Kind?«

»Um die erste Tochter meiner Mutter. Sie lebt vermutlich in der Normandie, aber ich habe keine gültige Adresse.«

»Ihre Schwester also.«

»Meine Halbschwester. Ich habe erst bei der Testamentseröffnung nach dem Tod meiner Mutter von ihr erfahren. Das ist noch nicht lange her. Die deutsche Kanzlei kommt nicht weiter. Ich weiß nicht einmal, ob sie überhaupt noch lebt.«

»Ihre Mutter hat Ihnen nie von dieser Tochter erzählt?« Sie klingt ehrlich bestürzt.

»Ja, Madame, genau so ist es. Und seit ich davon weiß, beginne ich zu begreifen, wie dieses Schweigen mein ganzes Leben beeinflusst hat. Ich wusste ja nichts, aber ich spürte immer eine diffuse Angst, dass etwas Unvorhersehbares geschehen könnte. Mir fallen jetzt Augenblicke aus der Vergangenheit ein, Fragen, die ich nie zu stellen wagte. Als habe es eine unsichtbare Wand gegeben, der sich zu nähern Gefahr bedeutete. Ich fühlte es schon lange, aber ich konnte es nie benennen.«

»Sie sind nicht zu beneiden. Dem Verschweigen wohnt eine mächtige Zerstörungskraft inne. Oft sind bestimmte Dinge in einer Familie tabu, angeblich, um die Betroffenen zu schützen. Aber letztlich bricht sich alles Bahn, alles, was man verborgen hat, aus welchen Gründen auch immer, kommt irgendwann wieder zum Vorschein.«

Julie holt die Fotos aus ihrer Tasche. »Dies ist das Haus, das ich suche, und dies der Garten dazu. Und dies hier«, Julie legt die Kachel auf den Tisch, »ist wahrscheinlich ein Zierstein von dem Haus.«

»Wunderschöne Farben.« Auch Madame Bechet streicht mit der Fingerkuppe über die Jakobsmuschel. »Sehr alte Handwerksarbeit. Ich glaube, diese Villa wäre mir aufgefallen. Wir waren nämlich lange auf Haussuche an dieser Küste. Das war vor acht Jahren. Ich hatte mich in einen anderen Mann verliebt. Ich verließ seinetwegen meinen Beruf, meine beiden Kinder, meinen Mann und unser Haus in Paris. Auch er ließ alles zurück. Gemeinsam wollten wir noch einmal neu beginnen. Auf der Suche nach unserem Traumhaus fuhren wir die ganze Küste ab. Meine Tochter heißt übrigens auch Julie. Ist das denn auch ein deutscher Name?«

»Mein Vater spricht ihn deutsch aus. Meine Mutter so wie Sie.«

»Meine Julie hat uns öfter in unserem neuen Haus besucht. Ein anderes als dieses hier. Mein Freund verkraftete die Trennung von seinem vorherigen Leben nicht. Am meisten litt er darunter, dass seine geliebte Tochter nichts mehr von ihm wissen wollte. Jedes Mal wenn meine Julie kam, wurde er krank. Es wurde immer schlimmer. Schließlich überredete ich ihn, zu seiner Familie zurückzukehren. Er tat es. Aber es war zu spät. Nur ein Jahr später starb er.«

Julie spürt, diese Dinge hat sie noch niemandem erzählt. Eine solche Offenheit hätte Julie sich von ihrer Mutter gewünscht. Sie fühlt sich plötzlich wohl und geborgen in der Nähe dieser Frau.

»Es war sehr traurig«, fährt Madame Bechet fort, »aber es war eine sehr große Liebe. Und nun«, sagt sie und erhebt sich mit einem Ruck, »rufe ich meine Schwester in Le Havre an. Da oben im Regal steht ein Fotoband von Häusern der Normandie. Sehen Sie einmal hinein. Jede Region hat ihre ganz typischen Stile.«

Julie holt sich das Buch. *Manoirs. Châteaux. Cabanes.* Ein älterer Band, die meisten Fotos schwarz-weiß. Sie blättert. Imposante Herrenhäuser, parkähnliche Gärten, aber auch kleinere Villen mit bizarren Details. Plötzlich ein Bild, das ihr den Atem verschlägt: ein Haus am Meer, die Ebbe hat die Felsen davor freigelegt. Hohe Bäume umstehen es, werfen ihre Schatten auf einen Dachfirst, der mit steinernen Figürchen geschmückt ist. Es hat Türmchen und Bleiglasfenster, und wer weiß, vielleicht auch Erker und Zierkacheln. Könnte das ihr gesuchtes Cottage sein? Schwer zu sagen, zumal es aus einer ganz anderen Perspektive aufgenommen ist. Wo wurde die Aufnahme gemacht? Sie sucht im Textteil nach Erklärungen. Dabei fällt ihr Blick auf das Bild des Fotografen hinten im Einband. Guillaume – gut zwanzig Jahre jünger? Die Ähnlichkeit ist außerordentlich. Aber da steht ein anderer Name: Gaston Châtel, geboren in Le Havre. Guillaume stammte aus Genf.

Madame Bechet ist zurück. »Meine Schwester freut sich auf Sie, Julie, sie lädt Sie ein, bei ihr zu übernachten. Ihr Sohn kommt heute Abend zu ihr, fragen Sie ihn doch direkt, was sich machen lässt.«

»Wirklich, das ist aber sehr nett. Und noch etwas, Madame.« Julie zeigt ihr das Haus. »Ist dies ein für die Normandie typischer Baustil?«

»Typisch – da bin ich überfragt. Aber Sie müssen wissen, hier entlang der Küste haben viele vermögende Hausbesitzer ihre verschrobensten Architekturträume verwirklicht. Man findet vom russischen Zuckerbäckerstil bis zur indischen Tempelanlage alles. Aber ...«, sie unterbricht sich, »Julie – ist alles in Ordnung mit Ihnen? Sie sehen so bleich aus plötzlich.«

Sie hat sich tatsächlich schwach gefühlt, als sei sie wieder gegen die unsichtbare Wand gelaufen. Doch jetzt erhebt sie sich. »Es ist nichts, Madame. Haben Sie vielen Dank für Ihre freundliche Fürsorge. Und auch für die Hoffnung, dass meine Mutter mir diese Schwester vielleicht aus einem glücklichen Grund verborgen hat.«

»Großes Glück und großes Unglück gehören oft eng zusammen, mein Kind.«

22

Zwei Stunden später hält sie vor dem Kreisel mit dem aus Buntnessel und Greiskraut gepflanzten Schriftzug *Le Havre*. Sie gibt die Straße von Madame Bechets Schwester ins Navigationsgerät ein. Sie liegt in Sainte-Adresse, dem Ort des Monet-Bildes. Sie hatte den Namen bislang für Phantasie gehalten, aber er existiert tatsächlich. Die Stimme dirigiert sie vorbei an Betonbauten, deren Monotonie von einfallsreichen Gärtnern gemildert wurde: Üppig wuchern rosafarbener Mangold, Rosenkohl und orangegelbe Kürbisse zwischen farbenprächtigen Blütenstauden und Ziergräsern. Sie wird in die Oberstadt geleitet, vorbei an einem Soldatenfriedhof, schließlich hält sie vor einer großen weißen Villa im Bauhausstil. Bevor sie klingeln kann, öffnet sich bereits die Tür. Einen Augenblick empfindet Julie ein Déjà-vu: Vielleicht ist Madame Revel ein wenig kleiner und fülliger, aber Gesicht, Frisur und Haltung sind völlig gleich. Auch die Stimme ist genauso liebenswürdig und wohlklingend wie die ihrer Schwester: »Sie sind bestimmt Julie? Seien Sie herzlich willkommen.« Sie führt ihren Gast in einen Raum, dessen atemberaubender Blick über die Küste bis hinüber nach Étretat reicht. Die Einrichtung besteht aus Antiquitäten, farbigen gewebten Teppichen und alten Ölgemälden an den Wänden. Eines ist Julie sehr vertraut: *Terrasse à Sainte-Adresse*.

»Das Original hängt im Metropolitan Museum of

Art in New York«, bemerkt ihre Gastgeberin. »Aber diese Kopie ist gut gelungen.«

»Ich kenne das Bild seit meiner Kindheit. Auch in unserem Wohnzimmer hing eine Kopie. Auch sie war nicht schlecht. Ich habe gestern Ihren Aufsatz dazu gelesen. Er hat mir sehr gefallen.«

»Das ist freundlich von Ihnen. Mir gefällt er inzwischen weniger. Ich habe wie immer zu sehr vereinfacht, um mich dem Leser verständlich zu machen. Das geht zwangsläufig auf Kosten der Qualität.« Man hört die Haustür gehen. »Das wird mein Sohn sein. Ich habe ihn schon vorgewarnt. Sie können ihm gleich Ihr Anliegen vortragen.«

Ein Mann betritt den Raum. Anfang fünfzig, korpulent, die blonden Haare mit Gel nach hinten gekämmt, der dunkelblaue Anzug, das seidene rosafarbene Hemd zu eng. Er hält ein kleines Zeiss-Fernglas in der Hand, das er auf dem Kaminsims abstellt, bevor er seine Mutter mit Küssen auf beide Wangen begrüßt. »Hast du heute etwas mehr Glück gehabt, chéri?« Sie entfernt ihm einen Fussel vom Revers. »Er kommt nämlich gerade aus Deauville. Es sind die letzten Pferderennen der Saison.«

Als Julie ihm die Hand reicht, nimmt er sie zu einem vollendeten Handkuss. »Revel junior von der Kanzlei Revel & Revel. Ich höre, Sie befinden sich in einer schwierigen Lage, Madame. Da bekommen Sie aus heiterem Himmel eine Schwester, von deren Existenz Sie bis vor kurzem keine Ahnung hatten, und dann wissen Sie nicht einmal, wo Sie sie finden können?«, fasst er den Sachverhalt zusammen. »Darf ich fragen, geht es dabei um eine Erbschaft?«

»Wenn es nur das wäre. Ich bin, wie Sie es richtig gesagt haben, in einer schwierigen Lage. Diese neue Schwester verändert so viel, ohne dass sie für mich bisher Wirklichkeit ist. Das Verhältnis zu meiner kürzlich verstorbenen Mutter zum Beispiel. Warum hat sie mir ihre Tochter verheimlicht? Was wusste mein Vater davon? Und auch ich selbst stelle vieles an mir in Frage: Bin ich zu vertrauensselig? Habe ich als Tochter etwas falsch gemacht? All das würde vielleicht wieder ins Lot kommen, wenn ich meine Schwester endlich vor mir hätte, wenn ich mit ihr reden könnte. Sie können sich vorstellen, wie es ist, so eng verwandtschaftlich mit einem Menschen verbunden zu sein, der zugleich existiert und nicht existiert.«

»Ich verstehe Sie voll und ganz. Es ist eine offene Wunde, die nicht heilen kann, bevor man alles weiß. Aber wäre da ein Detektiv nicht der bessere Wundarzt, Madame?«

»Sie haben doch Zugang zum Melderegister? Ich muss den Aufenthaltsort des Mannes in Erfahrung bringen, der berechtigt ist, meine Schwester mittels einer Generalvollmacht zu vertreten. Nur über ihn komme ich an sie heran, wie es aussieht.«

»Es existiert also eine Generalvollmacht. Das verkompliziert die Sache. Sind Sie sicher, dass es dieses Dokument gibt?«

»So hat die deutsche Anwältin es mir gesagt. Eine Kanzlei in Sainte-Marguerite-sur-Mer hat ihr bestätigt, dass vor drei Jahren eine solche Vollmacht notariell beglaubigt wurde.«

»Sie arbeiten also schon mit einer französischen Kanzlei zusammen. Warum haben die nichts herausgefunden? Na gut. Schreiben Sie mir die Namen bitte auf. Auch den der deutschen Kanzlei. Und falls Sie ein Foto haben, lassen Sie es mir da.«

Seine Mutter reicht Julie einen Schreibblock und einen Stift.

»Falls Sie irgendeine Möglichkeit sehen, direkt an meine Schwester heranzukommen – also unter Umgehung dieses Bevollmächtigten ...«

»Ich werde morgen mit der Kanzlei Kontakt aufnehmen. Sie können sicher sein, dass ich nichts unversucht lasse.«

Er wendet sich an seine Mutter. »Maman? Du wolltest in die Stadt?«

»Ja. Wenn du mich zu den Azés bringen könntest? Julie, Isabelle zeigt Ihnen Ihr Zimmer. Falls Sie irgendetwas benötigen – sie ist unser guter Geist im Haus. Adieu, fühlen Sie sich recht wohl bei uns.« Julie gibt ihrem Sohn den Zettel. »Ich habe Ihnen auch meine Adresse in Deutschland aufgeschrieben, für Ihre Rechnung. Oder wie ist es Ihnen am liebsten?«

»Goudevert«, liest er leise ab. »Ein wallonischer Name.«

»Ist das für Frankreich nicht eher ungewöhnlich?«

»Wenn man ganz Frankreich betrachtet, haben Sie recht. Aber in unserer Gegend trifft man solche Namen durchaus häufiger an. Das liegt daran, dass sich nach dem Ausbruch des Ersten Weltkriegs die belgische Exilregierung hierher zurückzog. Sainte-Adresse war der vornehme Villenvorort von Le Havre. Viele verschlug es damals aus Brüssel hierher. Also«, er gibt ihr diesmal die Hand, »alles Gute. Über Geld reden wir später.«

Kurz darauf betritt sie ihr Zimmer. Ein unwirkliches Licht fällt durch das große Fenster, der Blick geht aufs Meer, auf die Küste nach Étretat. Auch wenn dieses Motiv vielleicht zu oft und von zu vielen Künstlern gemalt worden ist, so verspürt sie plötzlich, wie schon seit Jahren nicht mehr, den heftigen Wunsch, wieder eine Leinwand aufzuziehen, zu Farben und Pinsel zu greifen, und dieses Meer in ein Bild zu verwandeln, das sein Geheimnis nicht zerstört.

Ein breiter Strand aus rundgeschliffenen Kieseln reicht von den weißen Klippen bis zur Flussmündung. Hölzerne Badekabinen, weiß-, rosa- und gelbgestrichen, stehen in mehreren Reihen hintereinander, die Atmosphäre ein Nachklang des Sommers. Gerade fährt ein Öltanker in die Seinemündung, vor der Hafeneinfahrt liegt ein Kreuzfahrtschiff auf Reede, im Gegenlicht ein schwarzer Scherenschnitt im glitzernden Wasser. Die Promenade ist fast leer, Kellner stehen vor den Restaurants in der Sonne und warten auf Kundschaft. Immer noch der spezielle Zauber der Nachsaison, wenn die schon kühle Luft sich langsam wieder erwärmt. Julie geht in ein Bistrot, bestellt sich eine Portion Muscheln, ein Glas Chardonnay dazu. Sicher ließ auch Claire sich damals irgendwo hier nieder, gespannt auf die fremde Stadt, mit der Hoffnung auf gute Geschäftsabschlüsse. Was dann geschah? Es muss eine Begegnung gegeben haben. Blicke, erste Sätze, hinter denen sich eine ziellose Sehnsucht verbarg. Was hatte der andere gehabt, dass er Claires Verlobten so mühelos ausstechen konnte?

Julie beugt sich vor, um den Kellner auf sich aufmerksam zu machen. Unvermittelt begegnet sie dabei einem fremdvertrauten Gesicht im Spiegel hinter der Bar. Es dauert einen Moment, bis sie begreift, dass es ihr eigenes Konterfei ist, reflektiert über einen zweiten Spiegel, so dass sie sich sieht, wie andere sie sehen: die Seiten vertauscht wie auf einem Foto, auf dem das eigene Gesicht, das man nur aus dem Spiegel kennt, immer etwas fremd wirkt. Unwillkürlich streicht sie sich über ihr Haar. Genau wie der Vater. Ist es wirklich erst fünf Tage her, seit sie, auf der Sessellehne neben ihm sitzend, seinen weißen Haarwirbel glattzustreichen versucht hat?

Sie zahlt, dann fährt sie weiter. Die Leihwagenfirma liegt am Rande des Industriegebiets, nahe der großen Brücke über die Seine. Als Julie den Wagen abgegeben hat, läuft sie an den Fluss, wo es unter den mächtigen Brückenpfeilern eine Aussichtsplattform gibt. Auf der Böschung davor parkt eine dunkle Limousine, am Steuer ein livrierter Chauffeur. Julie sieht, dass er ihr über den Seitenspiegel mit den Augen folgt, als sie hinabsteigt. Auf einer der Bänke unten sitzt ein Mann in einem langen weißen Ledermantel, einen hellen Stetson auf den weißen Haaren. Seine kräftigen Hände umspannen den silbernen Knauf eines Spazierstocks, als wolle er jeden Moment wieder aufspringen. Er beugt den Oberkörper weit vor, hält den Kopf schräg und starrt aufs Wasser. Wo hat sie dieses Bild schon einmal gesehen? Als sie an ihm vorübergeht, begegnet sie einem forschenden Blick aus wasserhellen Augen. Sein Gesicht ist von Falten durchzogen und wirkt dennoch seltsam jung. Sie setzt sich auf die freie Bank. In diesem Moment erklingt eine Turmuhr: fünf dünne Schläge. Er verändert seine Haltung, lehnt sich zurück und blickt Julie direkt ins Gesicht, so dass sie sich schließlich unangenehm berührt abwendet. Plötzlich hört sie seine Stimme, tief und rau. »Warten Sie auch auf jemanden?«

»Nein. Das heißt, doch. Und Sie? Kennen wir uns von irgendwoher?«

Abrupt erhebt er sich. »Sie sind wohl spezialisiert auf Phantome? Dann viel Glück!« Er geht. Mit nicht ganz sicheren Schritten, aber mit der zielgerichteten Langsamkeit eines sehr alten Menschen.

Ein kleiner Mann mit einer ledernen Schirmmütze auf dem Kopf, den sie zuvor nicht bemerkt hat, ruft von einer Bank herüber: »Das ist eine tragische Figur. Kommt seit langem um diese Jahreszeit gegen Sonnenuntergang hierher. Die Leute sagen, er wartet auf seine ehemalige Geliebte. Er soll sie so schlimm beleidigt haben, dass er nicht sterben kann, bevor er sich nicht mit ihr ausgesöhnt hat.«

»Was für eine traurige Geschichte. Kennen Sie ihn?«

»Nicht persönlich. Man nennt ihn den Patriarchen. Er muss jenseits der Hundert sein. Und ungeheuer reich. In seiner Villa sollen berühmte Bilder hängen. Ich bin erst vor kurzem hergezogen und wiederhole Ihnen nur, was ich so aufgeschnappt habe. Die Leute hier orakeln gern, besonders wenn sie etwas nicht verstehen.«

Er tippt mit dem Finger gegen den Schirm seiner Mütze und geht. In diesem Moment hört sie das Schlagen einer schweren Wagentür. Wenig später fährt über ihr die dunkle Limousine auf die Brücke hinauf und verschwindet über den Fluss.

Zurück bei den Revels, führt das Hausmädchen sie ins Wohnzimmer. »Madame würde gern den Tee mit Ihnen einnehmen. Sie wird gleich da sein.« Julie betrachtet die Bilder an den Wänden. Ölgemälde, Aquarelle und Zeichnungen.

»Gefallen sie Ihnen?«, erklingt die Stimme Madame Revels. Julie dreht sich zu ihr um.

»Um diese Sammlung würde Sie sicher manches Museum beneiden.«

»Die Eltern meines Mannes haben die meisten erworben. Mögen Sie alle Bilder anschauen? Interessieren Sie sich für Kunst?«

»Sehr. Ich habe Malerei studiert. Auch wenn das lange her ist.«

»Dann kommen Sie.« Sie öffnet eine Schiebetür zum Nebenraum, dessen Wände von zahllosen gerahmten

Bildern bedeckt sind, wie in den oft beengten Künstlerateliers.

»Die Motive in diesem Raum stammen ausnahmslos aus der Umgebung. Um die letzte Jahrhundertwende haben fast alle Maler einmal in unserer Region gearbeitet. Nicht nur Franzosen. Die ganz berühmten, aber auch viele andere, von denen man nie gehört hat. Natürlich ein großes Glück für Sammler.«

»Beeindruckend. Mir scheint, alle Bilder, die hier hängen, sind von hoher Qualität.«

»Da haben Sie recht. Auch wenn nicht alle von heute berühmten Malern stammen. Aber große Namen sind ja oft nur ein Ergebnis von Zufällen. Werke der Maler aus der sogenannten zweiten Riege werden in letzter Zeit aber zunehmend geschätzt. Auktionen setzen bereits zweistellige Millionenbeträge mit solchen Bildern um. Eine sehr spannende Entwicklung. Damals gaben viele Maler ihre Bilder für Kost und Logis her. Unsere Region ist besonders reich an solchen verborgenen Kunstschätzen. In so manch einer Familie gibt es phantastische Gemälde, von deren Existenz die Öffentlichkeit gar nichts weiß. Und nur, weil dort einst ein armer Künstler in ihrer Dachstube Quartier genommen hat.«

Das Telefon läutet. Sie sieht auf die Uhr. »Bestimmt mein Sohn.« Sie hebt ab. Dann hört sie eine ganze Weile zu und nickt dabei Julie zu. »Moment, chéri, ich hole etwas zum Schreiben.« Sie zeigt auf einen kleinen Tisch, und Julie bringt ihr Papier und Stift. »Ich bin so weit. Sainte-Marguerite, sagst du? Sur-Mer. Chemin Bois de – was hast du gesagt? Ah, Vasterival. Verstehe. Nicht Pourville«, sagt sie und notiert die Anschrift.

Julie hört gebannt zu. Das ist doch die Gegend, in der sie vor kurzem umhergeirrt ist. Am anderen Ende wird wieder länger gesprochen. Schließlich sagt Madame Revel: »Zweiundsiebzig. Gut. Ich werde es ihr ausrichten. Bis morgen dann, ich erwarte dich zum Essen.«

Sie legt das Telefon fort. »Es gibt Neuigkeiten. Kein Wunder, dass Ihre Anwältin in Deutschland nicht weiterkommt. Mein Sohn hat mit der Kanzlei, die Sie ihm genannt haben, Kontakt aufgenommen. Es ist ihm gelungen zu erfahren, dass es eine Reihe von Auflagen im Zusammenhang mit dieser Generalvollmacht Ihrer Schwester gibt. Und zwar von Seiten des Bevollmächtigten. So existiert eine ausdrückliche Verfügung seinerseits, die Auskunft, wo Ihre Schwester sich befindet, an niemand Drittes weiterzugeben. Das ist ungewöhnlich, aber es ist nicht sittenwidrig, sagt mein Sohn. Auffällig ist allerdings, dass diese Bestimmung keine vierzehn Tage alt ist. Mein Sohn meint, es sehe ganz danach aus, als wolle man Sie persönlich damit treffen. Eine Reaktion auf Ihre Nachforschungen, vermutet er.«

»Der Brief, den die Anwältin geschickt hat. Zeitlich käme das hin. Etwa vor vierzehn Tagen. Er kam ungeöffnet zurück. Wir nahmen an, es sei die falsche Adresse gewesen. Ein Zahlendreher.«

»Na ja, in der Gegend dort – das sind lauter kleine Dörfer. Eigentlich oft nur Häuseransammlungen, vor hundert Jahren wurde einfach irgendwo gebaut. Nicht alles so geordnet wie heute. Es geht wild durcheinander, Parks und Villen, plötzlich endende Wege, da kann die Post schon mal an ihre Grenzen kommen.« Sie gibt Julie den Zettel mit der Adresse des Bevollmächtigten.

»Halten Sie es für möglich, dass die Annahme unseres Briefes bewusst verweigert wurde?«

»Wenn man diese Verfügung betrachtet – durchaus. Immerhin, einen Schritt weiter sind wir jetzt. Diese Anschrift ist gar nicht so weit von meiner Schwester, wie es den Anschein hat – Sie haben also intuitiv schon ganz richtiggelegen. Für die Einsicht ins Melderegister wird mein Sohn Sie für alle Fälle anmelden, aber bis Sie Einblick bekommen, wird es noch einige Zeit dauern. Was werden Sie jetzt tun?«

»Ich muss dorthin zurück. Ich muss diesen Mann ausfindig machen, der offenbar nicht will, dass ich Kontakt zu meiner Schwester aufnehme.«

Madame Revel blickt auf die alte Standuhr. »In einer Stunde geht der Schnellzug nach Paris. Sie hätten in Rouen direkten Anschluss nach Dieppe. Den können Sie gut schaffen. Sie haben ja nicht viel Gepäck dabei. Ich rufe Ihnen ein Taxi. Und nehmen Sie das Foto Ihrer Schwester wieder an sich, mein Sohn braucht es nicht.« Sie wirft einen Blick darauf. »Sie beide haben übrigens durchaus Ähnlichkeit miteinander. Dieser ungewöhnliche Haaransatz über der Stirn – bei Ihnen ist er stärker ausgeprägt als bei Ihrer Schwester – aber das liegt sicher nur daran, dass sie das Haar so streng nach hinten gekämmt hat.«

»Was meinen Sie? Was für eine Ähnlichkeit – unser Haar?«

»Ja. Das springt doch geradezu ins Auge. Und die Stellung der Augen. Ungewöhnlich weit auseinander.«

»Die Augen haben wir von unserer Mutter.«

»Na das nehme ich doch an.«

»Aber diesen Haarwirbel, den nicht. Den habe ich von meinem Vater.«

Jetzt ist Madame Revel diejenige, die verwirrt ist: »Von Ihrem Vater? Dann ist doch eigentlich alles klar!«

Nein, denkt Julie. Eben nicht! Das kann nicht sein. Ihr Vater ist schließlich nicht der Vater von Florence. So steht es doch im Testament.

24

Es stürmt, als Julie den vertrauten Weg vom Bahnhof in die Fußgängerzone von Dieppe geht. Die Geschäfte sind schon geschlossen, direkt neben ihr rasselt ein Aluminiumgitter vor einem Schaufenster herab. Unvermittelt steht sie vor der Kathedrale. Der Bau erhebt sich wie ein fossiles Urtier aus der Mitte der Häuser. Ein flatterndes gelb-schwarzes Plastikband sperrt einen Teil des Bürgersteigs ab, farbige Glasscherben liegen dort auf dem Pflaster. Julie blickt nach oben. In einem der wenigen alten Fenster, die den Bombenhagel des Kriegs überdauert haben, klafft ein Loch wie von einem Steinwurf.

An der Rezeption des Hotels gibt man ihr ausgerechnet für das Zimmer den Schlüssel, in dem sie eine Nacht mit Guillaume verbracht hat. »Bitte, ich hätte gern ein Zimmer zur anderen Seite.« Sie möchte nicht das Gefühl haben, er könne jeden Moment aus der Dusche treten. Als sie am nächsten Morgen zur Sportsbar geht, schaukeln die Boote noch immer heftig im Hafen. Wie dunkle Schlangen winden sich die gespiegelten Masten der Yachten auf den Wellen. Der tätowierte Schmetterling auf der Schulter der Kellnerin scheint zu flattern, als diese ihr eine große Tasse Kaffee bringt, mit einem Lächeln, als seien sie bereits alte Bekannte. Zwischen den Flaschen der Bar steht jetzt ein Foto mit schwarzem Trauerflor. Es zeigt die zwei Fischer des Kutters *Kalypso*. Vater und Sohn. Beide ertrunken.

Sie nimmt den Bus. An der Haltestelle gegenüber der Apotheke steigt sie aus. Die Apothekerin fällt ihr ein. Sie kann ihr bestimmt genau sagen, wohin sie gehen muss. Doch als sie an die Tür kommt, sieht sie einen handgeschriebenen Zettel darin hängen. Wegen eines Trauerfalls heute geschlossen.

Sie geht zurück und läuft, bis sie zu einem befestigten Weg parallel zum Wald gelangt. Dort biegt sie ab. Nirgendwo Straßennamen. An der Stelle, wo die Straße sich teilt, steht eine Silberfichte mit tief herabhängenden Zweigen. Vielleicht verdecken sie das Schild. Sie geht hin. Nichts. Sie holt die Karte aus dem Internet heraus, die sie sich bei Madame Revel ausgedruckt hat, und versucht sich zu orientieren. Dann folgt sie dem Weg rechter Hand bis zu einer Abbiegung. Sie kommt ihr bekannt vor. Hier ist sie doch neulich schon gewesen? Aber wo ist sie genau? Die Straße, nach der sie sucht, gibt es hier nicht. Sie läuft weiter. Immer wieder Villen mit großen Parks. Oder ist es bereits ein kleiner Wald? Überall steht *Privée* – Privatwege und Einfahrten. Manchmal sieht es so aus, als sei dort vielleicht früher einmal eine Straße gewesen, von Bäumen und Büschen gesäumt, aber jetzt ist da nichts mehr, sie kommt überhaupt nicht hinein. Schließlich steht sie vor dem Haus mit der Überwachungskamera, das sie neulich schon gesehen hat, dahinter liegt die unbewohnte Villa. Der Weg ist zu Ende. Aus dem Mund von Madame Revel hatte die Anschrift so einfach geklungen. Vor Ort aber sieht alles ganz anders aus. Julie kehrt zur Hauptstraße zurück. Unweit der Bushaltestelle steht ein Polizeiauto mit laufendem Motor. Als sich Julie nähert, wird die Scheibe heruntergelassen. Zwei Beamte sitzen darin. Sie zeigt ihren Zettel mit der Adresse. »Gibt es diese Straße hier nicht mehr?«

Der Fahrer, ein junger Mann mit heller Haut und Sommersprossen, liest, zuckt die Achseln. »Ich bin nicht von hier.«

»Zeig mal her«, sagt der ältere Mann mit dem grauen Schnauzer neben ihm und wirft einen Blick auf die Adresse. »Doch, doch. Die gibt es. Warten Sie.«

Er holt eine Karte aus dem Handschuhfach und faltet sie auseinander. Dann fordert er sie auf: »Steigen Sie mal ein, wir fahren Sie hin.«

Er dirigiert seinen Kollegen zu einem Waldstück. Dann halten sie. »Diese Gegend hier heißt Vasterival. Die Straße zieht sich in mehreren Armen und Bögen die ganze Küste entlang.«

Julie bedankt sich und macht sich erneut auf den Weg. Wieder weitläufige Grundstücke im Wald, alte Villen mit Namen wie *La Jolie* oder *Ma Petite* oder *Les Pins*. Die wenigstens haben Hausnummern, auf die Fünf folgt die Vierundneunzig, alles ist chaotisch. Plötzlich eine Sequenz von fünf Hausnummern in ordentlicher Reihenfolge. Sie endet mit der siebzig. Julie folgt einer Haarnadelkurve. Die Straße mündet in einen Teil, in dem sie bereits gesucht hat. Weit zurückgesetzt ein Haus. Auch hier keine Nummer. Könnte es die Einundsiebzig sein? Dann endet der Weg. Sie will aufgeben. Da sieht sie zwischen den Bäumen oberhalb eines Abhangs die Umrisse eines Gebäudes. Es ist nicht einfach, dorthin zu gelangen, der Weg ist zugewachsen, immer wieder bleibt sie an den Dornen der Brombeersträucher hängen. Dann steht sie auf einer wildwuchernden Wiese vor einem heruntergekommenen Haus. Die Zweiundsiebzig? Abgeplatzte Brocken von Putz liegen im Gras, Schindeln sind vom Dach gefallen, Fensterscheiben zerbrochen. Die Eingangstür aus Holz hat keine Klinke. Unwahrscheinlich, dass hier noch jemand wohnt. Doch die Tür steht einen Spalt weit offen. Julie nähert sich. Plötzlich riecht sie Zigarettenrauch. Sie stößt die angelehnte Tür auf. Als sich ihre Augen an die Dunkelheit gewöhnt haben, sieht sie jemanden im Flur stehen. Die Spitze einer Zigarette glüht auf und spiegelt sich in gelben Hundeaugen. Das Tier beginnt zu knurren.Julie nimmt ihren Mut zusammen. »Monsieur Goudevert?« Der Mann nähert sich. Julie weicht zurück. Im Tageslicht erkennt sie ihn. Es ist der Mann aus dem Hohlweg. Graue Strähnen hängen ihm ins Gesicht. »Das hier ist Privateigentum. Verschwinden Sie gefälligst.«

»Ich hätte eine Frage an Sie.«

»Verschwinden Sie, sagte ich, ehe ich den Hund auf Sie hetze.« In diesem Moment erscheint hinter ihm eine schmale Gestalt. Eine dünne Stimme ruft: »Kommst du, bitte?« Der Mann dreht sich widerwillig um. Bevor er geht, macht er eine drohende Gebärde in Julies Richtung. Dann wird die Tür zugezogen.

»Halt!« Julie rennt zurück. »Ich muss Sie dringend sprechen!« Sie hört, wie innen ein Schlüssel im Schloss umgedreht wird. »Bitte, ich muss mit Ihnen reden!« Sie trommelt gegen das ausgeblichene Holz. »Sie müssen mir sagen, ob Sie der Bevollmächtigte meiner Schwester Florence sind!« Lautes Hundegebell und eine Männerstimme. Wieder hämmert Julie gegen die Tür. Etwas fällt polternd zu Boden. Dann ein Klatschen, der Schrei eines Kindes. Der Hund kläfft wie toll. Die Tür öffnet sich plötzlich wieder, und das Tier springt mit einem großen Satz heraus.

Mit langsamen Bewegungen geht sie rückwärts, redet beruhigend auf das Tier ein. Am Ende der Wiese angekommen, lässt der Hund von ihr ab. Sie läuft schnell davon, blickt sich um. Obwohl niemand ihr folgt, bleibt sie erst an der Hauptstraße wieder stehen, um Luft zu schöpfen. Vor dem Restaurant stellt der Wirt mit der weißen Schürze gerade eine beschriftete Tafel auf die Gartenterrasse.

»Bekomme ich bei Ihnen schon etwas zu essen?«

»Aber sicher. Gehen Sie nur hinein, ich komme gleich.«

Das Speisezimmer ist von der Sonne in blendendes Licht getaucht, vervielfacht von einem Spiegelfries, der um den ganzen Raum herum verläuft. Erschöpft lässt Julie sich auf einem Stuhl nieder. »Was darf ich Ihnen bringen, vielleicht ein Glas Rotwein zur Stärkung? Sie haben wohl einen anstrengenden Spaziergang hinter sich? Ich habe einen ausgezeichneten offenen Bordeaux.« Julie blickt in ein freundliches Gesicht mit vielen Lachfältchen um die dunklen Augen.

Er bringt ihr ein gut gefülltes Glas und eine Karaffe mit Wasser. Sie trinkt, der Wein belebt sie. Langsam fühlt sie sich besser. Es war dumm von ihr, die Sache auf eigene Faust anzugehen. Sie braucht unbedingt Hilfe. Aber wen soll sie fragen? Den Sohn von Madame Revel? Soll sie seinem Rat folgen und ein Büro beauftragen, das sich professionell mit der Suche verschollener Familienmitglieder befasst?

Der Wirt stellt ein Körbchen mit Brot und gesalzener Butter vor sie hin. »Die Kressesuppe wäre fertig. Dazu könnte ich Ihnen einen Salat machen und vielleicht auch einen Teller mit Charcuterie?«

»Das klingt ausgezeichnet. Sagen Sie – wissen Sie, wer die alte Villa am Ende des Wegs bewohnt, der hier um die Ecke zur Küste führt? Sie liegt schon fast im Wald.«

Er macht eine wegwerfende Handbewegung. »Ein komischer Kauz. Ein Einzelgänger. Nicht gerade beliebt hier. Ewig schlecht bei Kasse, lässt anschreiben, das mögen die Leute nicht. Und unfreundlich ist er außerdem.«

»Wissen Sie seinen Namen?« Der Wirt überlegt. Schließlich setzt sie hinzu: »Heißt er vielleicht Goudevert?«

»Ich weiß nicht. Es war ein merkwürdiger Name. Aber, doch ja, ich glaube, so heißt er.«

Sie spürt, wie ihr Puls sich beschleunigt. »Wohnt noch jemand bei ihm?«

»Vor einiger Zeit soll er die Tochter eines Verwandten aufgenommen haben, sagt man. Gesehen habe ich die Kleine hier aber noch nie.«

»Wem gehört denn das Haus?«

»Ihm wohl. Ich wüsste nicht, wem sonst. Es steht unter Denkmalschutz, aber er hat kein Geld, es instand setzen zu lassen. Verkaufen will oder kann er anscheinend nicht. Ach ja: Er gibt sich gern als Künstler aus. Und grad vorgestern war die Polizei dort. Nicht zum ersten Mal. Warum auch immer. Sie sehen übrigens viel besser aus als vorhin, Sie waren ja ganz außer Atem.«

Ihr Mobiltelefon meldet sich. Es ist Fabian. »Julie, bist du noch im Lande? Ich freue mich, dass du dich bei mir gemeldet hast. Ich habe deine Nachricht erst jetzt bekommen. Mein Handy war unauffindbar. Ich dachte, geklaut. Ich habe die Karte natürlich sperren lassen. Heute war es wieder da. Es lag ganz unschuldig in meinem Handschuhfach. Das mit deiner Mutter tut mir leid. Wir müssen uns unbedingt treffen. Wo bist du denn eigentlich? Ich bin jetzt beruflich in Paris. Aber wenn du nicht kannst ...« Fabian redet wie ein Wasserfall. Julie unterbricht ihn. »Ich bin schon bald eine Woche in der Normandie, bei Dieppe, um genau zu sein. Paris wäre nicht schlecht, als kleine Abwechslung. Außerdem würde ich dich auch gerne wiedersehen. Ich könnte den nächsten Zug nehmen und in drei Stunden am Bahnhof Saint-Lazare sein.«

»Das würde glänzend passen. Vom Lazare fahr weiter zur Gare de l'Est, ich bin ganz in der Nähe in einer Galerie. Ruf mich an, sobald du dorthin unterwegs bist, ich hole dich dann vom Bahnhof ab. Also! Das ist mal eine wunderbare Überraschung!«

Sie legt auf. Fabian hat es ihr sehr leicht gemacht. Nach all den Jahren und trotz der Umstände ihrer Trennung verspürt sie kaum Fremdheit.

Julie zahlt und macht sich auf zur Bushaltestelle. Ist es eine Flucht? Das Zusammentreffen mit diesem Goudevert hat ihr mehr zugesetzt, als sie gedacht hat. Die Straße liegt wie ausgestorben. Plötzlich nimmt sie eine Bewegung wahr. In einem dunklen Hohlweg steht jemand. Reglos jetzt, den Blick unverwandt in ihre Richtung geheftet. Goudevert etwa? Die Straße ist von einer Ligusterhecke begrenzt. Dort sieht sie einen Kopf auf- und wieder abtauchen. Sie beschleunigt ihre Schritte, fühlt sich erst sicher, als sie die Haltestelle erreicht. Wenige Augenblicke später hält der Bus. Als sie einsteigen will, sieht sie, wie jemand angerannt kommt – der Junge vom Strand.

»Wollen Sie nun mitfahren oder nicht?«, ruft der Busfahrer. Julie hat sich umgedreht und geht dem Jungen entgegen. Die Tür schließt sich, der Bus fährt los. Schwer atmend bleibt der Junge vor ihr stehen. Er wirkt außer sich. Sein Gesicht ist tränenverschmiert. Er greift in seine Jacke und zieht einen länglichen, in eine Plastiktüte gewickelten Gegenstand hervor. Wortlos überreicht er ihn ihr.

»Ist das wieder ein Geschenk? Wie heißt du?«

Plötzlich nicht weit von ihnen Gebell. Rufe. Ein scharfer Pfiff. Der Junge fährt herum. Aus dem Hohlweg stürmt Goudeverts Hund herbei. Gelbe Augen, salzverkrustetes Fell, unter dem die Rippen hervorstehen. Der Junge rennt ihm entgegen. »Warte! Ich tu dir doch nichts.« Doch schon sind beide wie vom Erdboden verschluckt. Julie geht zurück zum Restaurant.

»Bus verpasst?«, fragt der Wirt. »Nicht schlimm. Der nächste fährt in einer Stunde. Sie sehen aus, als könnten Sie noch ein Glas von dem Roten vertragen.«

»Bringen Sie mir bitte dazu eine Flasche Wasser.« Sie ist ganz allein in der Gaststube. Zu früh für die Mittagsgäste. Als der Wirt die Getränke gebracht hat und wieder gegangen ist, legt sie die Plastiktüte vor sich auf den Tisch, streift das Gummiband ab und entfernt die Hülle. Eine Rolle Pergamentpapier kommt zum Vorschein, von der Art, wie Architekten es für ihre Entwürfe benutzen. Sie rollt es auseinander und beschwert die Seiten mit der Kachel und ihrem Mobiltelefon. Der Bogen ist mit Linien, Zahlen und Schraffuren bedeckt, alles mit feiner Tusche ausgeführt. Eine Schatzkarte, wie sie sie einst gerne im Geheimfach des Sekretärs ihrer Mutter gefunden hätte. Es dauert eine Weile, bis Julie Einzelheiten deuten kann. Am unteren Rand Zeilen mit botanischen Bezeichnungen und Angaben zur Bodenbeschaffenheit. Über das ganze Blatt sind Ziffern verteilt. Die höchste, die sie entdecken kann, ist eine Siebenunddreißig. Was sie bedeuten sollen, ist nicht klar. Dann hat sie eine Idee: Sie zieht Linien zwischen den Zahlen, in der Reihenfolge ihrer Größe, wie sie es von Rätselbildern aus der Kindheit kennt. Aber es entsteht kein sinnvolles Bild. Manche Linien kreuzen sich, kleine Quadrate und Rechtecke entstehen. Die Pflanzennamen: Hepatica nobilis. Delphinium Opal. Linum narbonense. Hydrangea Blue Sky. Heuchera Obsidian. Echinacea purpurea. Dianthus sylvestris. Helleborus orientalis. Vertraute Bezeichnungen, manche mit Sternchen versehen. Es sind siebenunddreißig. Also markieren die Ziffern offenbar die Standorte der Pflanzen. Sie ordnet beides einander zu. Aber es funktioniert nicht. Eine ausladende, lichten Schatten liebende Hortensie am selben Standort wie der Lavendel? Eine Funkie neben der Achillea? Kleine blaue Leinenblüten unter einem hohen Rittersporn? Kein Gärtner würde so vorgehen. Julie dreht den Bogen um. Seine Rückseite ist mit winzigen Bleistiftzeilen bedeckt.

Der Wirt steht plötzlich an ihrem Tisch und räuspert sich. Sie ist so vertieft in den Versuch, die Karte zu verstehen, dass sie sein Kommen nicht gemerkt hat. »Möchten Sie noch etwas?«

»Ja, einen doppelten Café noir. Haben Sie vielleicht eine Lupe für mich?«

Er bringt ihr beides. Es gelingt ihr, die Schrift zu entziffern. Wort für Wort überträgt sie in ihr Notizbuch, manches ist deutsch, das meiste französisch, einzelne Wörter, die kaum lesbar sind, ergänzt sie ihrem vermutlichen Sinn nach, so dass schließlich ein lesbarer Text entsteht:

»Meiner Mutter Sprache habe ich gelernt in meines Vaters Land. Als ich genügend Wörter kannte, zog ich fort, um die Mutter zu suchen. In jenen Zeiten bin ich viel gereist. Zumeist nachts, durch Sümpfe und Wälder, oft im Regen der Tropen. Ich folgte den Flüssen bis zu den Städten in den großen Deltas. All meine Reisen führten mich unweigerlich ans Meer. Dorthin gehöre ich. Es ist der einzige Ort, an dem ich kein Fremdling bin. Meine Kindheit verbrachte ich in einem einfachen Holzhaus in den Dünen. Es war aus Planken und Balken gebaut, von den Wellen angespült. Jeden Tag lief ich ans Meer. Die Flut brachte mir unzählige Geschenke:

Flaschen, Puppen, eine Kokosnuss, eine geborstene Geige, seltene Muscheln. Farbige Glasscherben. Ich arrangierte sie zu zauberartigen Blumen, die abends, wenn die Sonne tiefer stand, erblühten. ›Dein Glasgarten‹, sagte mein Vater. ›Er hätte deine Mutter gefreut.‹ ›Wo ist sie?‹, fragte ich ihn. ›Wo soll ich sie suchen?‹ Er sah aufs Meer. ›Dort draußen‹, antwortete er. ›Tief unter den Wellen, bei den Muscheln und Korallen. Wenn ein Sandkorn zwischen die Schalen einer Auster dringt und von Perlmutt umschlossen wird, entsteht daraus manchmal eine Perle.‹ ›Habe ich eine Perlmutter?‹, fragte ich. ›Ja‹, sagte er. ›Genauso heißt sie.‹«

Eine bewegende Botschaft, denkt Julie, während sie den Bogen sorgfältig zusammenrollt.

»Wenn Sie den nächsten Bus nicht auch verpassen wollen, müssen Sie jetzt los«, ruft der Wirt. Sie zahlt und rennt auf die Straße. Der Bus ist schon da. Der Fahrer hat sie gesehen und wartet bei geöffneter Tür.

25

»Rouen-Rive-Droite«, tönt es aus dem Lautsprecher, »Reisende nach Paris begeben sich bitte zum Zug auf Gleis drei.« Als sie im Schnellzug Le Havre–Paris sitzt, atmet Julie tief durch und schließt die Augen. Aller Druck ist von ihr abgefallen.

Nach einer Weile sieht sie zur Rechten den Schriftzug *Paris Saint-Lazare 5 km*. Dann die Seinebrücke von Asnières. Zur anderen Seite die Île de la Grande Jatte. Violette Farben tönen diesen Nachmittag, ein Licht wie bei Seurat. Doch seine Pariser Sonntagsausflügler sind nicht mehr vorstellbar zwischen diesen Industrieanlagen. Clichy Levallois. Pont-Cardinet. Das blaue Rechteck eines leeren Schwimmbads. Vor ihrem inneren Auge füllt es sich und Schwimmer ziehen ihre Bahnen. Dann Square des Batignolles. Ein kleiner Park. Auf einer hohen Mauer unten rote Lettern auf weißem Grund: *Paris Saint-Lazare 2 km*. Wer hat sich ausgedacht, den Reisenden auf diese Weise die allmähliche Annäherung an die Hauptstadt ins Bewusstsein zu rufen? Es macht das Vergehen der Zeit kostbarer. Für einen kurzen Augenblick noch einmal der Realität enthoben sein, aus allen Zusammenhängen gelöst sich in der Schwebe befinden, bis der Moment des Anhaltens einen in die Wirklichkeit zurückholt.

Sie ruft Fabian an und entschuldigt sich für die Verspätung. Sie freue sich auf das Wiedersehen mit ihm, betont sie noch einmal. Es sei auch ein Wiedersehen mit der Vergangenheit. Dann läuft sie zu Fuß zur Gare de l'Est. Sie hat es nicht eilig. Es macht ihr Spaß, sich wie ein Flaneur durch die vollen Straßen zu bewegen.

Auf dem gepflasterten Bahnhofsvorplatz vor dem schmiedeeisernen Gitterzaun erkennt sie Fabians schmale Gestalt schon von weitem, seinen fliederfarbenen Kaschmirschal, den er bei jedem Wetter trägt. Als auch er sie erkannt hat, läuft er auf sie zu und schließt sie in die Arme.

»Julie – du hast dich überhaupt nicht verändert.« Es ist eine Phrase, aber aus seinem Mund klingt sie ehrlich.

Es ist nicht weit bis zu der Galerie in einem alten Fabrikgebäude am Canal Saint-Martin. Eine junge Frau ist gerade dabei, Bilder zu hängen. Als sie sich umdreht, erkennt Julie seine Tochter.

»Armelle! Meine Güte, so erwachsen! Daran sehe ich, wie viel Zeit vergangen ist.« Sie umarmen sich. Armelle lacht mädchenhaft wie eh und je. »Du arbeitest jetzt im selben Gewerbe wie dein Vater?«

»Es ist mein erster Auftrag als Kuratorin«, sagt sie stolz. »Eine Ausstellung mit lauter unbekannten Künstlern aus dem neunzehnten Jahrhundert, du kannst dir vorstellen, wie schwierig die Recherche ist. Zum Glück hilft mir Papa, sonst käme ich mit dem Werkverzeichnis überhaupt nicht voran. Ich habe Gemälde ausgewählt, die in irgendeiner Weise den Alltag widerspiegeln, es sind ausgezeichnete Bilder darunter. Deine finde ich übrigens auch sehr gut – ich habe sie grad neulich betrachtet, wir haben noch ein paar im Depot. Papa will sie nicht verkaufen. Er hütet sie wie einen Schatz. Er hofft, dass sie im Wert steigen. Außerdem glaube ich, dass er etwas von dir in der Nähe haben möchte. Julie, du entschuldigst uns noch einen Moment?« Sie zieht ihren Vater an der Hand mit sich fort. Julie blickt ihnen nach. Sie weiß, das Verhältnis zwischen Vater und Tochter war nicht immer ungetrübt. Es gab schwierige Jahre, auch Verletzungen. Aber heute ist es anders. Wie sehr hat auch sie sich gewünscht, noch einmal ein freundschaftliches Verhältnis zu ihrem Vater zu finden. Es ist nie dazu gekommen. Das gemeinsame Musizieren blieb die einzige Verbindung.

Julie betrachtet die Bilder. Eines gefällt ihr besonders: ein Strand im Morgenlicht, feuchter Sand, das Meer von den ersten Sonnenstrahlen berührt. Das Motiv ist so gut getroffen, dass man glaubt, kleine Wellen flüstern zu hören. Ein offenes Fenster, über dem sich eine gestreifte Markise spannt. Eine Männerhand auf dem Fensterrahmen, die ein Glas Gin Tonic hält, während ein kleines Mädchen am Wellensaum entlangläuft. Es trägt ein weiß-gelbes Kleid und einen Sonnenhut mit einem gelben Band und blickt zum Betrachter empor. Fabian steht plötzlich hinter ihr. »Präadoleszenz, würde ich es betiteln. Interessante Spannung. Ich wusste, das gefällt dir. Ist ja gewissermaßen auch dein Blick. Leider steht es nicht zum Verkauf, und wenn, so würde ich es selbst nehmen.«

»Woher hast du es?«

»Von einem Sammler. Ein verrückter Kerl. Äußerst schwierig. Mal konziliant, mal furchtbar halsstarrig. Der Frühstückstisch dort drüben gehört ihm auch, und der Blick in den Park. Ein Bekannter, der mir bei den Katalogen hilft, machte mich auf die Sammlung aufmerksam. Er kommt viel herum. Als er diese Gemälde sah, hat er sie heimlich für mich fotografiert und sich dann auf meine Bitte hin als Mittler betätigt, damit wir sie schließlich für diese Ausstellung ausleihen konnten. Aber der alte Herr scheint seine Zusage bereits zu bereuen. Er rief an und beschwerte sich, dass er hereingelegt wurde. Vermutlich hat mein Bekannter einen seiner zweifelhaften Tricks angewendet, um an die Bilder zu kommen.«

»Was für Tricks?«

»Er gibt sich als Kunsthistoriker aus und verspricht, den Maler zu identifizieren, beziehungsweise eine Expertise zur Provenienz anzufertigen. Schau mal: 1961. Die Signatur sagt mir jedenfalls nichts.«

»Ich finde, man bemerkt erst auf den zweiten Blick, dass es ein Pastell ist. Auf Packpapier gemalt, genau wie bei Degas.«

»Das kommt nicht so häufig vor«, sagt Fabian.

»Vielleicht waren dem Künstler Ölfarben und Leinwand einfach zu teuer.« Julie weiß, wovon sie redet.

»Oder es musste schnell gehen. Apropos: Wie sieht es mit deiner Zeit aus? Bleibst du länger? Weshalb bist du überhaupt in Frankreich? Entschuldigung.« Fabian spürt, dass Julie nicht imstande ist, so schnell Antworten zu geben. »Ich will nicht drängeln. Aber ich wünsche mir, dass du noch eine Weile bleibst. Wollen wir etwas essen gehen?« Sie nickt. »Ich sage kurz Armelle Bescheid, dann gehen wir in ein Bistrot nicht weit von hier.«

Die Kellner grüßen Fabian, man scheint ihn gut zu kennen. »Beginnen wir mit Austern. Oder haben sich deine Vorlieben geändert?«

»Die schlechten jedenfalls nicht.«

»Das mit deiner Mutter tut mir aufrichtig leid. Ich meine mich zu erinnern, dass euer Verhältnis nicht allzu gut war. Weshalb bist du hier, Julie, so kurz nach ihrem Tod? Hat das etwas damit zu tun?«

»Du bist sehr einfühlsam, Fabian. Es hat tatsächlich etwas damit zu tun. Aus dem Testament meiner Mutter habe ich von ihrer anderen Tochter erfahren – etwas älter als ich, von einem anderen Mann als meinem Vater, mit dem sie zu dem Zeitpunkt bereits verlobt war.«

»Fast ein Ehebruch also. Und du bist ganz plötzlich zu einer Halbschwester gekommen. Das ist bestimmt nicht einfach für dich. Ein Grund zur Freude und zugleich ein Ärgernis. Warum hat deine Mutter dir das verheimlicht? Wegen deinem Vater? Aus Scham?«

»Ich weiß es nicht und werde es wohl nie erfahren. Alles, was ich weiß, ist, dass Florence – so heißt meine Schwester – einem Mann vor drei Jahren eine Generalvollmacht ausgestellt hat. Er lebt bei Dieppe. Ich habe ihn heute morgen aufgesucht, aber er weigert sich, mit mir zu sprechen. Erst kürzlich hat er verfügt, die Kanzlei, die die Vollmacht notariell beglaubigte, dürfe Florence' Adresse nicht weitergeben.«

»Und dein Vater? Lebt er noch? Weiß er es?«

»Er ist in einem Heim. Ich habe ihn zuletzt öfters besucht, ich bin hinterher jedes Mal vollkommen erschöpft. Es heißt, er sei dement. Großer Erinnerungsschwund, Geistesgegenwart und Schlagfertigkeit gehen bei ihm eine unberechenbare Mischung ein. Ich habe ihm von Florence nichts erzählt. Es hätte ihn noch mehr verwirrt als die Nachricht vom Tod seiner Frau. Und das ist noch nicht einmal alles. Ich habe ebenfalls erst vor kurzem erfahren, dass ich seit meinem achtzehnten Lebensjahr einen Teilanspruch auf ein Haus aus der Familie habe. Groteskerweise ist mein Vater der Einzige, der mir bei allem helfen könnte, denn das Objekt gehörte zum Besitz seiner Familie.«

»Was für ein Haus?«

»Eine kleine Villa irgendwo in der Normandie. Wobei ich gar nicht weiß, ob sie noch steht. Oder ob es noch andere Erbberechtigte gibt außer mir. Immerhin geht es um die dritte Generation nach dem Erblasser.«

»Moment.« Fabian reibt sich den Nasenrücken mit dem Zeigefinger, eine für ihn typische Geste. »Hab ich das eben richtig verstanden: Du hast also auf einen Schlag eine ältere Schwester mütterlicherseits und ein Haus väterlicherseits in diesem Land bekommen?«

»Ja, klingt reichlich bizarr. Aber genau deshalb bin ich jetzt hier. Ich muss endlich Gewissheit haben.«

Fabian greift nach ihrer Hand. Sie entzieht sie ihm nicht. »All das raubt dir natürlich die Ruhe. Vielleicht kann ich dir bei dieser Sache helfen. Ich kenne die Normandie ganz gut.« Er lässt ihre Hand wieder los. »Morgen ist der Geburtstag deiner Mutter.«

»Das weißt du noch?«

»Ja. Das war einer von den Tagen, an denen es dir immer dreckig ging. Man ließ dich dann am besten allein. Ich fahre nachher zu mir nach Hause. Ich würde dich sehr gerne dabeihaben.«

Der Ort, von dem sie sich so schmählich entfernt hatte. Fabian scheint es ihr nicht vorzuwerfen. »Danke für dein freundschaftliches Angebot. Es stimmt, ich wäre morgen nicht gern allein.«

Schweigend widmen sie sich dem Essen, als sei es eine heilige Handlung. Eines der Dinge, die sie an Fabian immer gemocht hatte. Er ist ein Genießer. Genau wie sie hasste er es, gleichzeitig essen und reden zu müssen. Als sie fertig sind mit dem Fünf-Gänge-Menü und der Kaffee kommt, lehnt er sich zurück. »Und nun zum Wichtigsten. Was macht deine Malerei?«

»Ach, Fabian. Du triffst einen wunden Punkt bei mir. Ich male nur noch im Kopf. Nachdem ich damals fort bin, habe ich Gartendesign studiert, inzwischen bin ich selbständig. Du weißt, Gärtnerei war meine erste Liebe, bevor die Malerei kam. In gewisser Weise ist sie auch eine Fortsetzung der Malerei.«

»Warum hast du aufgehört? Du hast doch viel Talent.«

»Das ist es eben. Ich hatte das Gefühl, an meine Grenzen zu stoßen. Da verliert man schnell den Glauben an sich selbst.«

»Das muss sich wieder ändern. Ich will dir etwas verraten: Seit einiger Zeit gibt es einen ernsthaften Interessenten für deine Kunst. Er hat schon fünf Werke beisammen und versucht, an weitere deiner Bilder zu kommen. Ihr Wert steigt.«

»Und deshalb hältst du sie zurück? Du bist ein guter Geschäftsmann.«

»Nein. Armelle hat recht. Ich will sie ohnehin nicht hergeben. Du musst einfach neue Bilder malen.«

»Ein Sammler von mir! Was ist das für ein Typ?«

»Er schwimmt nicht gerade im Geld, aber er hat einen ausgezeichneten Instinkt. Er nimmt natürlich an, dass du weitermalst – schließlich betrachtet er dich als Investition. Es ist jetzt erst einmal wichtig, die Sache mit deiner Schwester aufzuklären. Damit du dich endlich wieder auf dich selbst besinnen kannst.«

»Auf mich selbst. Manchmal weiß ich kaum noch, wer ich selbst bin.«

Als sie abends auf den Marktplatz des Städtchens mit den großen Kastanien einbiegen, empfindet Julie es fast als Heimkehr. Sie hat nicht mehr gewusst, wie sehr sie einst diesen Platz, dieses Haus gemocht hat. Das Café ist noch da und, wie sie durch die erleuchteten Scheiben sehen kann, auch noch der alte Kellner, der so gerne das kleine Kunststück zelebrierte, den Kassenzettel an der Lippe klebend zu bringen.

»Es ist alles wie damals.«

»Nicht ganz, meine Galerie ist gewachsen. Das Porträtstudio auch.«

»Gratuliere. Es läuft also. Wie hast du das geschafft? Eine Erbschaft?«

»Nein, aber ich habe einen finanzstarken Partner hinzugewonnen.«

»Und der Garten?«

Fabian lacht wie befreit. »Ich habe darauf gewartet, dass du das fragst. Ja, der Garten ist immer noch das Herzstück des Ganzen. Allerdings könnte er deine pflegende Hand gut gebrauchen.«

Er schließt die hohe weißgestrichene Eingangstür auf, hebt die Post vom Marmorboden hinter dem Briefschlitz auf. Als das Telefon klingelt, verschwindet er in seinem Büro. Etwas später steckt er den Kopf aus der Tür: »Ich habe leider noch ein bisschen zu tun. Du kennst dich ja aus. Nimm dir dein Lieblingszimmer, ich vermiete zurzeit nicht.«

Julie geht durch das alte Haus. Es kam ihr schon damals vor wie ein lebendiges Wesen. Die hohen Räume, die Empfangshalle scheinen förmlich zu atmen. Überall Bilder. Darunter auch eines von ihr: ein roter Sessel im Sonnenlicht, verlassen, das Plaid halb herabgerutscht, das Buch auf der Armlehne abgelegt. Sie hatte das Bild vergessen, jetzt kommt es ihr vor, als habe es ein Fremder gemalt. Und gar nicht so schlecht!

Im Wintergarten die Vitrine mit dem weiß-rosa Frühstücksporzellan für die Gäste, auf der Fensterbank silberne Kaffeekannen. Dahinter der von einer hohen Buntsandsteinmauer umgebene Garten: prachtvolle Magnolien, japanische Kirschen, Kamelien. Aber selbst im Schein der Straßenlaternen ist zu sehen: Alles ist verwahrlost, abgestorbene Zweige, welkes Laub, tote Kletterrosen, eine alles überwuchernde Glyzinie. Auch Fabian kommt ihr verändert vor und zwar nicht zum Positiven. Er wirkt verkrampft. Seine Nettigkeit erscheint ihr aufgesetzt und überlagert auch das, was ihn früher anziehend für sie gemacht hat, seine Unsicherheit zum Beispiel. Seine Melancholie ist einer Forschheit gewichen, die nicht zu ihm passt. Der Zustand eines Gartens kann durchaus den Seelenzustand seines Besitzers widerspiegeln. Nicht immer in einer simplen Analogie – im Gegenteil: Ein frisch bepflanztes, sorgfältig gereinigtes Terrain kann auf Krisen und Verzweiflung hinweisen, die Perfektion der Gartenanlage als letzter Versuch einer Neuordnung im Leben. Ein vernachlässigter Garten hingegen kann höchste Aktivität und Selbstzentriertheit bedeuten. Hier aber gilt das nicht. Fabian ist eher jemand, für den der Garten so etwas wie die Fortsetzung des eigenen Inneren ist.

26

Sie geht zu Bett. Fabian ist nicht mehr gekommen. Als sie am nächsten Morgen aus einem totenähnlichen Schlaf erwacht, sieht sie als Erstes die Äste des alten Baums vor ihrem Fenster. Wie riesige Arme mit um sich greifenden Händen. Einen Moment glaubt sie, dass es der Park gegenüber der Wohnung ihrer Mutter ist. Bis ihr Blick auf eine luxuriöse, auf dem alten Parkett freistehende Badewanne fällt.

Fabian sitzt bereits an seinem PC. »Ich hoffe, du hast gut geschlafen? Als ich gestern noch ein Glas mit dir trinken wollte, warst du bereits im Land der Träume. Lass uns zusammen frühstücken. Ich war schon beim Bäcker. Ich dachte, es ist sicherer, wenn ich diesmal die Croissants hole.« Er hat ihr ihr unschönes Verschwinden von damals offensichtlich verziehen, so leicht, wie er es dahinsagt, denkt Julie.

Sie folgt ihm in die Küche. Noch immer benutzt er die alte hölzerne Handmühle, die seine Lieblingstante ihm hinterlassen hat. Julie hatte es geliebt, die alte Kurbel zu drehen, dann das duftende Mehl aus der kleinen Holzschublade zu schütten. Sie blickt in den verwilderten Garten. Einige Bäume müssten dringend beschnitten werden. »Kann ich kurz meine Mails checken?«

Fabian macht eine Geste Richtung Büro. Sie gibt ihr Passwort ein. Die Kanzlei hat eine Nachricht geschickt. »Sehr geehrte Frau Zurbrüggen, anbei die Bestätigung der französischen Kanzlei, betreffend die notarielle Beglaubigung einer Generalvollmacht Ihrer Schwester für Gilles Goudevert.« Das weiß sie doch alles längst, die Anwältin selbst hat es ihr erzählt.

Fabian trägt ein Tablett in den Wintergarten. »Und? Was kommt da aus Deutschland? Gute Nachrichten?«

»Nur die schriftliche Bestätigung dessen, was ich bereits wusste. Warum gestaltet sich alles so schwierig?«

»Erzähl mir, wie weit bist du mit deinen Nachforschungen?«

»Gestern Morgen dachte ich: Jetzt bin ich ganz nah dran. Aber ich habe mich getäuscht. Der Mann, den meine Schwester mit einer umfassenden Vollmacht ausgestattet hat, will nicht mit mir reden! Er hat mir gedroht und seinen Hund auf mich gehetzt. Ich vermute, er weiß, wo Florence ist, und sagt es mir nicht, weil es aus seiner Sicht einen triftigen Grund dafür gibt. Alles, was ich habe, sind ein paar alte Fotos, eine Kachel, die vermutlich von dem Haus stammt, ein mysteriöser Plan und ein paar Notizen.«

»Was für Notizen?«

Julie holt ihre Tasche. Dann nimmt sie die Pergamentrolle heraus und entrollt sie auf der Anrichte.

Fabian beugt sich über das Blatt. »Woher hast du das?«

»Ein Junge, der dort im Haus war, hat es mir gegeben.«

»Sieht wie ein Grundriss aus.«

»Wegen der botanischen Bezeichnungen dachte ich, es sei ein Gartenentwurf. Aber wenn ich genauer hinsehe und die Pflanzen den nummerierten Standorten zuordne, dann entsteht eher ein botanisches Massaker, vom gärtnerischen Standpunkt aus eine Katastrophe. Winzige lichtbedürftige Pflanzen werden abgetötet von riesigen Artgenossen. Hier zum Beispiel: Die Akelei von einer freistehenden Wisteria erwürgt, die Madonnenlilien im feuchten Sumpfgrasgelände, die zarte Fritillaria niedergezwungen von schweren Päonienköpfen. Dein Garten ist ein Paradies dagegen.«

»Ich habe ihn sich selbst überlassen, als du fort bist. Als Mahnung sozusagen, dass ich alles falsch gemacht habe.«

»Die armen Pflanzen.« Sie rollt den Bogen wieder zusammen. Sie setzen sich an den Tisch, den Fabian mit seinem schönen alten Sèvres-Porzellan gedeckt hat. Julie nimmt sich ein Croissant. »Schmeckt ausgezeichnet. Das ist immer noch derselbe Bäcker, oder?«

»Ja. Der Bäcker hat es ausgehalten hier. Anders als du.«

Julie spürt, er will noch mehr sagen, und sie lenkt das Gespräch in eine andere Richtung. »Hast du eigentlich persönlich Erfahrung mit Generalvollmachten?«

»Ja, leider. Eine Riesenverantwortung, die man sich da aufbürdet.«

»Die von Florence existiert bereits seit drei Jahren.«

»Das macht dir Sorgen?«

»Ja. Der Mann hat seinen Hund auf mich gehetzt, das sagt alles über ihn. Vielleicht wurde sie von ihm unter Druck gesetzt.«

»Möglich ist das.« Fabian erhebt sich. »Du musst mich leider entschuldigen, Julie. Ich habe einen dringenden Anruf zu erledigen, es wird ein Weilchen dauern.«

Sie trägt das Tablett mit dem Geschirr in die Küche zurück. Dann öffnet sie ein Fenster. Wunderbare Luft strömt herein. Kurz entschlossen steigt sie die Treppe in den Garten hinab. Graue Palmettofächer bedecken den Boden wie Pappe. Man müsste einen Kompost anlegen. Die Zeder bräuchte Bittersalz. Sie begutachtet die Kamelien, einst prachtvolle Gewächse, zupft ein paar welke Blätter ab. Die Blüten, wie sie sich erinnert, hatten die Farben von Himbeer- und Zitroneneis. Selbst im verwelkten Zustand auf dem Boden verstreut haben sie noch eine eigene Schönheit. Sie holt sich den Rechen aus dem Schuppen und beginnt zu harken, gründlich, mit konzentrierten Bewegungen, als bearbeite sie in Wirklichkeit etwas ganz anderes.

Nach einer Weile hört sie ein Klopfen. Fabians Gesicht hinter den Scheiben des Wintergartens. Er winkt ihr. Sie geht wieder hinein. »Was deinen Garten betrifft, mein Lieber: Da kann ich, fürchte ich, nicht viel tun. Der lässt sich nur noch umgraben!«

»Ja, ja. Ein Garten braucht ständige Liebesbeweise – dazu muss man erst einmal bereit sein.«

»Aus ebendiesem Grund habe ich auch noch nie einen eigenen gehabt. Ich kann meine Phantasien und Sehnsüchte in dieser Richtung schließlich immer wieder neu in den Gärten meiner Klienten ausleben.«

»Du bist dir beneidenswert treu geblieben, Julie. Das war auch schon in deinen Bildern zu spüren. Wir haben ja nie richtig über das Scheitern unserer Beziehung gesprochen. Es ging damals alles zu schnell. Ich habe nachgedacht über uns ...«

In diesem Moment beginnt die Standuhr seiner Tante im Flur zu schlagen, in der altvertrauten ohrenbetäubenden Lautstärke elf mal.

»So spät schon?« Julie legt ihre Hand auf seinen Arm. »Ich möchte meinen Vater anrufen. Er ist erst vor kurzem aus dem Krankenhaus gekommen. Jetzt müsste er noch im Zimmer sein, bevor er zum Mittagessen geht. Und danach schläft er.«

»Natürlich. Nimm das Telefon in meinem Büro.«

Sie setzt sich an seinen Schreibtisch, wählt die deutsche Vorwahl und dann die Nummer des Vaters. Automatisch zählt sie mit, als es läutet: Fünf. Sechs. Jetzt hebt er normalerweise ab. Nach vierzehn Mal Läuten legt sie auf. Sie wird es gleich noch einmal versuchen.

Die Regale an den Wänden sind dichtbepackt mit Ausstellungskatalogen. Einige Einbände kennt sie noch. Sie zieht einen hervor – aus der Zeit, als ihre Bilder hier hingen. Das Jahr, in dem sie von Öl auf Acryl umstieg. Da sind sie, ihre Arbeiten. Ein Glastisch mit Vase. Ein Porträt von Armelle. Heute würde sie anders malen. Sparsamer, nicht so auf Wirkung zielend. Sie zieht einen anderen Band hervor. Auch hier Bilder von ihr. Der rote Sessel, den Fabian bei sich hängen hat. Die Weingläser auf dem spiegelnden Glastisch. Sie blättert weiter. Es war eine recht große Ausstellung damals. Presse war da, auch ein TV-Kultursender. Bei einem Aquarell in den Farben italienischer Fresken verharrt sie: Vor rosafarbenem Hintergrund schwebt das Gesicht einer Frau, umrahmt von langem weißlichem Haar; der Blick aus weit auseinanderstehenden grünen Augen in eine Ferne gerichtet, die sich hinter dem Betrachter aufzutun scheint. Ein nacktes Gesicht. Es kommt ihr vor, als beginne die Person zu leben und ihren Blick zu erwidern. Die Angaben zu dem Werk sind wenig aufschlussreich: *Weiße Frau. Anonymus. 30 x 40. Unverkäuflich.*

»Ich sehe, du hast deine alten Kataloge gefunden.« Julie fährt zusammen. Sie hat Fabians Kommen nicht bemerkt. Wie lange steht er schon da und beobachtet sie?

»Und, gefallen dir deine Bilder noch?«

»Teilweise. Aber ich hatte einiges vergessen. Erstaunlich, wie die Zeit von damals in ihnen enthalten ist.« Sie zeigt ihm die Seite mit dem Aquarell. »An dieses Frauenporträt hier kann ich mich überhaupt nicht erinnern, obwohl mir das Gesicht bekannt vorkommt.«

»Deine Erinnerung täuscht dich nicht. Das Bild hing nicht in der Ausstellung. Es wurde damals kurzfristig zurückgezogen, aber da war der Katalog schon im Druck.«

»Es ist nicht signiert. Wer ist die Malerin?«

»Wieso Malerin?«

»Stimmt. Wer hat es gemalt? Ich habe einfach angenommen, es sei ein Selbstporträt. So kritisch kann man sich nur selber sehen.«

»Wenn du nachher mit mir nach Rouen kommen willst, kannst du das gleich meinen Kompagnon fragen, der mir das Bild damals brachte.«

»Rouen?«

»Ich habe eben einen Anruf bekommen. Der Sammler, von dem ich dir erzählt habe, fordert seine Bilder zurück. Er hat sich ausbedungen, sie persönlich abgeliefert zu bekommen, nicht durch einen kommerziellen Kurier. Eigentlich wollte mein Kompagnon das übernehmen, aber ihm ist etwas dazwischengekommen. Er bringt sie mir nach Rouen in eine befreundete Galerie, dort hole ich sie ab. In etwa einer halben Stunde muss ich los. Es wäre schön, wenn du mich begleiten würdest. Du weißt, wie ich mich freue, dass du hier bist.«

»Gut, Fabian, ich komme mit.«

Er legt ihr die Hand auf die Schulter. »Hast du deinen Vater sprechen können?«

»Ich probiers noch mal. Vielleicht war er im Bad.« Sie wählt. Niemand antwortet. Sie sieht das Zimmer vor sich. In der Ecke der leere Ledersessel mit der Mulde darin.

27

Von weitem betrachtet überragt die Kathedrale alles andere. Als sie jedoch in der Stadt ankommen, ist der imposante Bau wie von der Bildfläche verschwunden. Erst als sie im Zentrum sind, sieht man ihn wieder.

»Kennst du sie?«, fragt Fabian.

»Eigentlich nur von der Serie, die Monet vom Portal gemalt hat.«

»Du musst sie dir unbedingt ansehen. Wir haben genug Zeit. Ich suche in der Zwischenzeit einen Parkplatz und hole dich dort ab.«

Sie läuft über den Vorplatz auf das mächtige Bauwerk zu, auf dessen kalksteinerne Spitzbögen die Sonne jetzt ihr Licht malt. Licht fällt auch durch die hohen schmucklosen Fenster, als Julie den Mittelgang auf den Altar zuläuft. Dahinter im dämmrigen Halbrund des Chors etwas Ungewöhnliches – Umrisse überlebensgroßer Gestalten. Sie geht näher. Es sind Skulpturen, aus Stein gemeißelt, eine dicht neben der anderen aufgereiht, so dass sie sich fast berühren. Heilige und Propheten, die nicht hierher gehören, die ehedem draußen standen, an Vorsprüngen und Ecken, hoch oben in den Nischen der Kathedrale. Die Druckwellen der Bombenangriffe des Zweiten Weltkriegs stürzten sie von dort herab, hier haben sie jetzt Asyl gefunden. Alle sind schwer beschädigt, mit abgeschlagenen Gliedmaßen, die Haut aufgerissen wie nach einem Säureattentat, einige noch schwarz vom Feuer. Doch die Geste, die den Bildhauer einst bewegt hat, ist bei jeder einzelnen Gestalt dieser stummen Gruppe deutlich erkennbar. Plötzlich kommen ihr diese steinernen Heiligen in ihrer Versehrtheit menschlicher vor als die Leute um sie herum.

Fabian erwartet sie draußen. Er führt sie in eine kleine Straße in der Altstadt, ein hohes Gebäude. Julie folgt ihm durch eine Toreinfahrt auf einen hellen Hinterhof. Hier befindet sich die Galerie. »Na endlich«, empfängt sie eine Stimme, die sie kennt. Im nächsten Moment steht ihr Guillaume gegenüber.

»Sieh an. Julie Zurbrüggen«, sagt er ohne jede Überraschung und tritt auf sie zu, um sie auf beide Wangen zu küssen. Sie erwidert die Geste verkrampft und flüchtig; etwas stört sie an dieser Begrüßung.

»Ihr kennt euch?« Fabian wirkt irritiert.

»Wir sind sogar ein Stück weit gemeinsam gereist, Fabian. Es war eine, sagen wir, sehr lebendige Reisegemeinschaft.« Guillaume verzieht das Gesicht zu einem Grinsen. »Stimmt es, Julie?«

Sie ist wütend. Dieser Kerl ist ein Intrigant. Wie konnte sie sich nur mit ihm einlassen. Aber da sie das Verhältnis zwischen Fabian und Guillaume nicht kennt, verbirgt sie ihren Ärger. Sie würde gern mehr darüber wissen, was die beiden verbindet.

»Diese Pastellbilder sind deinem Einsatz zu verdanken, Guillaume?«

»Wunderschön, nicht wahr? Ohne sie wäre die ganze Ausstellung nichts geworden. Der Mann hat wertvollere Bilder, die er mir sofort überlassen hätte. Zu diesen Lappen aber hat er, so scheints, eine persönliche Beziehung. Es war schwierig, sie ihm aus den Rippen zu leiern.«

Wie anders Guillaume hier auftritt. Nichts mehr von

seinem Charmeur-Gehabe. Der echte Guillaume ist ziemlich ordinär.

»Hier stehen die Gemälde, die du zurückbringen sollst, Fabian. Einmal das petit-déjeuner. Dann der Regenschauer im Stadtpark. Und hier, die reizende Lolita am Strand.«

Er hebt das Bild auf eine Staffelei. »Bei weitem das beste der drei. Appetitlich. Da schmeckt man nicht nur den Gin Tonic, was?« Er schnalzt unangenehm mit der Zunge.

Julie sieht das Bild völlig anders. Sie findet sich in der Perspektive des Mädchens wieder: vor ihr ein langer, menschenleerer Strand im Gegenlicht, ein poetischer Anblick, der sich verbindet mit einem Gefühl des Unbehagens. Ein Bild erscheint vor Julies innerem Auge: der schmale gepflasterte Gang in der grellen Mittagssonne, den sie auf ihrem Schulweg zu passieren hatte, zwischen den Zäunen der Gärten: keine Menschenseele, die Leute alle in ihren Häusern; Essensgerüche in den Straßen. Sie hat getrödelt, Blumen aus fremden Gärten gepflückt. Es ist schon spät, die Mutter wird warten, ihre Mittagspause ist gleich vorbei. Sie läuft über die grauen Steinplatten. Als sie etwa in der Mitte des eingezäunten Gangs ist, kommt ihr ein Hund entgegen. Sie kennt ihn. Er gehört dem Maler, der ihr versprochen hat, ihr zu zeigen, wie man mit Farben umgehen kann. Er haust mit seiner alten Mutter zusammen, sie teilen sich nur einen Raum, die Küche durch einen Plastikvorhang abgetrennt, eine dunkle Höhle. Abgenagte Knochen liegen auf Zeitungspapier unter dem schmuddeligen Bett, überall leere Flaschen, es riecht nach Terpentin. Julie bringt ihr manchmal einen Blumenstrauß, aber sie freut sich nicht, ihre Augen sind voller Angst. »Weg, weg, schnell weg! Er kommt gleich!«, ruft sie und schiebt Julie aus der Tür.

Jemand tippt ihr mit dem Finger aufs Brustbein, etwas, das sie nicht ausstehen kann. Guillaumes Gesicht direkt vor ihr. Er schwenkt eine Flasche Prosecco vor ihren Augen. »Hey, komm zu dir! Ich denke, unser Wiedersehen verdient ein wenig Glanz. Wer weiß, wann wir wieder zusammentreffen. Lasst uns ein Glas miteinander trinken.«

»Lieber nicht, ich muss fahren.«

»Ach, einen kleinen Schluck wirst du auch vertragen, Fabian. Und du – wo warst du denn eben, Julie? Völlig weggetreten, oder? Liegt das vielleicht am Scheitern deiner Versuche, deine Schwester zu finden?«

Woher weiß Guillaume von ihrer Schwester? Sie hat sie doch nie erwähnt.

»Lass sie doch, Guillaume.«

Guillaume öffnet eine Schranktür nach der anderen. »Wo sind die Gläser?«

»Erzähl uns lieber von diesem Sammler.«

»Solche Leute sind heute selten geworden. Eine schillernde Figur. Er ist der letzte männliche Nachkomme einer uralten Familie, ihr Stammbaum reicht angeblich bis in die Zeit der Keltenfürsten. Einer seiner Vorfahren war Pirat, berühmt-berüchtigt, häufte ein riesiges Vermögen an und baute sich ein Schloss bei Saint-Malo. Sein Urgroßvater gründete eine Bank, sein Großvater sammelte schon Kunst. Ah, endlich – hier sind welche! Nimmst du sie mir bitte mal ab, Julie? Auf den Tisch da drüben.«

Julie nimmt die Gläser entgegen. In dem Moment, wo sie sie absetzt, fällt es ihr wieder ein: Wie Guillaume in seinem Hotelzimmer einen kleinen Tisch gedeckt hatte – mit schönen alten Gläsern, Porzellanschälchen mit Salzmandeln aus seinem Picknickkoffer, und sie auf seine Frage: Fehlt noch was? geantwortet hatte: Meine Schwester.

Mit einem Knall öffnet Guillaume die Flasche, der Prosecco schäumt über.

»Erinnerst du dich noch, Fabian – in den siebziger Jahren wurde in Le Havre ein Degas gestohlen?«

»Aus dem Museum. Ein Bild, das erst nach über vier Jahrzehnten wieder auftauchte.«

»Ja. Es hängt inzwischen wieder an seinem alten Platz. Aber fast zeitgleich verschwand damals eine ähnlich wertvolle Zeichnung – aus Privatbesitz!«

»Willst du damit sagen, das war bei ihm?«

Guillaume nickt, während er die Gläser füllt. »Er gehört zu den ganz großen Spielern. Wobei es in der Gegend so einige Leute gibt, die sich einen Degas leisten könnten.«

»Da fällt mir ein, Guillaume – du hast mir vor Jahren mal dieses Aquarell mit dem Frauenkopf gebracht. Zarte Farben, fast wie Freskomalerei, unsigniert. Ich nahm es damals in den Katalog auf, konnte es aber nicht ausstellen, weil es Schwierigkeiten gab mit dem Besitzer, wenn ich mich recht erinnere.«

»Ich weiß, welches Bild du meinst. Es wurde erst kürzlich verkauft. Es gehörte ebenfalls in diese Sammlung. Die Malerin hatte mehrere Suizidversuche mit entsprechenden Klinikaufenthalten hinter sich. Sie stammt übrigens aus derselben Familie.«

Julies Neugier ist geweckt. »Kürzlich verkauft? Du scheinst diese Sammlung ja außerordentlich gut zu kennen.«

»Ah, es scheint dir wieder besser zu gehen. Ja, meine Liebe, du hast völlig recht. Meine Mutter hat nämlich jahrelang für die Familie gearbeitet. Wäsche gewaschen und gebügelt, den Gemüsegarten besorgt, und da sie nicht wusste, wohin mit mir kleinem Burschen, nahm sie mich mit. Der Alte hat mir als Kind schon vieles beigebracht. Ein Vertrauensverhältnis ist entstanden. Heute bin ich ihm bei seinen Geschäften behilflich.«

Er hatte ihr doch erzählt, er stamme aus Genf. Wie naiv sie war, ihm alles zu glauben.

»Jedenfalls ist das ein Sammler, wie er im Buche steht. Ein Besessener. Nicht nur in Sachen Malerei übrigens.« Er nimmt zwei Gläser in die Hand, gibt eins Fabian, kommt mit dem anderen zu Julie. »Auch für Frauen war er immer bereit, alles zu riskieren. Ihm half sein beachtliches schauspielerisches Talent. Jedes Mittel war diesem Playboy recht. Hier, Julie.« Er blickt sie an. »Dein Glas.« Sie nimmt es entgegen, während er fortfährt: »Er brachte viel Geld durch. Mit seiner Heirat kam ein Vermögen hinzu, aber es reichte nie, vermutlich auch wegen seiner zahlreichen Nachkommenschaft in der ganzen Welt. Ich glaube, nicht einmal er selbst kennt die wahre Anzahl seiner Sprösslinge, bis auf eine Ausnahme wohl ausschließlich unehelich. Immer wieder verkauft er deshalb aus seinen Beständen. Trinken wir auf ihn – und die Sammler!«

»Auf die Kunst«, sagt Fabian.

»Auf die Malerin«, ergänzt Julie. »Ist sie also eine Tochter von ihm?«

»Böse Zungen behaupten: viel mehr als das.«

»Was willst du damit sagen?«

»Nun, sie hat ebenfalls eine Tochter, deren Vater man nicht kennt. Und er nennt sie seine Kleine.«

»Wen nennt er so?«, fragt Fabian verwirrt.

»Seine Tochter?«, fragt Julie.

»Nein. Sa petite-fille, oder?«, fragt Fabian.

»Seine Enkeltochter?« Guillaume beantwortet Julies Frage lediglich mit einem maliziösen Lächeln.

»Petite-fille«, wiederholt Julie für sich selbst; wörtlich übersetzt »kleine Tochter« oder »kleines Mädchen«, gemeint aber ist die Enkeltochter. Zum ersten Mal fällt ihr die Ambivalenz dieser Wörter auf: die Tochter, die in der Enkeltochter steckt. Kleine Tochter.

Fabian hat sich gefangen. »Willst du damit sagen, er ist sowohl der Vater dieses Mädchens als auch der Vater ihrer Mutter?«

»Nicht meine Schuld«, sagt Guillaume und hebt die Hände. »Die Leute reden gerne schlecht über die, die anders sind als sie. Besonders bei solch einem vitalen Menschen.«

»Guillaume?« Ein dunkler Lockenschopf erscheint im Türrahmen, der zu einem jungen Mädchen gehört, er wendet sich augenblicklich nach ihr um. »Was wünschst du, meine Schöne?«

»Ich brauche Hilfe beim Hängen.«

»Solange es dabei nicht um meinen eigenen Kopf geht, gerne.« Guillaume leert sein Glas und folgt ihr nach nebenan.

»Was ist los mit dir, Julie? Schon müde?« Fabian klingt angespannt. Sie schüttelt den Kopf.

»Ich habe noch etwas zu erledigen. Bin gleich wieder da.« Er verschwindet. Sie wird aus ihm nicht schlau. Dass ausgerechnet Guillaume sein Geschäftspartner sein muss. Wie eng befreundet sind die beiden?

Julie betrachtet das Pastell. Die gestreifte Markise. Das kleine Mädchen am Strand. Die Männerhand, die das Glas umfasst.

»Wo ist dein Glas?« Guillaume ist schon wieder zurück, nimmt die Flasche Prosecco und schenkt nach. »Auf dich – Claire!«

Claire! Das ist es. Jetzt weiß sie, was sie zu Beginn ihres Treffens irritiert hat: Guillaume hat sie als Julie begrüßt. Aber sie hatte sich ihm als Claire vorgestellt. Fabian muss ihm von ihr erzählt haben.

»Und auf deine Mutter! Sie hätte Geburtstag heute?« Es ärgert sie, dass sie sich nicht mehr erinnern kann, was sie Fabian alles gesagt hat. Aber noch mehr, dass er offensichtlich den Mund nicht halten konnte.

»Ich bin übrigens der Meinung, es ist besser, die Vergangenheit auf sich beruhen zu lassen. Überleg bloß mal, es stellt sich heraus, dass deine Schwester die Tochter eines Psychopathen ist.«

»Immerhin ist sie ja auch die Tochter meiner Mutter.«

»Dazu sag ich jetzt mal lieber gar nichts. Es könnte ja sogar noch viel schlimmer sein.«

»Guillaume, ich bitte dich, hör auf.«

»Deine Mutter hat ihre Tochter ja praktisch ausgesetzt. Hast du mal überlegt, dass sie vergewaltigt worden sein könnte? Oder sie könnte sich aus purem Leichtsinn mit einem widerlichen Typen eingelassen haben.«

Julie schweigt verbissen. »Oder vielleicht war der Mann sogar kriminell. Oder – in den besten Familien gibt es Verbindungen, über die geschwiegen werden muss. Jeder Apfel hat mal an einen Stamm gehört, was meinst du, Claire?«

Julies Glas zerschellt an der Wand. Sein Inhalt rinnt daran herab.

»Was ist denn hier los?« Fabian kommt eben zurück.

»Unsere gemeinsame Freundin ist ausgerastet.« Amüsiert wischt Guillaume sich den verschütteten Prosecco vom Jackett.

Sie will fortlaufen, aber Fabian hält sie am Ärmel fest. »Hey. Beruhig dich. Alles halb so schlimm. Ich verstehe, dass du unter Spannung stehst. Ich wusste ja, am Geburtstag deiner Mutter würde es dir schlecht gehen. Aber es ist doch alles gut jetzt.«

Julie macht sich von ihm los und bricht in Tränen aus. »Ach, Fabian, ich würde was drum geben, wenn ich ihn heute mit ihr feiern könnte.«

28

»Sein Haus liegt direkt am Meer. In einer Viertelstunde müssten wir da sein.« Fabian verlangsamt das Tempo. »Ich ruf noch mal an.« Er hält kurz vor der Auffahrt auf die Brücke, sucht die Nummer in seinem Handy. Julie steigt aus, genau dort, wo die schwarze Limousine gestanden hatte. Das Wasser der Seine orangefarben im Sonnenuntergang. Sie geht ein paar Schritte, bis sie die Aussichtsplattform sehen kann. Dort sitzt niemand.

Wenig später biegen sie in ein altes Villenviertel ein. Überall verhindern Zäune den Zugang ans Wasser, nur ein schmaler öffentlicher Weg führt zum Strand. Von der Straße aus sieht man das Meer, Welle für Welle rollt heran, wie ein Metronom im gleichen Takt. Fabian hält vor einem parkähnlichen Grundstück. Das Haus ist durch hohe Bäume und uralte Eiben komplett gegen neugierige Blicke abgeschirmt, auch kein Licht dringt von dort heraus. An dem schmiedeeisernen Gartentor befinden sich weder Briefkästen noch Namensschilder, eine diskret beleuchtete Sprechanlage mit einem Erkennungsspiegel ist der einzige Hinweis darauf, dass hier überhaupt jemand wohnt. Fabian klingelt. Ohne Gegenfrage schwingt das Tor auf und lässt sie ein. Eine mittelgroße, sich kerzengerade haltende Dame in einem eleganten Hosenanzug erwartet sie. Ihre Haare sind hellblondgefärbt und zu einem Pferdeschwanz gebunden. Sie sieht jünger aus, als sie vermutlich ist. Das verraten die Fältchen um ihre großen blauen Augen.

»Monsieur wird gleich da sein.« Sie hat einen osteuropäischen Akzent. »Ich bringe Sie ins Wohnzimmer.«

Mit schnellen Schritten geht sie durch einen Flur, der vollgehängt ist mit Ölgemälden in kostbaren Rahmen. Der Klang ihrer Absätze auf dem Parkett wie ein Hagelschauer. Dann öffnet sie eine Flügeltür zu einem Raum, der sich in einem Halbrund zum Garten und zum Meer hin erstreckt. Neben der Tür ein Kamin, über dessen Marmorsims ein großer chinesischer Spiegel mit einem vergoldeten, mit Pfauen und Paradiesvögeln bemalten Rahmen prangt. Er reflektiert das Licht, das durch die breite Fensterfront fällt, in verwirrender Weise und sorgt dafür, dass die Außenwelt – der Garten, das Meer – wie ein Teil des Zimmers wirkt. Sie zeigt auf zwei Barockstühle. »Nehmen Sie bitte Platz.«

Der Raum ist zugestellt wie ein Antiquitätenladen. In einer Eckvitrine aus hellrotem polierten Rosenholz ein hauchdünnes japanisches Teeservice, um einen honigfarbenen Bridgetisch gruppieren sich ein mit grauer Seide bezogenes Sofa und ebensolche Stühle, vor einem der Fenster ein Stativ mit einem antiken Fernrohr aus Messing. An jedem freien Fleck der Wände hängen auch hier Bilder.

»Beeindruckend, dieses Haus. Diese Kunstschätze«, flüstert Julie. Die Frau hat ihre Bemerkung offenbar gehört und reagiert im Fortgehen mit einem zufriedenen Lächeln. In einer Ecke hängen Fotos. Männer, Frauen, Kinder beim Reiten, beim Golfspiel, beim Segeln, beim Gartenfest; alle fast immer in Weiß gekleidet. Julie steht auf, um die Fotos näher zu betrachten. »Scheint ein ganzer Clan zu sein. Bilder aus einer anderen Ära.«

»Und er der letzte Vertreter dieser Welt, wie Guillaume behauptet. Alleinherrscher über dieses Reich und seine Untergebenen, ein echter Patriarch.«

Ein kleines Frauenporträt in einem ovalen Rahmen erregt Julies Aufmerksamkeit. Sie beugt sich vor, um besser sehen zu können, aber es ist zu dunkel in dieser Ecke. Im Haus ist nichts zu hören, und schnell nimmt sie das Bild von der Wand, um damit ans Fenster zu treten. Der Gesichtsausdruck abwesend. Weiße lange Haare, weit auseinanderstehende Augen. Sie gleicht der Frau auf dem Aquarell im Katalog. In diesem Moment sieht sie im Gegenlicht den Umriss einer Person. Sie ist so groß, dass sie die ganze Tür ausfüllt. Blitzschnell schiebt Julie das Foto unter ihren Pullover. Der Hausherr betritt den Raum. Er trägt eine cremefarbene wollene Hose im Stil der zwanziger Jahre, einen weißen Segelpullover, dazu Leinenschuhe, eine Leinenkappe und Sonnenbrille. Die knochige große Hand, die er Fabian hinstreckt, ist von Altersflecken übersät. »Sie haben mich warten lassen. Und wer sind Sie?«, wendet er sich an Julie. Sie bringt kein Wort heraus. Sie hat ihn erkannt: der Alte von der Brücke.

»Julie ist eine gute Freundin. Sie begleitet mich. Sie ist selbst Malerin und im Übrigen Expertin für Spätimpressionismus.«

Sie hat das unangenehme Gefühl, von Augen gemustert zu werden, die sie selbst nicht sehen kann.

»Es gibt nur gute und schlechte Gemälde. Um das zu unterscheiden, braucht man keine Experten. Man braucht nur seine Augen. Wo sind meine Bilder?«

»Im Wagen draußen.«

»Dann bringen Sie sie gefälligst herein.« Fabian geht hinaus. Julie folgt ihm. Der Moment, das Foto in die Hand zu nehmen und den Besitzer zu fragen, wen es darstellt, ist verpasst. Sie muss versuchen, das Bild unauffällig zurückzuhängen.

Auf dem Weg zum Auto sagt Fabian: »Er verschwendet keine Zeit, nicht wahr? Wir sind natürlich auch spät dran.«

»Was mach ich denn jetzt bloß damit?« Julie zeigt ihm das Foto.

»Hast du das mitgenommen?«

»Wo sollte ich denn so schnell hin damit.«

»Also wirklich, das ist peinlich.«

»Meinst du, er bemerkt, dass was fehlt? Da hängen doch so viele Bilder.«

»Du unterschätzt ihn. Ihm entgeht nichts. Kontrolle ist sein Lebensprinzip. Nur darum hat er es schließlich so weit gebracht. Was ist bloß in dich gefahren. Warum hast du dieses Foto an dich genommen?«

»Guck mal genau hin, ist das nicht dasselbe Gesicht wie auf dem Selbstporträt der unbekannten Künstlerin?«

»Kommt mir nicht so vor. Vielleicht kann er dir weiterhelfen. Dann müsstest du es aber unbemerkt zurückhängen oder deine Missetat eingestehen. Steck es erst mal in diesen Umschlag.«

Wenig später lehnen die verpackten Gemälde im Wohnzimmer gegen die Wand. Fabian muss sie aus den Plastikhüllen befreien, der Besitzer hängt sie an ihre angestammten Plätze zurück. »Diese Bilder haben kaum Wert auf dem Kunstmarkt, wie Sie zweifellos festgestellt haben. Aber sie gehören zu mir wie die Jahre meines Lebens.«

»Sie würden also keines verkaufen?«

»Wozu. In meinem Alter trennt man sich ungern von schönen Erinnerungen. Ich habe sie damals ein paar jungen Malern und Fotografen abgekauft, die ich am

Strand kennenlernte. Sie arbeiteten eng zusammen. Die Fotografen haben sich als Maler empfunden. Ihre Leinwand war die lichtempfindliche Platte. Und die Maler haben sich als Fotografen empfunden. Ihre Augen waren die Kamera.«

»Ich bin mir sicher, eines der Motive zu kennen«, sagt Julie.

»Sie meinen das Foto, das Sie vorhin von der Wand genommen haben?« Sie merkt, dass sie rot wird.

»Darf ich Sie höflichst fragen, was Sie zu einem solchen Verhalten gebracht hat?«

»Sehen Sie es mir bitte nach, aber die Person auf dem Bild erinnert mich an eine Verwandte von mir, und außerdem scheint sie identisch mit der Frau auf einem Gemälde. Dazu müssen Sie wissen, meine Mutter ist vor kurzem gestorben und hat mir die irritierende Botschaft hinterlassen, ich hätte eine ältere Halbschwester. Auf der Suche nach ihr bin ich bis in diese Gegend gekommen. Wer ist die Frau auf dem Bild?«

»Von welchem Bild sprechen Sie? Das Gemälde, das Sie zu kennen meinen, oder das Foto, das Sie mir noch immer nicht zurückgegeben haben?«

Julie nimmt es aus dem Umschlag und legt es auf den Tisch. Er wirft ihr einen Blick zu, den sie als anzüglich empfindet, und hängt es mit einer zielsicheren Bewegung an das kleine helle Rechteck auf der Tapete zurück. Dann wendet er sich an Fabian.

»Sie sind also der Besitzer einer Galerie in Paris.«

»Nein«, beeilt sich Fabian zu sagen. »Ich kuratiere aber diese Ausstellung, zusammen mit meiner Tochter. Sie hat vor kurzem ihr Studium abgeschlossen, es ist ihre erste größere Arbeit.«

»Ich würde das Aufhängen von Bildern nicht Arbeit nennen. Oder habe ich eben etwa auch gearbeitet?«

In der Tür erscheint die Gesellschafterin des Hausherrn. Sie hat den Hosenanzug gegen ein kurzes schwarzes Cocktailkleid getauscht und die Haare zu einem Knoten im Nacken gesteckt. Außerdem hat sie ihre Lippen korallenrot nachgezogen.

»Ich gehe dann jetzt.«

»Gut, Alex. Ich komme gleich. Sie müssen entschuldigen, dass ich Ihnen nichts anbiete, aber ich habe heute Abend noch etwas vor. Und lassen Sie bitte meine Bilder da, wo sie hingehören.«

Er geht. Als er fort ist, hat Julie das seltsame Gefühl, dass er immer noch anwesend ist.

»Na wunderbar«, sagt Fabian, als sie wieder auf der Straße sind. »Das hast du ja prächtig hinbekommen.«

»Du meinst, sonst hätte er mir etwas erzählt? Ich glaube nicht. Dieser Name: Alex. Guillaume hat mit einer Person namens Alex telefoniert. Ich hatte gedacht, das sei ein Mann. Meinst du, es handelt sich um diese Frau?«

»Was soll das jetzt.« Fabian wirkt angespannt, während er den Wagen aufschließt. »Und wie gehts jetzt weiter? Zu spät, um noch groß irgendwo hinzufahren.«

»Ich hab vorhin ein Hotelschild gesehen. In einer der Querstraßen.«

Sie fahren los, schon bald sieht man zwischen dunklen Hausmauern eine Schrift flackern. *Chez Carl. Hotel.*

»Sieht okay aus, oder?« Julie bemüht sich um einen freundlichen Ton. »Fragen wir, ob es ein Zimmer gibt.«

Hinter dem Tresen der Rezeption steht ein bärtiger Mann in einem roten Overall, eine Bohrmaschine in der Hand. »Kann ich Ihnen helfen?«

»Haben Sie für diese Nacht ein Zimmer frei?«

»Zwei Zimmer«, ergänzt Julie.

»Sie haben Glück. Ab morgen ist nämlich alles ausgebucht.«

Er geht voran durch einen schmalen Flur auf einen Hinterhof mit einer Balkongalerie im ersten Stockwerk. Kübel mit Yuccapalmen und einem vertrockneten Oleander zeugen von dem hilflosen Versuch, so etwas wie eine mediterrane Atmosphäre zu schaffen. »Die beiden Zimmer oben neben der Treppe sind fertig. In dem einen funktioniert das heiße Wasser leider noch nicht.«

Sie steigen über am Boden liegende Kabel eine stark schwankende Treppe hinauf. »Keine Angst«, sagt der Hotelbesitzer. »Die wird bis morgen eingepasst. Sie wackelt, aber es kann nichts passieren.«

Die Zimmer sind karg eingerichtet. Ein Bett, ein Stuhl, ein Tisch, eine Schirmlampe. Immerhin hängen Bilder an den Wänden. Fabian wirft Julie einen fragenden Blick zu.

»Wir bleiben«, sagt sie und nimmt die Schlüssel entgegen.

»Kann man hier irgendwo in der Nähe einigermaßen gut essen?«, fragt Fabian. Der Hotelier empfiehlt einen Libanesen am Ende der Straße. Wenig später sitzen sie in einem spartanisch eingerichteten Lokal. Eine übergewichtige Bedienung bringt ihnen die Speisekarte. Julie meint zu spüren, dass Fabian ihr ernsthaft grollt. Sie hat sich bei seinem Klienten unmöglich benommen. Aber sie wird das Gefühl auch nicht los, dass er ihr etwas verschweigt. In diesem Moment legt er seine Hand auf die ihre. »Weißt du, Julie, diese Zeit jetzt, die wir zusammen verbringen, erinnert mich an unsere erste Zeit.«

»Mich auch.«

»Warum ist es uns damals nicht gelungen, unsere Gefühle füreinander in den Alltag hinüberzuretten?«

»Du hattest das Haus damals gerade gekauft, und es gab unerwartet viel Arbeit. Du musstest Gäste beherbergen. Vor allem aber war ich unzufrieden mit mir selbst. Ich wollte als Malerin leben, aber nicht unter kommerziellen Bedingungen. Ich war unsicher, was meine Fähigkeiten anbelangt. Darum musste ich mich auf die Suche begeben nach dem, was ich eigentlich tun konnte. Immer diese ständigen Zweifel.«

»Und ich hatte nach meiner Scheidung das Gefühl, alles wachse mir über den Kopf. Ich war finanziell extrem unter Druck. Allein die Unterhaltszahlungen. Und die Ausbildung für Armelle.«

»Diese Probleme sind ausgestanden, oder? Arbeitest du eigentlich gut mit Guillaume zusammen? Erzähl mir von ihm.«

»Na ja. Als Mensch ist er ziemlich gewöhnungsbedürftig. Aber als Kunstexperte ein ausgewiesener Kenner der Zeit um die Jahrhundertwende bis zum Ersten Weltkrieg. Mit exzellenten Verbindungen zu wichtigen Leuten dieser Region. Er kennt die Szene hier oben sehr gut. Er stammt aus Le Havre.«

»Mir hatte er erzählt, er sei ein Fotograf aus Genf.«

»Er hat auch als Fotograf gearbeitet, aber Genf? Das muss er sich ausgedacht haben, aus welchen Gründen auch immer.«

»Vor kurzem habe ich einen Fotobildband gesehen von jemandem, der er hätte sein können, nur zwanzig Jahre jünger. Aber da stand ein ganz anderer Name.«

Fabian zuckt die Achseln. So ist Guillaume. Er wechselt gern die Identität. Und ich, denkt Julie, bin ich denn besser? Habe ich mich nicht bei ihm als Claire ausgegeben? Laut sagt sie: »Und wieso vermittelt er dann moderne Kunst, wie diese Pastelle?«

»Er hat auch einen unglaublichen Riecher für zeitgenössische Kunst. Was er mir anbringt, lässt sich hervorragend verkaufen. Aber lassen wir doch mal diesen Menschen. Reden wir lieber über uns. Ich habe oft an dich gedacht, Julie. Ein paar Mal war ich drauf und dran, dich in deiner Heimat zu besuchen. Ich glaube einfach, wir haben damals zu schnell aufgegeben.«

»Das glaube ich nicht. Wir waren zu verschieden. Wir sind es noch immer. Das gilt auch für unsere Lebenssituation. Im Moment geht mir so vieles durch den Kopf. Ich bezweifle, dass ich überhaupt zu einer Bindung fähig bin.«

»Ich weiß. Ich will dich auch nicht drängen. Ich überlege schon die ganze Zeit, wie ich dir helfen kann. Diese Phantomschwester muss dich sehr beunruhigen. Das beweist schon dein Verhalten Guillaume gegenüber.«

»Wieso?«

»Ich meine das Glas, das du nach ihm geworfen hast.«

»Ich weiß. Es macht mir zu schaffen, dass meine Mutter mir nie von dieser Schwester erzählt hat. Und jetzt, wo ich weiß, dass sie existiert und trotzdem für mich unsichtbar bleibt, habe ich immer stärker das Gefühl, sie wachse in mir selber heran. Als ob noch eine zweite, im Schatten bleibende Person in mir entsteht. Das macht mich ganz krank.«

»Wie eine Phantomschwangerschaft. Ich will alles tun, um dir zu helfen. Ich muss morgen noch einmal nach Paris, aber wenn du willst, bringe ich dich zuvor nach Dieppe. Ich glaube, da liegt der Schlüssel. Du solltest diesen Jungen noch einmal befragen. Er scheint dich doch zu mögen. Vielleicht verschafft er dir einen Zugang zu dem Haus.«

»Du hast recht.«

Vor ihren Zimmern angekommen, umarmen sie sich.

Fabian streicht ihr behutsam übers Haar, eine tröstliche Geste, in der sie sein Bemühen spürt, ihr nicht zu nahe zu treten.

»Schlaf gut, Julie. Bis morgen.« Er lässt sie los und schließt die Tür zu seinem Zimmer auf. »Du auch, Fabian. Und danke.«

Sie hängt ihre Jacke über den Stuhl, streift sich die Schuhe ab und legt sich angezogen aufs Bett. Es gibt weder Fernseher noch Radio hier. Nach einer Weile steht sie leise auf. Ohne Licht zu machen, zieht sie Jacke und Schuhe wieder an und tastet sich zur Treppe. Im Dunkeln steigt sie hinab, stolpert, greift nach dem schwankenden Geländer. Gerade noch kann sie ihr Gleichgewicht halten. Sie wartet. Als alles dunkel bleibt, geht sie weiter. Dann ist sie auf der Straße, läuft Richtung Meer. Sie kann ihr Ziel nicht verfehlen, denn sie hört die Wellen, riecht den Seewind. Es sind nur ein paar Hundert Meter. Kein Mensch begegnet ihr. Schließlich steht sie vor dem Gartentor mit den Eiben. Zur Straße hin ist alles dunkel. Sie klingelt und wartet. Nichts geschieht. Noch einmal. Sie geht den Zaun entlang bis zum angrenzenden Grundstück. Von hier aus sieht man aus dem vorderen Zimmer einen Lichtschein in den Garten fallen. Noch einmal klingelt sie. Nichts. Sie versucht, das Tor zu öffnen. Dann entdeckt sie das Kästchen mit den Zahlen. Man braucht einen Code dafür. Gibt es Bewegungsmelder? Sie wirft einen Ast in den Garten. Keine Lampe geht an. Kurz entschlossen steigt sie über das Tor und verbirgt sich im Schatten der Eiben. Wieder wartet sie ab. Sie meint, im Rauschen des Meeres Musik zu hören. Vorsichtig nähert sie sich dem Haus. Die Musik scheint aus dem Zimmer mit der großen Fensterfront zu kommen. Hinter den mannshohen Hortensien schleicht sie weiter, späht von der Meerseite ins Haus: Da sieht sie ihn. Er thront in einem roten Ledersessel, in seiner weißen Hose, dem weißen Tennispullover, seine Haare schimmern silbrig. Ein Bild wie ein Renaissancegemälde. Auf einem Tischchen neben ihm eine Flasche, in der Hand ein Glas mit brauner Flüssigkeit. Whisky vermutlich. Er wirkt wie erstarrt, lauscht der Musik, die aus der Anlage kommt, klassische Musik. Brahms, mutmaßt sie. Von ihrer Position aus kann sie gerade noch auf die Wand mit den Fotos blicken. Sie zückt ihr Taschenfernglas. Die Pastellgemälde sind gut zu erkennen, während die Fotos hinter der Glasscheibe verschwommen bleiben. Plötzlich steht der Alte auf und tritt ans Fenster. Hat er etwas bemerkt? Einen Reflex von den Okularen vielleicht? Er begibt sich an sein Fernrohr und schaut hindurch. In diesem Moment öffnet sich die Tür, fast direkt gegenüber von Julie, und eine Gestalt in Kapuzenjacke betritt das Zimmer. Der Alte scheint den Mann nicht gehört zu haben. Erst als der ihm die Hand auf die Schulter legt, dreht er sich um und nimmt ein flaches Päckchen von ihm entgegen. Sie sprechen kurz miteinander, eigentlich ihre Chance, ungesehen zu verschwinden. Aber sie bleibt. Dann ist der andere wieder fort. Wenig später hört Julie das Gartentor, danach das Schlagen einer Autotür. Der Alte geht zum Fernseher, legt eine DVD ein und setzt sich in seinen Sessel zurück. Wieder blickt sie durch ihr Fernglas. Der Film auf dem Bildschirm wird von dem chinesischen Spiegel zurückgeworfen, wenn auch verzerrt und unscharf. Ein kleines Mädchen läuft einen Strand entlang. Es ist vielleicht sieben oder acht Jahre alt und trägt einen roten, mit goldenen Verzierungen bestickten Anzug. Ab und zu bückt es sich, hebt etwas auf, steckt es in den Mund. Das Bild wird herangezoomt, verwackelt dabei. Der

Kopf des Mädchens füllt jetzt das ganze Bild aus. Dunkle Locken, volle rote Lippen, große grüne Augen, ein hübsches Kind. Es blickt ohne Scheu in die Kamera und lacht. Dann bückt es sich wieder, hebt eine Handvoll Sand auf und wirft ihn gegen das Objektiv. Der Film bricht ab. Der Alte steht auf. Tritt wieder an das Fernrohr. Auch Julie hat sich umgedreht. Mit ihrem Glas erkennt sie weit draußen Positionslaternen von Schiffen und Leuchtsignale. Sind sie es, die den Alten interessieren? Wieder setzt er sich zurück, schenkt sich aus der Flasche nach. Julie hat das Gefühl, dass es Zeit ist, zu verschwinden. Geduckt läuft sie zu den Eiben zurück. Als sie mit einem Bein über den Zaun ist, sieht sie einen Schatten von der Straße her auf sich zukommen, und im nächsten Moment packt sie jemand mit festem Griff, widerstandslos lässt sie sich auf die andere Seite ziehen. Der Mann hält sie noch immer fest. Er holt eine Taschenlampe hervor und leuchtet ihr ins Gesicht. Dann lässt er sie los. Die Taschenlampe erlischt.

»Julie, was machst du hier!« Sie öffnet die Augen.

»Guillaume? Ich könnte dich das Gleiche fragen!«

»Der Hausbesitzer meinte schon, er hätte jemanden im Garten herumschleichen sehen. Aber ausgerechnet du?« Sie schweigt, während Guillaume einen Code drückt, der das Gartentor aufschwingen lässt.

»Bitte.«

»Soll das heißen, ich soll da reingehen?«

»Ich nehme an, du wolltest eine Information. Also, nun geh schon.«

»Nein. Das ist mir unangenehm.«

»Ach. Auf einmal so schüchtern?«

Das Tor beginnt sich bereits wieder zu schließen. Guillaume hat Julie am Handgelenk gepackt und zieht sie mit sich in den Garten. Er wirkt verändert. Da ist nichts mehr übrig von dem jungenhaften Charmeur. Das Tor ist nur noch einen Spaltbreit geöffnet. Mit einem plötzlichen Ruck reißt Julie sich los und entkommt. Die Pforte schließt sich. Guillaume kann nicht gleich folgen. »Komm zurück, du kleines Biest!«, brüllt er. Sie beginnt zu rennen, der kleine Zeitvorsprung, bis das Tor sich wieder öffnet oder er hinübergeklettert ist, reicht ihr. Dann ist sie auf dem schmalen öffentlichen Weg zum Strand. Zu beiden Seiten erheben sich die hohen Mauern der Grundstücke mit den Gärten und Villen, jetzt, bei Niedrigwasser, nur über Leitern zu erreichen. Aber alle sind mit Ketten und Schlössern versperrt. Julie rennt weiter, bis sich eine Lücke auftut. Ein unverschlossener Aufgang. Nur die obersten Stufen sind mit einer Eisenstange verbarrikadiert. Es ist nicht schwer, sie zu überwinden. Dahinter befindet sich ein Kiosk mit einer Eismaschine, von einer Plane verhängt. Sie schlüpft darunter und lässt sich auf einer Holzkiste nieder. Atemlos hockt sie in der völligen Finsternis. Ihr Herz pocht. Ein scharfer Schmerz im linken Handballen. Sie hat sich die Haut an der rostigen Leiter aufgerissen. Allmählich erkennt sie schemenhaft Kartons mit Papierbechern und Eiswaffeln, Plastiklöffel, Aluminiumschälchen. Sie hebt die Plane und riskiert einen Blick. In diesem Moment hört sie Schritte. Sie kommen näher. Sie lässt die Plane wieder herabgleiten. Plötzlich ist es still. Jemand muss unmittelbar neben ihr stehen. Sie hält den Atem an. Eine Ewigkeit, so scheint ihr. Dann entfernen sich die Schritte wieder. Die Schläge einer Kirchturmuhr: halb eins. Sie wartet. Schließlich kriecht sie hinaus und geht zurück zum Hotel. Als sie die Treppe hinaufsteigt zu ihrem Zimmer, geht bei Fabian das Licht an. Sie kann sehen, wie er nach seinem Mobiltelefon greift und mit jemandem spricht. Schnell schlüpft sie in ihr Bett. Wenig später hört sie ihn aufstehen, die Tür zu seinem Zimmer öffnen. Im nächsten Moment blickt er von der Galerie außen durch das Fenster in ihr Zimmer, noch immer das Telefon in der Hand. Leise hört sie ihn sagen: »Sie schläft.«

29

Sie frühstücken gemeinsam. Das Frühstück ist genauso improvisiert wie das ganze Hotel. Es gibt aufgebackene Brötchen, Marmelade, ein in Fett schwimmendes Rührei und bitteren Tee. Der Wirt ist stolz auf sein Continental Breakfast. »Ich habe viele englische Gäste. Sie sind immer sehr zufrieden.« Wie zum Beweis legt er ihnen sein Gästebuch vor mit Eintragungen wie *Great! Splendid! Lovely!*.

»Hast du gut geschlafen, Julie?«

»Wie ein Stein, und du?«

»Wie hast du es fertiggebracht, dich an der Hand zu verletzen?«

»Wundert dich das bei dem Zustand der Installationen hier? Ich habe mich an dem Nagel gerissen, an dem das Handtuch hängt. Du willst nach Paris. Geschäftlich?«

»Ich will einige Kunden besuchen. Ich möchte ihnen sagen, dass du im Land bist und wieder für mich malen wirst.«

»Bist du dir da so sicher? Ich habe mit der Malerei abgeschlossen, Fabian.«

»Das mag wohl sein, aber die Malerei hat nicht mit dir abgeschlossen. Du wirst es bald selber herausfinden. Aber erst einmal fahre ich dich jetzt nach Dieppe. Damit du endlich die Geschichte mit deiner Schwester klärst. Ich glaube, sie ist es nämlich, die dich vom Malen abhält.«

Wie versprochen hat Fabian sie in Dieppe abgesetzt, es ist später Nachmittag, als Julie den vertrauten Weg entlang der Gemeindegrenzen einschlägt. Schon von weitem sieht sie Licht in der Villa von Goudevert. Beim Näherkommen entdeckt sie im oberen Stock ein blauschimmerndes Fenster. Sie läuft den Weg zum Haus hinauf, erklimmt die Treppe und klopft an die Haustür. Augenblicklich erlischt das Licht. Sie klopft wieder, lauter diesmal. »Hallo? Ich weiß, dass jemand zu Haus ist.«

Nach einer Weile öffnet sich die Tür einen Spaltbreit. Ihr Blick fällt auf ein Paar Fischgrätmusterhosen über groben Stiefeln. In diesem Moment hört sie einen Wagen unten vorm Gartentor halten, ein Hund bellt. Mit einer schnellen Bewegung will der Junge die Tür wieder schließen, aber Julie hat ihren Fuß bereits dazwischen und drückt sich an ihm vorbei in den düsteren Flur. Er hebt seinen Arm wie zur Abwehr. Wie neulich schon hat sie das Gefühl, in der schmalen verängstigt wirkenden Gestalt noch ein Kind vor sich zu haben. »Sei ganz ruhig«, sagt sie. »Du brauchst doch keine Angst vor mir zu haben. Ich würde nur gern mit dem Besitzer sprechen.«

Der Junge schüttelt den Kopf. »Er wird wütend, wenn er weiß, dass ich aufgemacht habe.«

»Gut, dann geh ich wieder. Ich will nicht, dass du Schwierigkeiten meinetwegen bekommst.«

Sie will aus der Tür treten, aber er hält sie von innen zu. »Zu spät. Er ist schon auf dem Weg. Ich habe ein Versteck.«

»Bring mich hin. Ich gehe dann unbemerkt fort.«

Der Junge rennt die Treppe halb hinauf, Julie folgt. Er zeigt auf ein kleines Zimmer, das der noch helle Westhimmel in schwaches Dämmerlicht taucht. Unten fällt die Haustür ins Schloss. »Hallo?«, ruft jemand. Julie verschwindet in der Kammer, der Junge läuft die Treppe hinab.

»Hallo, Floh. Warum ist alles dunkel?«, hört sie die raue Stimme von Goudevert. »Ich hab dir deine Comichefte mitgebracht. Und etwas zu essen. Du hast doch Hunger?«

Gleich darauf das Poltern von Töpfen, das Geräusch von Wasser, das in einen Kessel läuft. Plötzlich lassen die letzten Strahlen des Abendlichts das Fenster vor Julie aufleuchten: dunkles und helles Blau, Türkis, Blassblau mit einem Hauch von Pink. Wie ein Kirchenfenster. Sie tritt näher. Die Scheibe ist mit Scherben bestückt, wie man sie am Strand findet: manche klar wie Aquamarine, andere opak. Auch auf der Fensterbank liegen einige, sorgfältig mit kleinen Zetteln versehen: *Delphinium elatum Blue Dawn*, liest sie. *Campanula*. Sie nimmt die Scherbe *Linum* und hält sie gegen das Licht: das Himmelblau der Leinblüten. *Papaver orientale*: das flammende Rot des Mohns. *Mrs. Perry*: korallenrot. Ein kleiner Haufen weißlicher Splitter, ins Rosa changierend: *Iberis gibraltarica*. Das also haben die botanischen Namen zu bedeuten? Auf der Pergamentskizze geht es somit gar nicht um Gärten – sondern um Farben! Die unverwechselbare Farbe der jeweiligen Pflanze ist der Schlüssel zu der rätselhaften Zeichnung! Deshalb diese peniblen botanischen Bezeichnungen, deshalb die akribischen Angaben zur Bodenbeschaffenheit, die die Blütenfarbe beeinflusst. Ganz genau bestimmte feine Nuancierungen von Farbtönen, wie nur Pflanzen in ihrer ewig gleichen genetischen Struktur sie unverfälscht reproduzieren können. Über Jahrzehnte hinweg. Ist dieser Plan vielleicht so etwas wie das Vermächtnis eines Künstlers?

Julie späht nach unten. Aus der offenen Küche fällt Licht in den Flur. Auch hier hängen wie in einer Galerie

Bilder eng nebeneinander. Leise steigt sie die Treppe hinab, zögert einen Moment, bevor sie an der offenen Küchentür vorbeihuscht. »... noch mal nach Paris«, hört sie Goudevert sagen, »... mitkommen, wenn du willst ...« Dann ist sie draußen.

Sie verlässt den Garten und betritt den Küstenweg. In diesem Moment wird das Licht im oberen Stockwerk des Hauses eingeschaltet, ein Lichtschein fällt auf das Holzschild *Plage* vor ihr, das wieder festverankert steht. Hinter der blauen Scheibe sieht sie den Kopf des Jungen auftauchen. Er presst die Stirn gegen das Glas, legt die Hände gegen die Schläfen und starrt hinaus. Plötzlich ist der Hund neben ihr. Im selben Moment sieht sie jemanden auf den Pfad einbiegen. Er bleibt stehen, zündet sich eine Zigarette an. Im aufflackernden Schein des Feuerzeugs meint Julie Guillaume zu erkennen. Augenblicklich biegt sie auf den Weg zum Strand ab und läuft so schnell es geht den Pfad hinunter. Hat er sie gesehen? Nach einigen Minuten gelangt sie an die steile Treppe. Rote und grüne Seezeichen am dunklen Horizont aufgereiht wie an einer Perlenschnur, das Aufscheinen eines Leuchtfeuers. Sie steigt die Stufen hinunter und läuft über den Strand zu den großen Gesteinsformationen. Im fahlen Licht des Mondes wirken die Felsbrocken wie Göttergestalten im Olymp. Vulkan. Poseidon. Zeus. Venus. Jetzt erscheint auf dem Treppenabsatz, schwarz gegen den Himmel, die Silhouette eines Mannes. Ist er ihr gefolgt? Sie blickt zum Horizont. Die Flut kommt. Schon füllen sich die ersten Priele, bald wird das Wasser die Skulpturen erreichen. Sie muss hier so schnell wie möglich verschwinden. Ihr fällt der zweite Strandzugang ein, über den damals die beiden Frauen mit den Windhunden gekommen sein mussten. Er muss ganz in der Nähe sein. Das Mondlicht wird stärker.

Guillaume hat sich auf der obersten Stufe niedergelassen. Neben ihm der Hund von Goudevert. Er braucht nur abzuwarten.

Julie läuft los. Als sie außer Sichtweite ist, bleibt sie stehen. Sie versucht sich zu orientieren. Wo ist die Stelle, an der der Angler stand, wo die Stelle, an der ihr die beiden Frauen entgegenkamen? Sie läuft weiter. Doch sie kommt immer langsamer voran. Sich füllende Wasserlöcher zwischen den herabgestürzten Gesteinsbrocken zwingen sie, ihre Schritte vorsichtig zu setzen. Sie will die Zeit ablesen, doch sie ist mitten im Funkloch. Sie sieht sich um. Gegen den dunkleren nördlichen Horizont weiß die Linie des Wassersaums. Die kleinen Wellen nähern sich rasend schnell. Es ist höchste Zeit, den Zugang zu finden. In der Dunkelheit sieht jede vom Regen geschaffene Rinne im Kliff wie eine Felsspalte aus, die breit genug ist, einen Weg nach oben zu bieten. Langsam gerät sie in Panik. Dann endlich! So etwas wie ein Kamin öffnet sich vor ihr, ein schmaler Durchlass, von braunem blasigen Tang eingerahmt. Sie geht hinein, doch die Wände rücken immer näher zusammen. Dann steht sie vor einer senkrechten Wand. Sie muss zum Strand zurück. Das Wasser ist deutlich näher gekommen. Es glänzt im Mondlicht, ein schönes Bild, aber alles andere als beruhigend. Doch besser wieder zur Treppe? Sie läuft ein paar Schritte zurück. Was fürchtet sie denn von Guillaume, es ist ja albern. Sie ist kopflos gewesen. Nein! Sie bleibt stehen. Sie muss ihre Vernunft einschalten. Der Zugang kann ja nicht verschwunden sein! Sie kehrt wieder um, beginnt nun doch zu rennen, direkt unterhalb der Klippen, stolpert über Steine und angetriebene Baumwurzeln. Plötzlich versperren mächtige Felsbrocken den Weg. Sie blickt hinauf: Der Klippenrand oben scheint verschwunden. Ein ganzes Stück Küste ist abgerutscht. Eine gewaltige Masse aus Schlamm und Geröll, Baumstämmen, zersplitterten Ästen und mächtigem Wurzelwerk versperrt ihr den Weg. Sie versucht, darüberzuklettern, aber es ist aussichtslos. Ihr bleibt nichts anderes, als außen herum zu laufen. Ihr Herz rast jetzt, während sie sich an dem Erdrutsch vorbei Richtung offenes Meer bewegt. Wasser dringt in ihre Schuhe, Muschelsplitt und Sand scheuern an ihren Füßen, weiter, weiter, bald spürt sie Schmerz und Kälte nicht mehr.

Endlich hat sie die Mure umrundet, ist wieder auf dem Strand, der inzwischen bedenklich schmal geworden ist. Plötzlich bleibt sie stehen. Der Erdrutsch. War dort vielleicht der Zugang gewesen und ist jetzt zerstört?

Sie sucht mit dem Fernglas alles ab. Nichts, das wie ein Weg aussieht. Ihre Beine fühlen sich schwer an, ihr Nacken schmerzt. Falls der Aufgang zerstört ist – könnte sie hier den höchsten Punkt erklettern und die Flut abwarten? Nein. Das ist unrealistisch, das Wasser wird bald auch die Schlammlawine überspülen. In diesem Moment bemerkt sie etwas Dunkles vor den helleren Klippen, etwas, das an ein umherkriechendes Tier erinnert. Plötzlich richtet sich die Gestalt auf. Ein Mensch. Wie ist er hierhergekommen? Wenn nicht durch den Zugang? Jetzt scheint er sie entdeckt zu haben. Blickt in ihre Richtung. In diesem Moment erkennt sie ihn. Ihr fällt ein Stein vom Herzen. Der Junge! Er muss ihr gefolgt sein, um ihr den Weg zu zeigen. Als sie ziemlich nah bei ihm ist, läuft er weiter auf den Felsen zu. Im nächsten Moment verschwindet er in einem Spalt wie ein Geist. Sie rennt zu der Stelle, sieht die Eisenkrampen im Kalkstein, die er gerade hinaufsteigt. Sie umklammert mit den Fingern das kalte Metall und zieht sich hoch. Immer wieder muss sie anhalten. Weiter oben wartet er auf sie, streckt ihr seine Hand entgegen und hilft ihr, sich auf ein kleines Plateau hochzuziehen. Von hier führt ein steiler Pfad bis zum Klippenrand.

»Das hätte ich ohne dich nie gefunden.« Er lächelt. Dann dreht er sich um und läuft weiter. Woher kommt es ihr so vertraut vor? Kaum oben angelangt, fragt sie: »Wer bist du?« Aber statt einer Antwort wendet er sich ab.

»Wie heißt du, Floh? Das ist ein seltsamer Name.«

Das Kind lacht leise. »Was ist denn«, fragt Julie, »was hast du ...« Plötzlich begreift sie. Ein solches Lachen hat sie vor kurzem erst gesehen. Der kleine Paradiesvogel im roten Samtanzug, das Mädchen, das durchs Watt tollt. Fassungslos sagt sie: »Du bist gar kein Junge!«

Im selben Augenblick fällt ihr ein, wie sie kürzlich Ähnliches erlebt hat, als der Vater sie mit seiner Frage schockierte: »Du bist mein Neffe, nicht wahr?«

»Jetzt verstehe ich. Flo ist dein Name. Die Abkürzung von Florence, nicht wahr?« Das Mädchen schweigt. »Trägst du den Namen deiner Mutter? Ist sie die Frau von Goudevert?« Es gelingt ihr nicht, dem Kind irgendetwas zu entlocken. »Wohnst du schon immer bei ihm?« Schweigen. Sie entschließt sich zu einer Provokation. Vielleicht kann sie das Kind so aus seiner Erstarrung reißen: »Deine Mutter war also zu Recht in der Irrenanstalt.«

Kaum hat sie das gesagt, ist ihr klar, sie ist zu weit gegangen. Das Kind springt auf, macht einen Satz Richtung Klippenrand. Julie bekommt gerade noch seinen Arm zu fassen. Im nächsten Moment stolpern sie beide und fallen zu Boden. Das Fischgrätmuster dicht vor Augen, hält Julie das wild um sich schlagende Mädchen an den Beinen fest, bis sein Widerstand unter ihrem

Griff nachlässt. Sie lässt los. Unter Flos Wimpern quellen Tränen hervor. Dann öffnet sie die Augen, und Julie blickt in ein Meergrün, das sie mit dem Tod der Mutter von dieser Welt verschwunden geglaubt hatte. Ohne ein Wort zu sagen, steht Flo auf, klopft sich den Sand von der Hose. Nicht weit von ihnen ist der Motor eines langsam fahrenden Autos zu hören. Dann das Schlagen einer Wagentür. Jemand ruft, ein Hund bellt. Das Mädchen rennt los. Im nächsten Moment hat die Dunkelheit es verschluckt.

30

Als Julie das hell erleuchtete Restaurant an der Hauptstraße durch den Seiteneingang betritt, trägt der Wirt gerade ein Tablett in den vollbesetzten Speiseraum. Er mustert sie von oben bis unten. »Sagen Sie bloß nicht, Sie sind jetzt im Dunkeln unten am Strand gewesen.«

Julie lächelt matt. »Kann man bei Ihnen auch übernachten?« Er macht eine Kopfbewegung zum Schlüsselbrett. »Das Zimmer links neben der Treppe ist frei. Die Zwei. Bitte holen Sie sich den Schlüssel selbst vom Haken.« Kaum im Zimmer, lässt sie sich aufs Bett fallen. Es gelingt ihr gerade noch, die Decke über sich zu ziehen.

Sie erwacht von einem Signalton ihres Telefons. Draußen dämmert es. Auf dem Display eine unbekannte Nummer, von gestern Abend, wohl als sie im Funkloch war. Eine Sprachnachricht von der Anwältin. »Ich hoffe, Sie haben meine Nachricht erhalten. Ich muss Sie übrigens warnen: Vorsicht vor Gilles Goudevert. Er gilt als unberechenbar, sogar gewalttätig; er wurde mehrfach angezeigt, die Anzeigen wurden aber jedes Mal wieder zurückgezogen. Wir liegen zwei Tage mit unserem Schiff in Le Havre. Ich möchte Sie unbedingt treffen. Ich werde morgen und auch am Samstag jeweils mittags auf Sie warten. Im Bistrot auf Pier zehn.« Die Notarin ist mit ihrem Mann unterwegs ins portugiesische Winterquartier, fällt es Julie ein. Es gibt noch eine zweite Nachricht. Fabian. »In der Galerie, die Armelle betreut, ist eingebrochen worden!« Sie blickt auf die Uhr. Es ist erst sechs. Zu früh, zurückzurufen.

Sie geht unter die Dusche, Mengen von Schlamm und Sand fließen in den Abguss. Auch ihre Kleidung ist über und über mit Lehm verschmiert. Sie versucht sie so gut es geht zu säubern. Wieder das Telefon.

»Julie, endlich. Du hast mich gestern nicht zurückgerufen.«

»Tut mir leid, Fabian, es ging nicht. Was ist bei Armelle passiert?«

»Die Tür ist aufgebrochen worden, obwohl sie mit einem Stangenschloss gesichert war. Es müssen Profis gewesen sein. Zum Glück wurde nichts gestohlen. Sie scheinen auf ein Bild aus gewesen zu sein, das Guillaume gestern Abend gerade eine Stunde vorher noch abgeholt hatte.«

»Welches denn?«

»Diese kleine Pastellzeichnung im letzten Raum, erinnerst du dich? Die Boudoir-Szene. Die Rückenansicht einer jungen Frau vor dem Spiegel, die sich die Frisur steckt. Reizvoll, sehr schöne Farben. Sie ist nicht signiert. Man könnte sie im ersten Moment für einen Degas halten. Jedenfalls ging es mir so. Aber das Werk von Degas ist gut dokumentiert.«

»Und wenn es doch einer war? Ein unbekannter Degas? Wieso hat Guillaume sie abgeholt?«

»Armelle sagt, er habe sich etwas seltsam ausgedrückt. Anscheinend befürchtete er, das Bild könnte gestohlen werden, er erzählte etwas von einem serbischen Expertenring und organisierter Kriminalität.«

»In was für finsteren Kreisen bewegt er sich denn.«

»Ich sags ja, der Mann ist kein Umgang für dich.« Der Akku ist fast leer. Das Signal übertönt seine Worte. Dann: »... falls du dich an die zwei Picassos erinnerst, die als Leihgabe in einem kleinen ungesicherten Museum im Pfäffikon hingen. Die tauchten Jahre später auf dem Balkan auf, praktisch unverkäuflich, weil sie viel zu bekannt waren.«

»Ich verstehe nicht, was das mit den Bildern bei Armelle zu tun haben soll. Die sind doch vermutlich ziemlich wertlos.«

»Das ist es doch gerade, was ich sagen will: Bekannte gestohlene Bilder sind nur schwer zu verkaufen, viel zu gefährlich. Solche Bilder kann man höchstens im Drogenhandel als Zahlungsmittel einsetzen, im Tausch gegen reale Gegenwerte, ein paar Hundert Kilo Kokain beispielsweise. Bilder aus Privatbesitz dagegen, die kaum bekannt sind, lassen sich besser losschlagen. Vorausgesetzt, es handelt sich um alte Bilder.«

»Du meinst solche alten Bilder wie die in der Ausstellung von Armelle?«

»Ja. Sie steigen im Wert. Wenn natürlich ein Experte diese Zeichnung als unbekannten Degas identifizieren würde, ließe sie sich sofort unglaublich teuer verkaufen.«

»Ist eine solche Zuweisung denn komplett unwahrscheinlich?«

»Nicht ganz. In einer Region wie der Normandie, wo fast alle Maler vor Ort gearbeitet haben, gibt es immer wieder überraschende Funde. Zum Beispiel frühe Werke von später berühmt gewordenen Malern.«

»Oder Bilder von Malern aus der zweiten Riege.« Julie klingt wie das Echo von Madame Revel.

»Richtig. Kunstdiebe sind inzwischen auf genau solche Fälle spezialisiert. Objekte, die vielleicht nur einmal kurz als Leihgabe in der Öffentlichkeit zu sehen waren und in der Regel nicht dokumentiert sind. Entdeckungen eben, die gemacht werden, wenn Erben eine alte Sammlung auflösen oder einen Dachboden ausbauen.«

»Aber wird ein Käufer nicht misstrauisch, wenn so ein Bild von der großen Öffentlichkeit unbemerkt auftaucht? Er muss doch wissen, wie hoch die Wahrscheinlichkeit ist, dass es sich um Diebesgut handelt.«

»Du kennst die Sammler immer noch nicht. Glaub mir, Leidenschaft macht blind. Die meisten Sammler sind Besessene und verschließen liebend gern die Augen vor einem solchen Verdacht. Hauptsache, das Bild gelangt in ihren Besitz.«

»Und weil solche privaten Käufer fast immer anonym bleiben wollen, funktioniert das Ganze vermutlich ausgezeichnet.«

»Sogar dann, wenn man ihnen Schaden zufügt. Kaum jemand will erfahren, dass er eine Kopie gekauft hat. Hör mal, tu mir den Gefallen und ruf Armelle an. Sie braucht jetzt Trost.«

»Um diese Uhrzeit?«

»Sie schläft ohnehin nicht.«

Julie wählt die Nummer von Fabians Tochter. Sie meldet sich sofort. Ihre Stimme klingt heiser, als habe sie geweint. »Armelle. Es tut mir so leid für dich. Die erste Ausstellung, und dann gleich so was ... wenigstens fehlt nichts.«

»Nein. Es ist nur die Tür kaputt. Mein Vater meint, die Diebe waren hinter dem Bild her, das Guillaume zuvor hier abgeholt hat.«

»War er allein?«

»Da war noch jemand auf dem Beifahrersitz. In einer dunklen Lederjacke. Und auf der Rückbank saß ein Kind mit einem Hund.«

Flo. Und Goudevert. Dann hat sie richtig gesehen gestern Abend am Strand: Es war tatsächlich Guillaume, der auf der Treppe stand. Er kennt also Goudevert. Mehr noch: Sie arbeiten zusammen. Vermutlich war das ihr Auto, das sie hat fortfahren hören. Gemeinsam mit Flo und dem Hund. »Kann ich irgendwas für dich tun, Armelle?«

»Komm bald mal wieder, Julie. Vater ist ein anderer, wenn du ...« Die Stimme bricht ab. Der Akku ist leer. Sie ist froh darüber. Während des Gesprächs hat sie plötzlich an Fabian denken müssen. Er ist schließlich der Kompagnon von Guillaume. Was hat er mit allem zu tun?

31

Es ist kurz nach halb eins, als Julie das Bistrot auf Pier zehn betritt. Ein holzgetäfelter Raum, der eine maritime Atmosphäre erzeugen soll. Sitzecken aus Decksstühlen, von Seilen und Messingstangen begrenzt, Schiffsmodelle, grüne Fischerkugeln. Die Speisekarten sind auf Segeltuch gedruckt. Von einem der Glastische winkt ihr jemand zu, weißer Rollkragenpullover, blondgesträhntes Grau. Die Anwältin erhebt sich, um sie zu begrüßen. »Wie gut, Sie gesund und munter zu sehen, Julie. Ich habe mir Sorgen um Sie gemacht.«

»Ich kann schon ganz gut auf mich aufpassen. Aber danke. Auch für Ihre Bemühungen in meinem Fall.« Julie nimmt Platz.

»Es tut mir leid, dass ich Ihren Auftrag nicht zu Ende bringen konnte. Darf ich Sie einladen? Als Wiedergutmachung?«

Während sie eine ausgezeichnete Bouillabaisse löffeln, erzählt die Anwältin von ihren Reiseplänen. Ihr Mann und sie übernehmen das Schiff hier von Bekannten, die es aus Dünkirchen hergesegelt haben. Morgen wollen sie nach Brest aufbrechen und sich von dort aus auf die nicht ganz ungefährliche Tour durch die Biskaya begeben.

Als der Kellner die Teller abgeräumt hat, lehnt sie sich vor und sagt leise: »Vor Goudevert habe ich Sie ja schon gewarnt. Er hat ein beachtliches Vorstrafenregister. Versicherungsbetrug. Hehlerei. Kunstdiebstahl. Wenn er sich unter Druck gesetzt fühlt, kann er unberechenbar werden, Sie müssen bei ihm auf alles gefasst sein. Sind Sie inzwischen weitergekommen?«

Julie schüttelt den Kopf. »Jedenfalls nicht, was meine Schwester und das Haus anbelangt.«

»Ich habe den Eindruck, dass meine Nachforschungen bewusst torpediert werden. Wohl von dem Bevollmächtigten höchstpersönlich. Über die Gründe kann ich nur spekulieren.«

Julie erinnert sich: Monsieur Revel hatte ihr mitgeteilt, Goudevert hätte erst kürzlich einen Informationsstopp verfügt. Offensichtlich weiß die Anwältin nichts davon.

»Jedenfalls scheint er in Geldnöten zu stecken. Meine Informationen deuten darauf hin, dass er sich auf dunkle Geschäfte eingelassen hat und mit Kriminellen zusammenarbeitet. Vielleicht ist er nur ein kleines Rädchen im Getriebe, aber die Leute, denen er sich zur Verfügung stellt, sind organisiert. Das wusste ich neulich noch nicht, als ich Ihnen die Mail sandte, sonst hätte ich es Sie selbstverständlich wissen lassen. Ich muss Sie also davor warnen, Nachforschungen auf eigene Faust anzustellen!«

»Zu spät – ich bin dem Mann bereits begegnet. Ein unangenehmer Mensch. Ein Kind wohnt bei ihm in seinem heruntergekommenen Haus. Ein Mädchen. Es ist vielleicht sogar die Tochter meiner Halbschwester. Ich habe sie gesehen, sie wirkt verhaltensgestört.«

»Ein Kind Ihrer Schwester? Möglicherweise ein Geisterkind.« Die Anwältin blickt auf die Uhr.

»Geisterkind? Den Ausdruck kenne ich nicht.«

»Das sind Kinder, deren Geburt nicht ins Melderegister eingetragen wurde. Das geschah häufig in Kriegszeiten, zum Beispiel wenn die Mutter Französin und der Vater ein deutscher Besatzungssoldat war. Aber auch in anderen kritischen Situationen, prekären Familienverhältnissen aller Art. Dann, wenn die Herkunft zur Belastung werden könnte.«

Sie winkt dem Kellner. »Seien Sie bitte vorsichtig, Julie. Sie haben zwar keine Reise durch die Biskaya vor sich, aber auch Ihre Mission ist nicht ungefährlich.«

Sie begleicht die Rechnung. »Wenn Sie damit einverstanden sind, werde ich der Kanzlei in Sainte-Marguerite Ihre Daten übermitteln und dort Auftrag erteilen, Sie ab sofort direkt zu kontaktieren.« Sie erhebt sich. »Denn über mich wäre es jetzt eher kompliziert.« Sie streckt ihr die Hand zum Abschied entgegen. »Ich wünsche Ihnen alles Gute, Julie.« Dann geht sie mit dem schwungvollen Gang der begeisterten Seglerin davon, in dem Julie die Vorfreude auf die endlose Leere des allgegenwärtigen Horizonts spürt, jenen Ort, an dem der Wind alle Gedanken und Wünsche tilgt.

32

»Qui est là?«, hallt es aus der Sprechanlage. Der Beginn des Hamlet, schießt es Julie durch den Kopf. Wenn sie jetzt ihren Namen nennt – wird er dann wissen, dass sie es war, die im Garten herumkroch? Im nächsten Moment öffnet sich die Pforte für sie. Zu ihrer Überraschung steht er persönlich in der Haustür, gekleidet in die Ausgehuniform eines Kapitäns in den Tropen: Khakihose, helles Leinenhemd und weiße Clubjacke mit goldenen Uniformknöpfen. »Schön, Sie zu sehen. Kommen Sie.« Anscheinend hat Guillaume sie neulich nicht verraten, und er kennt ihren vollen Namen genauso wenig wie sie seinen.

»Bitte, setzen Sie sich auf das Sofa. Nein, nicht genau in die Mitte. Lehnen Sie sich etwas mehr zurück. Das bringt Ihre Figur besser zur Geltung.« Er dirigiert sie wie bei einer Fotosession. »Wie wärs mit einem Drink?« Er wartet die Antwort nicht ab, sondern begibt sich zum Musikschrank. Als er die eine Tür aufschiebt, kommt eine innen verspiegelte, gut bestückte Bar zum Vorschein.

Der Raum ist gleißend hell, obwohl er nach Norden liegt. Der Widerschein der Sonne auf dem Meer, verstärkt durch den großen chinesischen Spiegel, die vielen Glasflächen der gerahmten Bilder und Fotos erzeugen ein flirrendes Licht.

Er drückt ihr ein großes Glas Gin Tonic in die Hand und setzt sich mit seinem Drink in den Ledersessel gegenüber dem Pastell mit dem Mädchen am Strand und dem Mann am Fenster.

»À votre santé!« Er hebt sein Glas, sie erwidert die Geste. »Ihre äußere Erscheinung gefällt mir. Sie entsprechen dem herben Typ, der neuerdings mehr und mehr wieder in Mode kommt. Sehen Sie die kleinen Tiere da?« Er zeigt auf die Wand, über die die Schatten der Akazienblätter huschen. »Flinke Bewegungen, was? Lauter kleine Nager. Sie lassen mich einfach nicht in Ruhe. Immer wieder versuchen sie, hier einzudringen.« Er blickt sie an mit diesen hellen Augen, in denen man nicht lesen kann. »Wie sind Sie denn eigentlich hereingekommen. Und wer sind Sie überhaupt?«

Hat er schon vergessen, dass er selbst sie eben eingelassen hat?

»Ich bin eine Freundin von Florence.«

»Florence?« Sein Blick gleitet über die Bilder im Raum. Dann steht er auf, geht an sein Fernrohr. Eine ehrfurchtgebietende Erscheinung. »Und sollte ich jemanden mit diesem Namen kennen?«

Er blickt durchs Okular, putzt es mit einem Lederläppchen. Dann setzt er sich wieder. »Was kann ich für Sie tun, meine Gnädigste?«

Hat er sie nicht längst erkannt? Die Situation kommt ihr verlogen vor, aber ihr bleibt nichts anderes übrig, als mitzuspielen. Die Augen des alten Mannes sind starr wie eine Kamera auf sie gerichtet.

»Ich möchte etwas in Erfahrung bringen, das schon viele Jahre zurückliegt.«

Er zieht die Augenbrauen nach oben. »Was haben wir denn heute überhaupt für einen Tag.« Er blickt auf seine goldene Armbanduhr.

»Freitag.«

»Freitag, Sonnabend, Sonntag, Montag, Dienstag,

Mittwoch, Donnerstag«, deklamiert er leise. »An dieser Abfolge hat sich doch nichts geändert, oder?«

»Nein«, sagt Julie schnell. Die Frage klang echt. »Das ist völlig korrekt.«

»Also?«

»Können Sie mir verraten, wo Florence lebt?«

»Ziemlich dilettantisch übrigens.«

Er redet sprunghaft, denkt Julie. Will er sie absichtlich verwirren oder kann er nicht anders? »Was meinen Sie – das Pastell?«

»Ihr Einbruch. Sie müssen noch einiges dazulernen. Zum Beispiel, bei solchen Lichtverhältnissen kein helles Kleid zu tragen.«

»Ich gebe zu, ich habe mich unmöglich benommen. Aber Ihre Bilder haben mir einfach keine Ruhe gelassen.«

»Sie haben also ein derart leidenschaftliches Verhältnis zu meinen Bildern, dass Sie nachts über fremde Mauern steigen? Wie heißen Sie?«

»Claire. Wie meine Mutter.«

»Claire. Etwa meine Claire?« Er lässt den Blick erneut suchend durchs Zimmer schweifen. »Ich habe diese Bilder da an der Wand vor langer Zeit einer jungen Malerin abgekauft. Sie gefiel mir. Vor allem als Frau. Gute Bilder von einer schönen Frau gemalt sind selten. Die Hässlichen malen meistens besser, weil sie die Schönheit außerhalb von sich suchen. Malen Sie auch?« Julie nickt.

»Sie sind nicht hässlich. Taugen Ihre Bilder trotzdem etwas?«

»Ich weiß es nicht. Ein paar habe ich verkauft. Nichts Herausragendes. Was ist aus der Malerin geworden?«

»Sie hat aufgegeben. Ich habe vergeblich versucht, ihr klarzumachen, ein solches Talent zu vergeuden sei

Sünde. Ich habe auf sie eingeredet wie auf ein krankes Tier. Du musst Malerei studieren, habe ich gesagt. Wieder und wieder. Ich finanziere deine Ausbildung. Sie hat gelacht. Sie sah reizend dabei aus. Dann sagte sie, sie sei verlobt. Na und, sagte ich, und sie lachte wieder.« Er schweigt, trinkt, behält das Glas in der Hand. »Das da ist auch von ihr.« Er zeigt mit dem Glas auf das Pastell mit dem Frühstückstisch im Freien. Licht und Schatten über einem karierten Tischtuch mit weißen Tellern und Tassen, Butterglocke, Honigtopf.

»Ich finde, man sieht sofort, dass dieses Bild von einer Frau gemalt wurde.«

»Wieso das? Auf die Idee wäre ich nie gekommen.«

»Die gläserne Teekanne ist fast leer, im Brotkorb sind nur noch Krümel, auf den Tellern zerbrochene Eierschalen, ein paar übriggebliebene rote Johannisbeeren, die Messer von Honig und Butter glänzend ...« Hört er ihr überhaupt zu? Sein Blick ist in die Ferne gerichtet, als sei er mit den Gedanken weit fort. »Das Bild ist *nach* dem Frühstück gemalt, mit dem Blick der Person, die es zubereitet hat – den Tee gebrüht, die Beeren gewaschen, das Brot geröstet – und die den Tisch auch wieder abräumen wird, und erst jetzt, wo die anderen schon fort sind, die Zeit findet, die Poesie dieser Alltagssituation festzuhalten.«

Er sieht sie wieder an, offenbar von seiner Gedankenwanderung zurückgekehrt. »Wir reisten gemeinsam. Ich stand an der Reling des Dampfers, als sie die Gangway heraufkam. Sie ist mir sofort aufgefallen. Da war diese unbekümmerte Eleganz in ihren Bewegungen. Die ganze Reise war sie von Verehrern umlagert. Sie setzte sich einfach irgendwohin und zeichnete die Mitreisenden mit dem Bleistift. Die Porträts wurden ihr aus den Händen gerissen. Ich kaufte ihr schließlich alle Skizzen ab, die noch übrig waren, und lud sie ein, meine Sammlung anzusehen. Ich wollte sie dazu animieren, ihre Zeichnungen in größere Farbkompositionen umzusetzen.«

Wieder erhebt er sich, geht im Zimmer auf und ab. Eine große, hagere Gestalt, von der Last der Jahre gekrümmt, doch von einem unbeugsamen Willen aufrecht gehalten. »Wenn ich sie doch hätte überzeugen können. Aber sie glaubte zu wenig an sich selbst. Ein Jammer. Irgendetwas muss ihr Selbstbewusstsein untergraben haben. Dabei bewies sie zuweilen fabelhaften Mut. Sie wohnte in einem der ehrwürdigen alten Strandhotels, ich besuchte sie dort und lud sie zu mir ein. Und sie kam. Trotz ihres Verlobten in Deutschland. Das ist es, was ich mit fabelhaftem Mut meine. Man braucht ihn im Leben, aber auch beim Malen. Allein um beides zu vereinen, Vernunft und Gefühl. Die Zeichnung, das ist Vernunft, die Farbe, das sind Gefühle. Nur gemeinsam ergeben sie gute Bilder.«

Plötzlich bleibt er direkt vor ihr stehen. »Zeichnung und Farbe. Das sind Gegensätze. Sie müssen sie miteinander versöhnen, etwas Einmaliges daraus schaffen!«

Er nimmt Julie das leere Glas aus der Hand und mixt an der Bar neue Drinks, stärker noch als die ersten. »Ich fühlte mich damals siegessicher. Ich glaubte, ihr alles bieten zu können. Aber sie – sie meinte, sie müsse unbedingt ihren kleinen Auftrag erledigen. Eine typische Deutsche eben. Ein Muster an Pflichterfüllung.« Er reicht ihr das Glas, ihre Hände berühren sich dabei. Die pergamentartige Haut mit den Altersflecken lässt sie an den Vater denken. Aber dessen Hände sind warm und so kräftig, dass sie ein Stück Erde noch immer in ein Blütenparadies verwandeln könnten. Die Hand dieses Mannes ist dünn und kalt.

»Um was für einen Auftrag ging es? Für ein Gemälde?«

»Wenn es das gewesen wäre. Es ging leider um irgendein banales Geschäft. Waren es Teppiche? Stoffe? Irgendwelche Lederbezüge? Ich weiß es nicht mehr. Kaum hatte sie den Auftrag erledigt, fuhr sie wieder. Es gibt in eurer Sprache eine Redewendung mit einem Vogel. Etwas mit Spatz.«

»Besser den Spatz in der Hand als die Taube auf dem Dach?«

»Ja. Ich war damals die Taube, der sie misstraute. Sie fürchtete offenbar, ich würde davonfliegen, bevor sie mich in der Hand hatte. Und vielleicht lag sie nicht einmal falsch damit. Allerdings – mit einer Taube habe ich wenig gemeinsam, was denken Sie?«

Julie lacht ein wenig zu laut auf, der Alkohol summt in ihrem Kopf. Sie verspürt einen leichten Schwindel, zugleich aber fühlt sie sich mutig und zum Reden aufgelegt. »Ein Kolkrabe käme der Sache wohl näher.«

»Sind das nicht diese ungeselligen Vögel mit der hässlichen Stimme? Groß, schwarz, schwer zu entdecken. Mir gefällt die Anspielung, bis auf das mit der Stimme.«

»Und wie ging es weiter?«

»Einige Monate nach ihrer Abreise kam ein Brief. Darin stand, dass sie schwanger sei. Sie musste mir nicht viel erklären. Ihr Verlobter war viel zu konservativ, um vor der Hochzeit mit ihr ins Bett zu gehen.«

Während seine Erinnerungen und die Drinks ihn zusehends beleben, empfindet Julie leichte Übelkeit.

»Ich setzte mich am nächsten Tag in den Wagen und fuhr in ihre Heimat. Vielleicht war es Neugier. Vielleicht wollte ich sie sogar entführen. Ich nahm mir ein Hotelzimmer und beobachtete sie, ohne dass sie mich bemerkte. Bald hatte ich heraus, dass sie gerne lange Spaziergänge am Meer unternahm, in wechselnder Begleitung. Ich passte den Zeitpunkt ab, als sie allein unterwegs war, und lief ihr am Strand entgegen. Ich sah den langen schwarzen Mantel, den der Wind bauschte, schon von weitem. Sie erkannte mich ebenfalls. Sie drehte um. Vielleicht wollte sie flüchten. Aber ihr kühler Verstand sagte ihr wohl, dass sie keine Chance hatte. Sie blieb stehen. Sie war vollkommen durcheinander, lachte und weinte gleichzeitig. Sie sagte, sie laufe den Strand entlang, um sich klar zu werden, was sie jetzt tun solle. Sie sei im fünften Monat, es falle ihr allmählich schwer, die Schwangerschaft noch länger zu verbergen. Ich nehme dich mit, bot ich ihr an, und du bringst das Kind bei mir zur Welt. Ich sorge für euch beide. Sie zögerte. Sie wolle lieber an einem Ort niederkommen, wo niemand sie kenne, und dann das Kind zur Adoption freigeben. Diese Idee fand ich furchtbar. Ich blieb dort, sie richtete es ein, dass wir uns jeden Tag heimlich trafen. Adoption ist keine Lösung, sagte ich ein ums andere Mal. Irgendwann will ein Kind wissen, wer seine Eltern sind, und alles daransetzen, es herauszufinden.«

Das stimmt, denkt Julie. Das will man wissen, sogar, wenn es sich nur um eine Halbschwester handelt.

»Nach gut einer Woche hatte ich sie schließlich so weit. Sie besorgte sich einen großen Auftrag in Le Havre. Ihr Verlobter brachte sie zum Bahnhof. Kein Spatz eigentlich. Aber schon gar kein Kolkrabe. Ein großer, sympathischer Kerl. Ich fuhr mit dem Wagen zum nächsten Bahnhof und holte sie von dort ab. Sie brachte das Kind hier zur Welt, in diesem Haus. Es war ein Mädchen. Ich triumphierte. Jetzt würde sie bleiben. Doch eines Morgens war sie verschwunden. Ich suchte sie überall, wo sie sich gerne aufgehalten hatte, im Park, am Strand, vergeblich. Erst nach Mitternacht, als ich mich zu Bett begab, fand ich ihren Brief. Sie müsse zurück in ihr anderes Leben und wünsche keinerlei Verbindung mehr zu mir. Sie werde nie wieder von sich hören lassen und bitte mich, dies zu respektieren. Ich solle gut für das Kind sorgen. Sie war konsequent. All meine Briefe kamen ungeöffnet zurück.«

Julie ist schlecht geworden bei seinen Worten. Sie schafft es nur mit Mühe, ihre Ablehnung zu verbergen. Aber sie muss alles erfahren. Hat er es bemerkt? Es dauert lange, bis er weiterspricht.

»Ich nannte das Kind Florence. Meine duftende kleine Blume. Wie habe ich meine Kleine angebetet. Ich habe sie geliebt, wie niemand sonst sie lieben könnte. Ich habe sie auf Händen getragen. Ich war alles für sie, ich war ihre Mutter, ihr Vater, ihre Freundin, ihr ...« Er bricht ab. Dann fügt er hinzu: »Ich merkte früh, dass sie das Talent ihrer Mutter geerbt hatte. Auf die Akademie wollte sie nicht. Ich schickte sie zu Malern, um sie ausbilden zu lassen. Aber die haben sie nur ausgenutzt, verleiteten sie zu einem Bohemienleben. Meine Kleine nahm schließlich lieber Drogen, als bei mir zu bleiben!«

Am liebsten würde sie verschwinden. Aber dann bekäme sie nie mehr Zugang zu diesem Haus. Und – stimmt das alles überhaupt? Ist ihm zuzutrauen, dass er sich diese Geschichte zurechtgelegt hat? Dass in Wahrheit alles ganz anders war? Er wirkt, als glaubt er selbst an das, was er sagt, wie alle guten Erzähler, für die eine Geschichte höheren Wahrheitsgehalt hat als die Realität.

Der alte Mann hat sich erhoben. Jetzt macht er einen Schritt auf sie zu, starrt sie durchdringend an. Mit diesen alten Augen, deren Weiß trübe geworden ist und die dennoch in einen Menschen hineinsehen können. Plötzlich wieder seine Stimme, diesmal krächzt er tatsächlich. »Warum erzähl ich das alles. Wer sind Sie eigentlich? Was wollen Sie von mir?«

Sie schweigt. Guillaumes Schilderung fällt ihr plötzlich ein: Ein Besessener, von der Kunst wie von der Liebe, ein notorischer Verführer mit einer Schar über die Welt verteilter, unehelicher Sprösslinge. Er verstand immer, sich seinen Vorteil zu verschaffen. Er hatte sich viele Menschen gefügig gemacht, mit allen Mitteln. Sie spürt diese ungeheure Energie, die noch immer von ihm ausgeht. Eine Brutalität darin.

Er ist vor ein Bild an der Wand getreten. »Florence hat Wunderbares geschaffen. Wenn sie sich auf einem Höhenflug befand, entstanden ihr Gemälde wie im Rausch und sie fühlte sich der ganzen Welt überlegen. Farben und Formen schienen auf ihnen wie von selbst zur Wahrheit der dargestellten Motive zu verschmelzen. Ich fand das sehr erotisch. Ein Liebesakt der abstrakten und figürlichen Bildelemente. Unweigerlich aber folgte danach das Abgleiten in eine bodenlose Hölle aus Depressionen, in der sie alles gewaltsam wieder zerstörte, die Bilder verbrannte, die Leinwände mit dem Messer zerfetzte. Ich habe vergeblich versucht, diese Entwicklung aufzuhalten, um ihretwillen, und auch, wie ich zugeben muss, weil ich wusste, die Gemälde würden einmal viel wert sein. Aber dann ging es nicht mehr anders. Ich musste sie in ein Sanatorium einweisen lassen. Ein bitteres Ende.«

»Wo ist sie jetzt?«

»Sie war schon früh depressiv. Mit siebzehn unternahm sie den ersten Suizidversuch! Ich vermute, daran ist die Mutter schuld. Das Gefühl, von der eigenen Mutter verraten worden zu sein, kann sich verheerend auf das Selbstwertgefühl auswirken. Ich weiß, wovon ich spreche. Ich kenne dieses Gefühl. Ich war ein Schulkind, als meine geliebte Mama aus meinem Leben verschwand. Sie wohnte zwar weiterhin ganz in meiner Nähe, und ich konnte sie besuchen und mit ihr sprechen. Sie aber, sie dachte nur noch an meinen Bruder, den man fortgeschickt hatte. Weit fort von ihr, ihrem Herzen umso näher. Ich, der neben ihr saß, zählte nicht.«

Er massiert sich den linken Brustmuskel mit der Handfläche. »Auch meine Frau und ich hatten einen Sohn.« Seine Stimme ist plötzlich weich. »Laurent. Ich habe ihn über alles geliebt. Aber er mochte mich nicht. Ich konnte meine Liebe nicht anders zeigen, als es mir gegeben war. Er hat nie begriffen, dass ich ihn hart machen wollte gegen das Leben, nur aus einem einzigen Grund: ihn zu schützen.«

Diese Selbstgerechtigkeit ist schwer erträglich. Julie will endlich gehen, aber eine Mattigkeit hat sie überkommen, die sie antriebslos macht.

»Sie haben Ihr Glas nicht ausgetrunken! Ihnen schmeckt der Gin nicht! Ich habe noch etwas anderes. Einen Champagner, den ich damals mit Claire getrunken habe. Es ist die letzte Flasche, ein Cuvée Lady C. aus dem Jahr 1950. Ich hole sie aus dem Keller.«

Julie will die Gelegenheit nutzen, um zu verschwinden. Aber sie hat zu lange gezögert. Als sie an der Tür ist, kommt er die Treppe schon wieder hoch und verstellt ihr den Weg. »Bleiben Sie. Trinken Sie ein Glas mit mir. Bitte. Ich helfe Ihnen auch weiter. Auch wenn ich davon ausgehen muss, dass Sie mehr als nur eine Freundin von Florence sind.« Er legt ihr beide Hände auf die Schultern und schiebt sie zum Sofa zurück. Aus dieser Nähe wirkt sein Kopf wie ein Totenschädel, knochig, überzogen von einer dünnen, fast durchsichtigen Haut.

»Ich kann mir denken, dass Sie nicht nur ihretwegen hier sind.«

Überrascht blickt sie auf.

»Ich habe Florence zurückgeholt. Sie lebt jetzt in einem Haus, das unserer Familie seit langem gehört. Es liegt sehr einsam. Aber dort ist sie glücklich.«

»Ich würde sie gern sehen. Ich muss sie ein paar Dinge fragen.«

»So, müssen Sie das? Sie sollen Gelegenheit dazu erhalten. Allerdings«, er reibt sich wieder über die Brust, »eine kleine Gegenleistung müssen Sie dafür schon erbringen.«

Er steht auf, geht durch den Raum. Julie wartet ab.

»Es wird Sie nicht viel kosten. Und Sie werden durch mich ans Ziel Ihrer Reise gelangen. Sie werden die ganze Wahrheit erfahren. Für mich ist es eher ein schlechter Handel. Er kommt mich teuer zu stehen. Doch wer weiß, vielleicht ist das der Preis, den ich zu entrichten habe, um meinen Frieden zu finden.« Er tritt vor das Fernrohr, blickt hindurch, als könne er in die Zukunft sehen.

»Zehn Sekunden«, sagt er plötzlich. »Mehr verlange ich nicht. Damit Sie sehen, dass es mir ernst ist, zeige ich Ihnen etwas, das Sie so einiges verstehen lassen wird. Aber trinken wir erst mal auf Claires Wohl.« Vorsichtig entkorkt er die Flasche. Vielleicht hilft der Champagner, ihre Übelkeit zu vertreiben. Der Wein moussiert leicht in den Gläsern. Sie stoßen an.

Er geht zur Wand mit den vielen Familienfotos und nimmt eines herab. Als er es ihr reicht, sieht sie, dass seine Hand zittert. Sie erkennt die Personen auf den ersten Blick: die Frau mit dem Turban, unter dem sich eine widerspenstige Haarlocke hervordrängt, ein Schuljunge an ihrer Seite. Das gleiche Foto, das ihren Vater neulich in solche Aufregung versetzt hatte! Irma – liebevoll umarmt von ihrem Sohn. Und genau wie das Foto des Vaters ist auch dieses unvollständig: Wieder sieht man die Hand einer Person, die abgeschnitten ist. Aber ist es das gleiche Bild? Hier liegt die Hand um die Schulter und nicht um die Taille der Frau. Und das Kind neben Irma ist doch auch nicht ihr Großvater Michael, dem der Vater in diesem Alter wie aus dem Gesicht geschnitten war. Dieser Junge ist kleiner und sieht ganz anders aus ...

Der Hausherr steht jetzt neben ihr. Dann beugt er sich herab, so nah, dass sie seinen Atem spürt, den Alkohol riecht. Und aus dieser Perspektive erkennt sie in ihm plötzlich die Züge des Schuljungen vom Foto in ihrer Hand: Irmas jüngerer Sohn. Er sieht seinem Bruder Michel nicht einmal ähnlich. Irma hat ihm ihr Haar nicht vererbt.

»Henry«, sagt Julie. »Heinrich.«

»Ja«, er atmet tief aus, »so heiße ich. Und ja. Ich blieb hier. Mein Vater beauftragte damals einen Privatdetektiv, um sich an seiner Frau zu rächen. Der ermittelte den leiblichen Vater Michels in Deutschland. Ein Sportlehrer. Mein Bruder wurde wie ein Paket zu ihm geschickt, mit einem Zettel um den Hals. Auch unsere lebenslustige Mutter wurde gedemütigt. Mein Vater verbannte sie in eine einsame Gegend. Das war zu viel für sie – und auch für mich. Das plötzlich so leere Elternhaus mit meinem verbitterten Vater war die Hölle. Mein Halbbruder war so unerreichbar, als sei er tot. Diese Geschichte hat sich wie ein Fluch auf mein ganzes Leben gelegt: Meine Frau verunglückte, unser hoffnungsvoller Sohn war krank und starb zu jung.« Seine

Stimme klingt wieder heiser. Er legt ihr seine Hand auf den Arm. Will er etwa von ihr, Julie, getröstet werden?

»Laurent hatte eine große Karriere als Pianist vor sich. Deshalb, liebe Freundin ...« Er bricht ab und sieht sie mit einem hündischen Blick an, der ihm bei vielen Frauen geholfen haben mochte, sein Ziel zu erreichen.

»Wer sagt mir, dass Sie Ihr Versprechen auch halten?«

Er geht an den Schreibtisch, holt eine Mappe hervor und legt sie auf den Tisch. »Darin ist alles, was Sie interessieren könnte.« Als er sich wieder umdreht, fordert er: »Und jetzt ziehen Sie sich aus.«

Ist sie überrascht? Hat sie das erwartet? Auf einmal sieht sie den engen in der Hitze liegenden Gang auf dem Rückweg von der Schule wieder vor sich. Der Hund des Malers, der ihr entgegenläuft.

Aber sie ist kein Mädchen mehr. Sie hat ein Ziel. Sie erhebt sich vom Sofa. Ohne jede überflüssige Bewegung, wie bei einer ärztlichen Untersuchung, beginnt sie sich auszuziehen. Sie blickt nicht in seine Richtung, kann ihn aber im Spiegel sehen. Er steht, die rechte Hand wieder über der Brust, und starrt. Eine Haltung wie Napoleon. Während sie ihre Kleider Stück für Stück abstreift, fällt ihr Blick auf die Familienfotos. Und auf einmal weiß sie, wie alles war. Genauso hat es sich immer abgespielt. Zahllose Male diese Szene. Nicht sie ist es, die sich hier entblößt!

Dann ist sie nackt. Sie spürt die Kälte im Raum nicht. Sie spürt nicht seinen Blick. Eine große innere Ruhe überkommt sie. Sind nicht alle nackt unter der Verkleidung, die sie sich im Leben mühsam zugelegt haben. Sie sieht sich im Spiegel. Dann fühlt sie eine leichte Berührung am Rücken. Es ist der alte Mann, der hinter ihr steht. »Vorsicht, Claire«, flüstert er. Sie fühlt sich seltsam wehrlos gegen die Kraft dieses Mannes, der sich mit der Lebensenergie eines Kindes auf sie konzentriert. Er führt sie zum Sofa. »Leg dich hin, Claire.« Dann wird ihr schwarz vor Augen.

33

Als sie zu sich kommt, schmerzt ihr der Kopf, als säße ein enger Reif um ihre Stirn. Auf dem Teppich vor ihr liegt ihr Glas. Es ist ausgelaufen. Der dunkle Fleck davor riecht schwach nach Lösungsmittel. Das, was sie an Gin nicht mochte. Sie versucht sich zu erinnern, aber alles ist schemenhaft und undeutlich.

Sie empfindet ein Brennen auf der Haut, als stehe der ganze Körper in Flammen. Vorsichtig lässt sie ihre Hand über ihr Gesicht gleiten, dann hinab über die Schulter, die Brust, den Bauch. Ein ungewohnt raues Gefühl. Mit einem Ruck setzt sie sich auf und blickt an sich herab: Sie ist nicht mehr nackt. Ein fester Stoff zwängt sie ein, ein langes, im Oberteil gesmoktes Kleid, viel zu klein, viel zu eng. Jemand muss es mit aller Gewalt über ihren Körper gezerrt haben. Sie erhebt sich, ein Bild taucht im Spiegel vor ihr auf: eine Frau in einem flammend roten Kleid. Auf ihrem Kopf ein Turban mit einer Pfauenfeder. Widerspenstige Haare quellen unter ihm hervor.

Plötzlich hört sie draußen ein Geräusch. Sie geht zur Tür. Drückt die Klinke. Abgeschlossen. Sie glaubt, stoßweise gehenden Atem zu hören. »Henry?« Keine Antwort. Aber sie ist sicher, jemand befindet sich direkt hinter der Tür.

»Henry«, ruft sie. Stille. »Henry. Warum lässt du deine Claire so allein?«

Schließlich eine heiser klingende Stimme. »Verlass

mich nicht, Claire. Wie lang habe ich auf dich gewartet. Viele Jahre, jeden Tag habe ich das Meer, den Strand, die Klippen nach dir abgesucht. Ich habe dich angebetet, seit ich dich das erste Mal sah. Du warst erst siebzehn Jahre alt.« Julie wagt kaum zu atmen. Ist dies die Geschichte, die ihre Mutter ihr verborgen hat? Hat er deshalb sein Fernrohr aufgebaut und so oft hindurchgeschaut?

»Wo, Henry? Wo war das damals?«

»Du hast es vergessen!« Es dauert lange, bis er weiterspricht: »Ach, Claire. Ich weiß es noch wie heute! Mein Bruder Michel lud mich zu sich nach Hamburg ein. Sein Sohn wolle sich verloben. Ich beschloss, hinzureisen. Da sah ich dich. Und du – du warst die Braut. Der Schicksalsgott fügte es, dass du gelegentlich beruflich reisen musstest, und ich ergriff meine Chance. Ich arrangierte für deinen Vormund ein Geschäft in Le Havre und bot meinen Begleitschutz für dich an.«

»Und dann?«, flüstert Julie. »Was geschah dann?«

»Wir reisten gemeinsam mit dem Schiff. Ich versuchte alles, um dich zu beeindrucken, bot dir mein Haus und meine Bilder, aber du lachtest einfach nur. Du hattest noch nie zuvor Champagner getrunken. Es gefiel dir, du wolltest immer mehr. Schließlich schliefst du auf meinem Sofa ein. Du warst unwiderstehlich.«

Unwillkürlich blickt sie zu dem alten Sofa. Soll sie seinen Worten Glauben schenken? Es ist ihre Chance, das spürt sie. Sei es vorgetäuscht oder wirklich, dass er sie für Claire hält: Vielleicht empfindet er Reue, vielleicht das Bedürfnis, die Last der Wahrheit loszuwerden. »Henry«, flüstert sie. »Ich bin zu dir zurückgekommen. Verschließ mir jetzt nicht deine Tür.«

Julie hört, wie sich der Schlüssel im Schloss dreht. Er tritt ein. Sein Blick wirr, seine Kleider derangiert, ein mitleiderweckender Anblick. »Leg bitte den Schlüssel auf den Tisch«, sagt sie streng. Er gehorcht. Dann setzt er sich auf das Sofa und streckt seine Hand nach ihr aus. »Komm!« In diesem Moment weiß sie plötzlich: Es ist tatsächlich geschehen. Sie ist nicht die Erste, der er dieses Kleid angezogen hat. Das rote Kleid mit dem gesmokten Oberteil, dasselbe wie auf Irmas Foto. Das Kleid seiner Mutter.

»Lieber Henry, beantworte mir eine Frage. Das Haus, in dem Florence jetzt wohnt, ist das Irmas Cottage?« Er reagiert nicht. Sie wartet. Eine Veränderung scheint in ihm vorgegangen zu sein. Sie tritt näher und sieht ihm ins Gesicht. Seine Augen reagieren nicht. Er schaut durch sie hindurch in eine Ferne, die sich weit hinter ihr auftun muss.

»Henry. Warum hast du deinen Bruder in Hamburg besucht? Wolltest du dich mit ihm versöhnen? Hast du es um Irmas willen gemacht?«

Der Name Irma bringt ihn wieder zu sich. Seine Augen stellen sich auf die Entfernung ein, in der sie sitzt, er streckt seine Hand nach ihr aus, fasst sie an der Schulter. »Warum das alles jetzt, Claire. Das ist doch längst vorbei. Setz dich endlich neben mich.«

»Du hast mir die Wahrheit versprochen.«

»Ach, die Wahrheit.« Er macht eine wegwerfende Geste mit der Hand. »Also gut. Meinetwegen.« Auf einmal ist er wieder sein altes Selbst. War alles nur gespielt? Ein großartiger Schauspieler ist an ihm verloren gegangen, hat Guillaume gesagt.

»Als ich erfuhr, Michels Sohn wolle sich verloben, machte ich mich nach Hamburg auf. Ich wusste ja, Michels Enkel würden Irmas Haus bekommen.«

»Zusammen mit deinen Enkeln, hat sie verfügt. Dein Sohn hatte doch denselben Anspruch.«

»Unser Sohn hatte von Kindheit an eine schwere Krankheit. Er würde keine Kinder bekommen. Mein Bruder Michel wusste nichts davon.«

»Du musstest also davon ausgehen, dass du mit deiner Frau keinen Enkel haben würdest?« Keine Kindeskinder, ergänzt Julie still für sich. »Und da«, sagt sie langsam, erst beim Aussprechen der Worte ihre ganze Bedeutung erfassend, »kam Klara dir gerade recht.«

»Ja. Sie war ein Glücksfall für mich. Etwas Besseres konnte mir gar nicht passieren. Meinem Bruder schickte ich später ein Bild des Babys. Florence, meine Enkeltochter, wie er annahm. Ich ließ ihn in dem Glauben. Claires Schweigen war mir sicher: Ihr Verlobter durfte ja nichts erfahren.«

Mein Vater, denkt Julie. »Und so kam also Irmas Haus trotz allem in deinen Besitz.«

»Ja. Sogar in meinen alleinigen, denn Claire sorgte von sich aus dafür, dass dein Vater sein Erbe nicht antreten wollte.«

Plötzlich spürt sie seine Hand auf ihrem Gesicht. »Kannst du das nicht verstehen? Mein Bruder Michel hatte alles im Leben: die Liebe meiner Mutter. Seine Frau und einen gesunden Sohn. Seine wunderbare Schwiegertochter. Und eine Enkelin. Ich wusste nicht, dass sie meiner Mutter Irma so gleichen würde. Ich habe dich schon unter der Brücke sofort erkannt.«

Julie zuckt zusammen. Dann war er, als sie mit Fabian herkam, längst über sie im Bilde. Wusste ganz genau, wen er vor sich hatte: die Tochter seines Neffen, der so betrogen worden war.

»Wer ist Gilles?«

»Ach.« Er klingt plötzlich müde. »Gilles ist das dumme Resultat einer dummen Liaison. Ich lasse ihn umsonst wohnen, er soll eigentlich dafür das Haus in

Schuss halten, auch darin versagt er. Wenigstens kümmert er sich um meine Kleine. Leider wird sie jetzt erwachsen. Kein Alter, an dem ich noch Freude an ihr hätte.« Er hebt den Kopf. Sein Gesicht ist sehr blass geworden. Er wirkt erleichtert und will sie wieder mit der Hand berühren, aber sie weicht zurück. Sie will ihm nicht noch mehr seelische Erleichterung verschaffen. Müde schließt er die Augen, beginnt wieder, sich den Brustmuskel zu massieren.

»Bitte hol mir meine Tabletten. Sie stehen im Bad nebenan«, stöhnt er. Sie schließt die Tür zum Flur auf. Auf der Konsole vor dem Spiegel steht eine Medikamentenbox, sie bringt sie ihm.

»Und ein Glas Wasser, bitte. In der Bar steht eine Flasche.«

Sie geht zum Musikschrank, öffnet die Bar und schenkt Wasser in ein Glas. Dabei entdeckt sie ein kleines braunes Fläschchen. Es ist geöffnet, der Verschluss liegt daneben. Sie riecht daran. Ein unangenehmer, schwacher Geruch nach Lösungsmittel. Derselbe, der ihr vorhin Übelkeit verursacht hat. Sind es also gar nicht die Drinks gewesen, die sie außer Gefecht gesetzt haben? Wieder fallen ihr Guillaumes Worte ein: Um sein Ziel zu erreichen, ist diesem Mann noch immer jedes Mittel recht gewesen. Sie hat davon gehört. K.o.-Tropfen machen ein Opfer zuerst willenlos, dann folgen Übelkeit, Müdigkeit, Ohnmacht. Wie konnte sie so naiv sein, sich in die Gewalt dieses skrupellosen Menschen zu begeben. Wut steigt in ihr auf. Sie will ihm das Wasser ins Gesicht schütten, dann fängt sie sich, bleibt äußerlich ruhig. Das Fläschchen ist nicht leer. Die Gelegenheit ist da. Sie zögert. Hat sie Bedenken? Nein. Aber eine solch simple Rache erscheint ihr unangemessen. Sie reicht ihm ein Wasserglas. Dann sucht sie ihre

Kleider. Sie liegen im Badezimmer. Sie zieht sich um, geht zurück und nimmt die Mappe an sich. Sie enthält ein einziges Foto: Die Villa mit dem alten Garten. Auf der Rückseite steht: Villevilliers-sur-mer. Irmas Cottage.

Er liegt immer noch auf dem Sofa. »Du wirst es allein nicht finden«, sagt er schwer atmend. »Aber wenn du ihm das Foto zeigst, wird Gilles dir sagen, was es damit auf sich hat. Bitte ...« Die Stimme versagt, einen Moment lang bekommt er keine Luft. Dann setzt sein Atem wieder ein.

Sie geht. Auf dem Weg zum Auto glaubt sie, ihn rufen zu hören. Ungeduldig bleibt sie stehen. Nein, es ist alles still.

Julie verlässt die Stadt über die Küstenstraße. An einer einsamen Stelle biegt sie ab, parkt den Wagen hinter den Dünen und läuft auf den Strand. Eine Möwe trippelt vor ihr her, bemüht, den gleichen Abstand zu wahren, die Abdrücke kleiner Dreiecke im Sand. Plötzlich nimmt der Vogel Anlauf über den rosa und perlmuttfarbenen Muschelsplitt und fliegt davon.

34

Es ist dunkel, als sie den Wagen an der Weggabelung im Wald abstellt. In der alten Villa brennt Licht. Durchs Fernglas sieht sie Gilles Goudevert, der eilig Dinge hin und her trägt. Vom Mädchen keine Spur. Sie klingelt. Er öffnet ihr, kein bisschen überrascht.

»Ist Florence da?«

»Die Kleine? Sie ist vorhin zu ihrem Großvater gerufen worden.«

Henrys Kleine. Julie sieht den rotschillernden Paradiesvogel von seiner DVD vor sich. »Gerufen worden, wieso?«

»Er wurde ins Krankenhaus eingeliefert. Es heißt, ein Schlaganfall. Man fand ihn ohnmächtig auf dem Sofa liegend, der Notarzt konnte ihn aber wieder zu Bewusstsein bringen.« Er schaut sie prüfend an, bevor er fortfährt: »Er hatte kurz zuvor Besuch von jemandem gehabt, der ihn sehr aufgeregt haben muss. Die Herzattacke kam, als die Person noch da war. Aber anstatt zu helfen, ist sie einfach verschwunden.« Erneut wirft er ihr einen prüfenden Blick zu. »Unterlassene Hilfeleistung ist eine Straftat.«

»Wie lang ist das her?«

»Drei, vier Stunden. Hoffen wir nicht, dass dies das Ende ist. Zwar hat er lang genug auf dieser Erde geweilt, auch wenn niemand sein genaues Alter weiß. Aber ein solch würdeloser Abgang passt nicht zu unserem Grandseigneur.« Sollte das spöttisch klingen? Sie ist versucht, zu widersprechen. Dann wird ihr klar, Goudevert hat seine Schweigsamkeit nur deshalb aufgegeben, weil er hofft, sie aus der Reserve zu locken. Er möchte sie offenbar überführen. Sie schweigt und überlässt ihn seinen Vermutungen. Das Foto holt sie lieber nicht hervor.

»Was ist nun? Ich muss zurück an den Herd.«

Sie spürt seine Neugier. »Kann ich nicht kurz reinkommen?« Tatsächlich lässt er sie eintreten, geht voran in eine kleine dunkle Küche aus alten Zeiten. Eine Porzellanschüssel als Waschbecken, gekocht wird auf einem alten Kohlenherd mit Eisenringen. Einen Kühlschrank gibt es nicht. Gilles gelingt es gerade noch, einen Topf vom Feuer zu reißen, bevor der Inhalt überkocht.

»Was wollen Sie eigentlich von mir?«

»Kennt man den Vater der Kleinen?«

Er reißt einen Herdring hoch, hantiert so wild mit dem Schürhaken, dass die Funken fliegen. Sein Gesicht ist rot vom Widerschein des Feuers. »Stochern Sie besser nicht in der Vergangenheit herum, gerade Sie nicht.«

»Können Sie mir bitte schön sagen, wo meine Schwester lebt?«

»Halbschwester ja wohl eher, nicht wahr?« Sein Ton ist aggressiver. »Damals, als sie Sie suchte und extra Ihre Sprache gelernt hatte, da wollten Sie nichts von ihr wissen.«

»Damals? Ich wusste bis vor zwei Wochen nicht einmal von ihrer Existenz.«

»Das können Sie einem anderen erzählen. Sie haben doch sogar in Frankreich gelebt.«

»Ja. Aber was hat das eine mit dem anderen zu tun? Und – woher wissen Sie das alles?« Statt einer Antwort hält er ihr eine Tasse mit Brühe hin. Soll das etwa ein Friedensangebot sein? Julie nimmt die weißgepunktete blaue Tasse mit dem abgebrochenen Henkel entgegen, trinkt wie er in kleinen Schlucken die heiße Suppe. Sie muss an die Situation bei den Arabern denken. Ist das tatsächlich erst wenige Tage her?

»Kann ich Flos Zimmer sehen?«

Er weist mit dem Kopf nach oben. Das Zimmer ihrer Nichte. Der Ort, an dem sie ihre Schätze aufbewahrt. Julie geht aus der Küche. Der Flur, das Treppenhaus, selbst die Treppe sind vollgestellt mit sperrigen Holzgestellen – Bilderrahmen, verziert, schlicht, mit Schnitzereien, einige sind mit Blattgold belegt. Das ist es, was er eben herumgetragen haben muss.

»Sie sind Restaurator?«

Keine Reaktion. Sie betritt den Raum, dessen Fenster neulich wie ein Kirchenfenster im Licht der untergehenden Sonne schimmerte. Jetzt ist alles ohne Leuchtkraft. Sie schaltet die Deckenlampe ein. Nichts hier erinnert an ein Mädchenzimmer, keine Bücher, Fotos oder Spiele. Ein rohgezimmertes Bett steht an der Wand, auf dem Boden Kisten voller Fundsachen vom Strand: Muscheln und Fossilien, Tauwerk, Glasscherben. Auf dem ebenfalls selbstgezimmerten Tisch ein Zeichenblock. Sie nimmt ihn in die Hand. Auf dem Deckblatt steht: »Wir wähnen eine Schatzgrube wunderbarer Schätze entdeckt zu haben, und wenn wir wieder ans Tageslicht kommen, haben wir nur falsche Steine und Glasscherben mitgebracht; und trotzdem schimmert der Schatz im Finstern unverändert. Maurice Maeterlinck.«

Julie hat noch nie etwas von diesem Autor gelesen. Vielleicht ein Fehler, den sie irgendwann korrigieren wird. Sie blättert weiter. Seite um Seite Strände in verschiedenen Farben, bei hellem Licht, bei Sonnenuntergang, bei Nacht. Auf einigen Bildern krakelige Zeilen in einer winzigen kindlichen Schrift: Ortsbeschreibungen. Dialogfetzen ohne Zusammenhang. Namen. Sätze, die abrupt enden. Mehrfach ist die Tinte verlaufen, wie von Tränen. Julie entziffert eine solche Stelle, die besonders umrahmt ist: »Dieses kann ich nur in meiner Mutter Sprache schreiben: Nachdem er fort ist, laufe ich an den Strand, wo Perlmutter mich tröstet. Sein eklig feuchter Mund wie eine Qualle. Er behauptet, es sei die Liebe eines Vaters. Aber das stimmt doch nicht. Er ist doch der Vater von Laurent. Und Laurent spielt im Himmel Klavier.«

Julie läuft es kalt über den Rücken. Dies sind nicht die Worte eines Kindes. Die kleine Schrift könnte auch die eines kranken, frühzeitig gealterten Menschen sein. »Heut ist er sehr böse auf Gilles. Und doch hat er ihm ein ganzes Haus geschenkt. Genau zu Perltochters erstem Geburtstag! Sie kam ganz plötzlich aus mir heraus und lachte. Sie ist so süß! Ich habe sie sehr lieb. Sie ist meine Scherbenprinzessin. Meine kleine Florence.«

Julie spürt einen Blick auf sich. Eine massige Gestalt füllt den Türrahmen aus. Unwillkürlich blickt sie zum Fenster. Es ist verriegelt. Hält er das Mädchen gefangen? Und doch scheint er sich um sie zu kümmern. »Ich hab dir deine Comichefte mitgebracht«, hört sie ihn wieder sagen. Wenn sie den Text richtig versteht, kennt dieser Gilles offenbar die ganze Geschichte ihrer Halbschwester und hat für sein Schweigen dieses Haus von Henry bekommen. Und ausgerechnet auf seine Hilfe ist sie angewiesen. Nur er kann ihr den Weg zu Florence zeigen.

Sie legt den Block zurück und geht auf ihn zu. Erst in letzter Sekunde weicht er zur Seite und lässt sie ins Treppenhaus. Wie neulich registriert sie die Bilder, die hier oben ähnlich zahlreich hängen wie bei den Revels. Unter Gilles' Blicken schreitet sie diese im Halbdunkel liegende Galerie ab. Ölgemälde und Pastelle mit Motiven, wie sie im neunzehnten Jahrhundert beliebt waren, duftig weißer Flieder in gläsernen Vasen, Familien um einen sommerlichen Frühstückstisch, Strandszenen mit Limonade trinkenden Damen unterm Sonnenschirm, während Kinder in roten und blauen Anzügen im Sand spielen und die weißen Dreiecke von Segeln am Horizont schweben. Motive wie aus Sainte-Adresse, vom Strand in Deauville, eine unnachahmliche Mischung von Heiterkeit, Zeitüberfluss und dem Ennui des Fin de Siècle vor den großen Kriegen.

Madame Revels Äußerung fällt ihr ein. In dieser Gegend seien noch viele interessante Funde in Privathäusern zu machen. Originale von Künstlern, die nicht zur allerersten Riege zählen und die doch ausgezeichnete Maler waren. Ihre Bilder steigen beständig im Wert. Sind dies solche Bilder, einst von Künstlern als Zahlungsmittel gegen Kost und Logis getauscht? Dann muss hier ein Vermögen hängen.

Julie geht wieder zurück. Doch plötzlich verharrt sie: Etwas stimmt nicht. Die Motive. Es sind Variationen der immer gleichen fünf, sechs Sujets, mal dunkler getönt, mal heller, mal in einem kleineren, mal größeren Format. Sie untersucht die Signaturen. Jahreszahlen aus dem vorigen Jahrhundert, die Namen sagen ihr nichts. Auf einmal entdeckt sie auf einem Bild in kindlicher hingeworfener Schrift, ähnlich dem *Vincent*, der berühmten Signatur Van Goghs, den Namen *Florence*. Sie hört Gilles' Stimme: »Sie malt sehr gut, nicht wahr? Es gelingt ihr perfekt, die Ausstrahlung alter Gemälde zu erzielen. Selbst Experten fallen darauf rein.«

Hat Florence all diese Bilder gemalt? Kommt es ihr nur so vor oder schimmert der Lack auf dem Rahmen vor ihr noch feucht? Sie tippt mit dem Finger darauf.

Es fühlt sich klebrig an. Die Anwältin hat Gilles Goudeverts Vorstrafenregister erwähnt. Seine Verstrickung in kriminelle Machenschaften. Geht es um den Handel mit Fälschungen? Florence malt im impressionistischen Stil. Goudevert fälscht die passenden Rahmen mit altem Holz? Und – Guillaume arbeitet mit ihm zusammen, das weiß sie spätestens seit dem Einbruch bei Armelle.

»Macht Florence das freiwillig?«

Gilles kreuzt die Arme: »Sie ist sogar stolz darauf. Sie hat endlich Anerkennung als Malerin gefunden. Ihre Bilder lassen sich exzellent verkaufen. Das gibt ihr Selbstbewusstsein, und das ist sehr wichtig in ihrem labilen Zustand.«

Gilles und Guillaume verkaufen also die Bilder von Florence in nachgebauten Rahmen. Weiß Florence, dass sie sich damit zur Komplizin macht? Warum lässt Gilles es zu, dass sie davon erfährt? Nimmt er an, sie würde um ihrer Halbschwester willen nichts unternehmen?

»Man darf ihr diese Möglichkeit nicht nehmen. Florence muss nicht als Künstlerin in Erscheinung treten, sie muss sich nicht in der Öffentlichkeit vermarkten. Florence führt ihr Leben, wie sie es möchte. Ganz wie einst die Frau, in deren Haus sie lebt.«

»Irma!«

»Ja. Manchmal hält Florence sich sogar für sie.«

Julie schweigt. Ist dies nicht genau ihr eigenes Dilemma? Hat sie nicht ebenso unter dem Widerspruch von Kommerz und Liebe zur Kunst gelitten und dann das Malen aufgegeben? Hat Florence einen Ausweg aus diesem Konflikt gefunden, während sie selbst gescheitert ist? Nein. Florence' Weg ist der finsterste von allen. Es ist nicht einmal eine Flucht.

Immer noch steht Julie wie erstarrt auf der Treppe.

Als sie sich endlich umblickt, ist niemand mehr da. Sie verlässt das Haus. Sie weiß, jetzt geht es um etwas anderes. Etwas, das ausschließlich mit ihr selbst zu tun hat. Ist das der Sinn dieser Reise? Sich klar zu werden, dass sie wieder malen muss – wie auch immer dies alles hier ausgehen wird?

35

Noch immer sitzt sie auf den sonnenbeschienenen Stufen zur Kirche. Möwengeschrei erfüllt den Platz. Tauben gurren auf dem steinernen tausendjährigen Dach des Turms, das mit Moos und Flechten besetzt ist. Die hölzernen Fensterläden der Häuser sind geschlossen, in den schmalen Fluchten zwischen den Mauern hier und da ein Streifen Meer.

Gilles' Wegbeschreibung: Hinter den alten Fischerhäusern Richtung Steilküste, ein paar Hundert Meter außerhalb der Ortschaft führt ein erhöht liegender Weg in den Wald, der sich um die ganze Bucht bis zum Kap zieht. Etwa in der Mitte oberhalb des Flussdeltas biegt ein Pfad ab hinunter in eine Senke, die eine Art Halbinsel bildet. Dort steht das Haus.

Sie macht sich auf und läuft durch die alten steinernen Gassen Richtung Meer. Sie ist zum ersten Mal an diesem Ort, aber sie hat das Gefühl, alles zu kennen, als sei sie schon einmal hier gewesen. Gleich um die Ecke ein Café, unweit davon eine vielstufige Treppe, die an den Strand hinabführt. Nach einigen Minuten auf einem Betonweg parallel zum Wasser gelangt sie an die Häuser der Fischer, neben denen blankgeputzte Kleinwagen stehen. Dann folgt sie einem ansteigenden Pfad und nähert sich dem Wald um die Bucht. Sie geht mit einer Sicherheit, wie man sie nur im Traum hat. Ist der Traum womöglich eine sehr frühe Erinnerung aus der Kindheit? Haben ihre Eltern sie schon einmal mit hierher genommen?

Die Ebbe hat vor Stunden eingesetzt und den Meeresboden freigelegt. Von hier oben sieht man, er ist kaum passierbar, überall scharfkantige Felsen. Als sie eine Abzweigung in eine Senke hinab erreicht, bleibt sie stehen. Der Blick geht in ein enges, mit hohen Pappeln bestandenes Tal. Ein Haus ist nicht zu sehen, doch hier muss es sein. Sie biegt auf den schmalen Weg ein. Nach ein paar Schritten zwischen den Baumkronen für einen Moment ein Giebel, ein Schieferdach, in der Sonne glänzend, dann ist alles wieder vom Laub verdeckt. Sie spürt, wie aufgeregt sie ist, während sie weiterläuft. Plötzlich erscheinen zwei Türmchen mit ovalen Fenstern – und dahinter die Halbinsel, die das Meer von dem kleinen Fluss trennt!

Ist sie am Ziel? Während sie weitergeht, vernimmt sie ein unangenehmes Geräusch. Schalen von Jakobsmuscheln bedecken hier den Pfad, zerbrechen unter ihren Tritten. Dann ist sie im Talgrund. Als sie aus dem Schatten der Pappeln kommt, sieht sie die Villa vor sich. Im ersten Stock ein Erker, auf der Firstlinie kleine Steinfiguren; im Holzfachwerk neben Bleiglasfenstern rosafarbene und blauviolette Kacheln. Einige fehlen.

Julie geht um das Haus zu der am Meer hin gelegenen Schmalseite. Dort ist der Eingang. Sand ist vor die Tür geweht. Eine Schiffsglocke hängt an einem Eisenhaken. Sie bewegt das Seil mit dem Klöppel. Ein lange nachhallender Ton. Man muss ihn auch im Haus hören können, aber es dauert, bis die Tür sich öffnet. Vor Julie eine Frau in einem hellen Kleid, ihr Gesicht ein schmales Oval, umrahmt von langen weißen Haaren. Weit auseinanderstehende große Augen. Eine Meerjungfrau.

»Florence?«

Die meergrünen Augen starren sie an.

»Ich bin Julie. Deine Schwester.«

Jetzt scheinen die Augen die Farbe zu wechseln. Aus Meergrün wird Grau. Die Frau wendet sich ab, will die Tür schließen, aber Julie packt die Klinke und schlüpft mit ins Haus. Die andere flieht an einer großen Wendeltreppe vorbei durch die Eingangshalle. Überall flache Gegenstände, in Folie verpackt. Leinwände oder Bilder. Durch ein großes farbiges Bleiglasfenster im oberen Teil fallen blaue und rote Schatten auf den hellgefliesten Boden. Am Ende der Halle wieder eine Tür, durch die die andere ins Freie flüchtet. Julie folgt ihr in einen von Hecken umgebenen Garten.

»Florence!« Ohne auf den Anruf zu reagieren, verschwindet die Frau in einem strohgedeckten Nebengebäude. Wieder schließt sich eine Tür hinter ihr. Julie folgt ihr, dann steht sie in einer weißgekalkten leeren Küche. Sie geht in den angrenzenden Raum. Ein Tisch, zwei Stühle, neben einer Staffelei ein Bett, an den Wänden ungerahmte Gemälde. Strandszenen, Familien beim Frühstück im Garten, eine Katze, die von der Milch nascht.

Florence steht vor dem einzigen übergroßen Fenster nach Norden und kehrt Julie den Rücken zu. Durchs Fenster fällt ein indirektes, jedoch intensives Licht. Ein perfektes Atelier, wie Julie es sich immer gewünscht hatte. »Florence, bist du es?«

Eine brüchige Stimme wie die einer alten Frau: »Du redest, als sähen wir uns zum ersten Mal!« Sie dreht sich zu Julie um. »Du weißt sehr wohl, dass das nicht stimmt. Du hast doch hoffentlich nicht vergessen, mir Paynesgrau mitzubringen? Du weißt, dass das meine Lieblingsfarbe ist.«

Julie weiß längst, dass die andere ihre Schwester ist. Die Ähnlichkeit mit der Mutter ist unverkennbar. Sie will auf sie zugehen, sie in die Arme schließen, aber Florence wendet sich ab und deutet zum Horizont, an dem sich dunkelviolette Wolken zusammenballen. »Da. Siehst du? Paynesgrau. Ein Bild von mir. Ich muss es nur noch signieren.«

Sie greift nach einer Orange, die auf einem marokkanischen Teller liegt, und beginnt die Frucht zu schälen. Die Bewegungen ihrer Finger erinnern Julie an die Tentakel von Seeanemonen. Dann teilt Florence die Frucht und gibt Julie die eine Hälfte. Eine unschuldige Geste, wie man sie bei Kindern findet.

»Hier geschieht einiges, das an anderen Orten der Welt verrückt erscheinen mag, weißt du. Ich will dir etwas zeigen.« Sie verschwindet in die Küche und kommt mit einer Zigarrenkiste zurück. Auf dem Etikett ein goldener Indianerkopf, der Julie bekannt vorkommt.

»Schau mal. Das habe ich von der Kleinen vom Flussdelta.« Florence öffnet die Kiste. Sie ist bis oben hin gefüllt mit den schillernden Flügeln von Käfern und Faltern. Türkisblau, zitronengelb, zinnoberrot, schwarz. Die grüngoldenen Deckflügel eines Rosenkäfers, das metallische Dunkelblau eines Moschusbocks. Julie sieht das Mädchen vor sich, wie es mit einem Netz durch das lange Gras streift, sich niederhockt, einen Käfer auf die Hand nimmt, wie es ihm den Panzer abtrennt, ihn danach wieder in die Wiese setzt und ohne seine schillernden Deckflügel weiterkrabbeln lässt.

»Das ist wirkliche Kunst«, sagt Florence.

»Deine Bilder sind es auch.«

Florence macht eine wegwerfende Geste mit der Hand. »Das ist vorbei. Ich wiederholte immer nur dieselben Striche. Es ist, als würde man langsam sterben. Ich lasse die Farben jetzt eintrocken. Auch die Pinsel. Paynesgrau ist verbraucht. Ich weiß längst, dass die Natur der größere Künstler ist. Jetzt sitze ich an diesem

Fenster hier im Cottage und sehe dem Licht und dem Schatten beim Malen zu. Das Silberweiß einer Eiswolke, das Aquamaringrün der brechenden Wellen, das kann kein Maler treffen. Und dies hier schon gar nicht.« Sie greift in die Kiste und wirft eine Handvoll der schillernden Flügel in die Luft. Sie schweben wie farbige Lichtpunkte langsam zu Boden, ein pointillistisches Zufallsbild. »Irma hatte recht. Wahre Kunst lässt sich nicht herstellen, so steht es in ihrem Tagebuch.«

»Irmas Tagebuch?«

»Dort in der Schublade des Tisches, den ihr Geliebter ihr aus angeschwemmten Planken gebaut hat. Er hat auch den Stuhl und das Bett gezimmert und alles violettblau gestrichen, in der Farbe der Blumen vom Delta. Irma hat ihn hier versteckt. Ein deutscher Goldschmied, danach ein desertierter Maler und später ein Dichter. Sie war glücklich hier. Ist dir schon aufgefallen, dass alle echten Künstler Deserteure sind?«

Julie betrachtet die Möbel. Sie scheinen nicht besonders alt zu sein. Spricht Florence in Wirklichkeit von sich selbst?

»Was ist aus Irmas Freund geworden?«

»Er legte diesen Garten an. Damit du immer an mich denkst, hat er gesagt, bevor er für immer verschwand. Schau, diese Blüten sind von ihm.«

In einer gläsernen Vase sind zarte Wiesengräser gebündelt, rötliche Rispen, durchsetzt mit silbrigem Mädchenhaar und Goldähren, umrandet von dem hellgrüngefältelten Blatt des Frauenmantels.

»Ich pflücke jeden Tag einen Strauß und stelle die Blumen in eine Vase. Das ist genauso, wie wenn ich einen Pinsel in Farbe tauche. Mein Garten ist meine Palette. Aber ich habe nie lange an einem Ort bleiben können.«

»Und der Goldschmied? Hast du? An ihn gedacht, meine ich?«

Florence bricht in ein überraschendes Lachen aus und schaut sie zum ersten Mal offen an. Plötzlich wirkt sie wie ein junges Mädchen. »Nie mehr seitdem! Nie mehr.«

Sie geht zur Tür. »Irma wird jetzt gleich auf den Sonntagsmarkt gehen und ein Stück graue Seide kaufen. Darauf wird sie die Flügel heften, die die Kleine ihr gebracht hat. Vielleicht kommt sie heute noch vorbei. Es ist so ein Tag. Ja, heute ist so ein Tag.«

Ihre große, aufrechte Gestalt verschwindet durch eine verborgene Pforte auf einem Pfad Richtung Ortschaft – eine Meerjungfrau, die sich an Land verirrt hat. Stimmt es, was Henry von ihr behauptet hat: Weiß sie wirklich nicht, wer sie eigentlich ist?

Und sie selbst? Weiß sie es denn? Die letzten Tage hat sie fast wie in Trance erlebt. Während sie vom einen Ort zum andern immer weiter voranirrte, gelangte sie innerlich immer weiter zurück. Und nun, am Ende ihrer Reise, wo sie schließlich gefunden hat, was sie die ganze Zeit über suchte, ihre Schwester Florence, kann sie sich der Frage nicht mehr entziehen: Wo ist dein Platz, Julie? An welchen Ort gehörst du selbst?

Sie geht in das Atelier zurück, stellt sich an das große Nordfenster und blickt hinaus. Sie versucht, sich vorzustellen, was Florence sieht, wenn sie hier steht. Die Dinge sind Farbe, der Himmel ist eine Leinwand. Ein Bild entsteht, von den Augen gemalt. Dann geht sie zum Tisch und zieht die Schublade auf. Ein Stapel loser Blätter liegt darin. Sie nimmt das oberste heraus. Das Papier ist alt, von edler Qualität, so wie das, was sie in der Wohnung ihrer Mutter im Altpapier gefunden hatte. Auch die Handschrift darauf ist dieselbe.

Leichter Dunst über dem morgendlichen Meer. Ein weißer kühler Schleier, der den Duft der Rosen, die Violett- und Blautöne in meinem Garten noch dämpft und die schillernden Käfer taumeln lässt. Mit bloßen Füßen verlasse ich das Cottage und laufe über den rauen Sandstrand bis an die Kante zum freiliegenden Meeresgrund, wo es die zartesten Muscheln gibt. Eine hebe ich auf für meinen Geliebten, der sie mir in dünngewalztes Silber fassen wird, sie mit wasserfarbenen Mondsteinen schmückt, Tropfen auf meiner Haut. Schon dringt vom Horizont her leises Wispern. Ich kenne es gut; es sind die kleinen Wellen, verspielt wie junge Kätzchen. Aber man darf sich nicht täuschen: mit diesen ersten Vorboten der Flut kehrt das Wasser zurück, schnell und unaufhaltbar. Wer sich nicht vorsieht, erreicht den Strand nicht mehr. Ein wunderbar sicherer Tod.

Ihr Mobiltelefon leuchtet auf. Die Nummer des Altenheims. Sie presst das Telefon ans Ohr.

»Julie, bist du es?« Ihr Vater, die Stimme so klar, als stünde er neben ihr. Noch nie hat er sie von sich aus angerufen.

»Ja, ich bin es. Wie schön, von dir zu hören. Wie geht es dir?«

»Bitte komm sofort. Du musst mir helfen.«

»Ist etwas passiert? Bist du krank?«

»Nein. Das nicht. Aber ich muss hier raus. Sie wollen mich ans Bett fesseln. Kommst du heute noch?« Es fällt ihr schwer, zu sagen: »Nein, Vater. Das geht leider nicht.«

»Warum nicht? Wo bist du denn?«

»Ich bin in Frankreich. In der Normandie.«

»Was machst du denn da?«

»Ich habe Irmas Cottage gesucht.«

»Irmas Cottage?«

»Ja, das Haus, in dem Irma gewohnt hat. Und stell dir vor, ich habe es tatsächlich gefunden. Ein schönes altes Haus direkt am Meer.«

»Ist es so weit«, sagt er in dem souverän klingenden Ton, den er sich während seines Berufslebens angeeignet hatte und in dem sie seine Autorität von ehedem wieder spürt. »Deine Mutter hätte es dir sagen sollen. Sie hatte es vor, das weiß ich genau.«

»Das glaube ich auch«, sagt Julie schnell. Sie will vermeiden, dass er sich aufregt.

»Bist du noch da? Ich höre dich nicht mehr.«

»Ja, Vater. Ich bin hier. Ich höre dich gut.«

»Bitte komm schnell und hol mich hier raus.«

Sie kann sich nicht entsinnen, dass er in den letzten Jahren so dringend einen Wunsch geäußert hätte. »Komm bitte. Dies ist kein Leben für mich. Das Leben ist doch schön!«

Welch unwiderlegbare Logik. Da ist sie wieder – seine unbezwingbare Grundüberzeugung. Sein Leben lang hat er diese Auffassung verteidigt. Noch in der kümmerlichsten Lage.

»Vater. Du wirst dich noch ein paar Tage gedulden müssen, aber ich komme so bald ich kann, das verspreche ich.«

»Und dann gehen wir zusammen?«

»Ja, Vater, das machen wir.«

»Dann warte ich ab jetzt auf dich, Julie.«

Das Gespräch ist vorbei. Er hat aufgelegt. Wie einfach alles für ihn ist. Sie hat ihm etwas versprochen, das sie gar nicht einhalten kann, in der Hoffnung, dass er es vergisst. Und wenn er es nicht vergisst? Jetzt erst kommt ihr die Situation richtig zu Bewusstsein. Ja, ist sie denn verrückt geworden? Will sie etwa allen Ernstes ihren Vater zu sich holen? Wie soll sie seinen Bedürfnissen gerecht werden. Wie ihn schützen vor Gefahr? Aber ein untrügliches Gefühl sagt ihr, dass sie richtig handelt, auch wenn es unvernünftig ist.

Sie lässt sich auf dem blauvioletten Stuhl am Fenster nieder, nimmt wie abwesend den Stapel Blätter zur Hand. Einige sind gesondert mit einem Seidenband zusammengeheftet zu *The Artist's Sketchbook*. Es sind Bleistift- und Tuschezeichnungen von dekorativen Blüten und Blattranken, Entwürfe von Jugendstilmotiven, für Vasen, Geschirr, Schmuck. Auch ein Gartenentwurf ist ausgeführt. Dann stößt sie auf ein paar Zeilen, die sie kennt. Laut liest sie: »Dringt ein Sandkorn zwischen die Schalen einer Auster, so entsteht daraus mit Glück eine Perle. ›Habe ich also eine Perlmutter?‹, fragte ich meinen Vater. ›Ja. Perlmutter. So heißt sie‹, sagte er, froh, dass ich einen Namen für sie gefunden hatte.« Wer hat diese Zeilen geschrieben? Irma oder Florence? Hat die eine angeknüpft an das, was die andere begonnen hat, es kopiert, umgeschrieben, ergänzt? Verfließen die Grenzen zwischen beiden Personen in diesen Texten?

Im selben Moment wird die Tür leise von außen geöffnet. Im Gegenlicht sieht sie die Umrisse zweier Gestalten. Florence, ein Päckchen in der Hand, tritt in die Küche, gefolgt von der Kleinen.

»Perltöchterchen«, entfährt es Julie. Beide lächeln sie an.

»Du liest das Tagebuch?«

»Ja. Und nicht zum ersten Mal. Unter den Dingen, die ich nach dem Tod von Mutter fand, waren auch diese Seiten hier«, sagt Julie und holt die Blätter, die sie im Altpapier gefunden hat, aus ihrer Tasche. »Das gehört doch zusammen!«

»Alles gehört zusammen. Du, ich und sie. Wir gehören zusammen wie Teile, die das Ganze sind.«

Florence legt das Päckchen auf den Tisch, reißt das Papier auf und zieht eine Bahn hellgrau schillernden Stoffs daraus hervor. »Diese schöne Seide gab es auf dem Markt.« Sie wirft sie sich um die Schultern wie einen Umhang. »Das wird ein prächtiges Gewand. Der richtige Untergrund für tausend kleine Tode. Und für den einen großen.«

»Was meinst du damit?«, fragt Julie. Statt ihrer antwortet das Mädchen: »Henry liegt im Sterben. Ich habe es Maman schon gesagt. Er möchte euch noch einmal sehen.«

Maman. Julie blickt zu ihrer Schwester, aber die scheint ganz mit ihrem Stoff beschäftigt. »Du hilfst mir, nicht wahr?«, fragt sie Julie in diesem Moment und kniet sich auf den Boden, um die noch immer verstreut umherliegenden Käferflügel aufzusammeln. »Immer nur zwei, drei Stiche, damit hefte ich sie darauf.«

»Natürlich«, sagt Julie und hockt sich neben sie, um ihr beim Aufsammeln zu helfen. »Aber sollten wir nicht erst zu Henry?«

»Ach, Henry. Ich habe heute gar keine Lust, ihn zu sehen. Er gehört nicht dazu.«

»Florence, morgen ist es vielleicht zu spät.«

Florence wendet sich ab. Die Kleine geht zu Julie und fasst sie an der Hand. Plötzlich sagt Florence: »Henry sagte immer: ›Ich werde sterben, also bin ich.‹ Daraus leitete er das Recht für sich ab, alle Grenzen zu überschreiten. Es gibt Menschen, die ihn hassen. Und jetzt ist es Henry, der stirbt. Ich aber, ich bin. Denn auch ich werde sterben. Gib mir bitte das Kistchen.«

Julie reicht es ihr.

»Und in welchem Krankenhaus ist er?«, fragt Julie das Kind.

»Sie haben ihn nach Hause gebracht.«

»Und wie kommen wir zu ihm?«

»Mit dem Taxi. Es stehen welche am Hafen.« Sie redet wie eine Erwachsene. Wahrscheinlich hat sie diese

Haltung als Kind der Mutter gegenüber oft einnehmen müssen. Vertauschte Rollen.

Der Traum aus der vergangenen Nacht fällt ihr ein: Henry kam auf sie zu, mit jedem Schritt kleiner werdend, sich rückverwandelnd vom alten Mann in einen kleinen blonden Jungen. Barfuß stand er schließlich vor ihr, legte seine Arme um sie – wie auf dem Foto mit seiner Mutter Irma! – und lachte. Dann plötzlich brach er in Tränen aus.

36

Das Mädchen ist auf den Rücksitz geklettert und versenkt sich in ihr Spiel mit den Scherben, Julie sitzt neben dem Fahrer. Lange Zeit fahren sie, ohne dass ein Wort gesagt wird. Immer wieder sieht Julie farbige Lichtreflexe gleißen, wenn das Mädchen die Glasstücke in die Sonne hält. Schließlich dreht sie sich zu ihr um: »Es hat eine Weile gedauert, bis ich dein Scherbenspiel begriffen habe. Die Zeichnungen auf dem Pergament – es geht um keinen Garten, nicht wahr? Die Pflanzennamen dienen einem ganz anderen Zweck.«

Flo wirft den Kopf in den Nacken und lacht, ganz ähnlich wie auf Henrys DVD. »Glasgärten«, antwortet sie. »Als Mutter noch mit mir umherzog von Strand zu Strand, sammelten wir jedes Mal Scherben und legten sie in Mustern aus. Aber der Wind verweht sie bald, und das Meer nimmt alles wieder mit.«

»Das sind die Glasgärten?«

»Ja. Einer befindet sich unten im Delta. Du konntest ihn nicht sehen, weil er am Tage grau und unsichtbar ist. Man muss warten, bis die Sonne untergeht. Dann blüht er auf. Minutenlang, wie seltene Orchideen.«

Das Taxi fährt auf die Brücke über die Seine. Die Nachmittagssonne lässt den Fluss aufglänzen, geblendet schließt Julie die Augen. In diesem Moment fällt ihr ein: Sie könnte doch nachher einfach von Le Havre aus mit dem Zug nach Paris fahren, dort in den Nachtzug steigen und morgen schon beim Vater sein! Sie dreht sich zu Flo um.

»Ich werde nachher von hier aus nach Hause fahren. Meine Sachen können bei euch bleiben, bis ich wiederkomme.«

»Du kommst doch bestimmt wieder?« Bildet Julie es sich ein oder hat es flehentlich geklungen? Im selben Augenblick ruft Flo dem Taxifahrer zu: »Da vorne rechts. Wir sind da.«

Julie bittet ihn, zu warten, während das Mädchen einen Schlüssel hervorholt und das wohlbekannte Tor öffnet.

Sein Krankenbett ist im Wohnzimmer aufgebaut, so dass er durch den Garten hindurch das Meer betrachten kann. Als Julie eintritt, sieht sie seinen Hinterkopf mit dem silbrigen Haar. Seine Augen treffen auf ihren Blick durch den Spiegel über dem Kamin. Der Anflug eines Lächelns gleitet über sein Gesicht, als er sie erkennt. Er hat sich stark verändert. Durchscheinend, mit tiefen Ringen um die Augen, ohne die Energie, die er bis vor kurzem noch ausgestrahlt hat. Mit einer schwachen Geste streckt er ihr die Hand entgegen. Sie ergreift sie und setzt sich an sein Bett.

»Ich will dir etwas erzählen.« Er hält inne, wohl um Kraft zu schöpfen. Dann sagt er mit heiserer Stimme: »Das Leben der Menschen auf dieser Welt beginnt im Augenblick der Geburt, so sagt man wenigstens. Aber stimmt das wirklich? Ich glaube, schon im Mutterleib entwickeln wir uns in die eine oder andere Richtung. Nehmen wir meinen Bruder und mich. Michel war schon als kleiner Junge der vernünftige Mensch, den er später auch im Leben darstellte. Ich dagegen – ich war ein unvernünftiges Kind und bin es bis heute geblieben.

Als mein Sohn Laurent geboren wurde, glaubte ich, jetzt würde ich erwachsen. Aber stattdessen überholte er mich bald, auch er ein vernünftiger Mann von Anbeginn. Das musst du wissen, wenn ich dir jetzt Folgendes verrate: Mein Sohn Laurent war es, den deine Mutter liebte.«

»Laurent, der Pianist? Aber ... ich dachte, du ...« Ihre Stimme stockt. Henry hebt die Hand wie zur Beschwichtigung.

»Ich weiß, was dich beschäftigt. Und ich beschönige nichts: Ich war und bin kein guter Mensch. Ich war neidisch auf die beiden jungen Leute. Eifersüchtig auf ihr Glück. Sie strahlten etwas aus, was ich nie erlebt hatte und auch nie erleben würde. Ich konnte mir nur mit einer List einen kleinen Anteil daran verschaffen, aber das gehört nicht hierher.«

Das rote Kleid, denkt Julie sofort. Wieder spürt sie einen Anflug von Übelkeit und weiß in diesem Moment: Mehr wird er ihr nicht sagen.

»Sie haben sich geliebt?«

»O ja. Und sie hatten nur so wenig Zeit. Fünf Tage. Sie mussten ihnen reichen für ein ganzes Leben. Laurent war Dozent an der Musikschule der McGill Universität in Montreal. Er musste zurück. Claire konnte sich nicht sofort entscheiden, ihm zu folgen. Sie brauchte Zeit. Nach seiner Abreise fuhr sie wieder nach Deutschland. Erst Wochen später bemerkte sie ihre Schwangerschaft. Als sie darauf zu ihm wollte, war Laurent schon tot. Sie wusste nicht mehr ein noch aus und schrieb mir. Und ich wollte dieses kleine Töchterchen natürlich. Ich bot ihr meine Hilfe an. Sie ließ sie mir.«

»Ein Menschenkind, über das du ganz und gar verfügen konntest.«

»Ja. Du verstehst mich. Aber ich scheiterte an Florence. Sie hat sich mir auf andere Art entzogen. Sie wusste nie wirklich, wer sie war. Eine Art von Wahnsinn, der sie geschützt hat und sie unabhängig machte von allen Wünschen ihrer Umwelt. Eine ewige Kindheit.« Er macht eine Pause, um Luft zu schöpfen. Dann fährt er fort: »Ihr Töchterchen dagegen ist, genau wie mein Sohn damals, bereits älter als ihre Mutter, das hast du sicher auch bemerkt. Wird man so durch die Verhältnisse? Ich glaube es nicht. Vielmehr bin ich davon überzeugt, dass jeder in einem ganz bestimmten Alter zur Welt kommt und es unsere Aufgabe im Leben ist, herauszufinden, welches Alter wirklich zu einem gehört.«

»Warum hält Florence sich so oft für Irma?«

Ein Lächeln erscheint auf seinem Gesicht. »Sie gleicht meiner Mutter in so vielen Dingen, dass ich sie oft Irma nannte. Manchmal ließ ich sie Irmas Kleider tragen. Ich erzählte ihr alles, was ich von Irma wusste. Von ihrem Cottage. Von ihren Liebhabern, die sie dort versteckte. Irma war ein großer Freigeist, sie tat, was sie wollte. Gehörte einer Gruppe von Künstlern an, die ihr Leben nach der theosophischen Lehre ausrichteten: freie Liebe, die Erfüllung des menschlichen Seins durch Konzentration auf das Selbst, Leben im Einklang mit der Natur, in Harmonie mit dem Universum. Florence war fasziniert von diesem Konzept.«

Er schließt die Augen, seine Lider flattern leicht. Plötzlich scheint er weit fort zu sein. Das Sprechen fällt ihm schwer. Die Pausen zwischen seinen Sätzen werden länger.

»Es gab da ein präraffaelitisches Konklave, eine Art Geheimbund, zu dem sich viele Künstler hingezogen fühlten. Irma gehörte zu ihnen, sie widmete sich vor allem dem großen Garten. Er symbolisierte über sieben verschiedene Ebenen hinweg eine Art Lebensreise – vom

Augenblick der Geburt bis zum Tod. Florence verfolgte dieselben Ideen.«

Julie sieht plötzlich die Apothekerin vor sich. Sie hatte ihr ganz Ähnliches erzählt. »Wann war das, als Florence versuchte, ihre Mutter zu finden?«

»Ihre Perlmutter, wie sie zu sagen pflegte. Ja, sie war eine Weile besessen von dieser Idee. Lernte sogar Deutsch dafür. Ich weiß nicht, wer sie darauf gebracht hatte. Sie war immer von einem ganzen Schwarm von Männern umgeben. Taugenichtse, Pseudokünstler, Bohemiens, für die sie sich begeisterte und mit denen sie von Strand zu Strand zog ... sie nutzten sie nur aus, denn sie verfügte dank meiner Großzügigkeit über genügend Geld und achtete nicht darauf, wofür sie es ausgab. Dann wurde sie schwanger. Aber sie selbst schien es überhaupt nicht zu begreifen. Sie war überrascht wie ein Kind von dieser Geburt.«

»Perltöchterchen«, zitiert Julie. »Sie kam einfach aus mir heraus. Ich weiß nicht, wer sie mir geschenkt hat.«

Julie will ihn weiter zu Flo befragen, aber in diesem Augenblick öffnet sich die Tür, und das Mädchen steckt seinen Kopf herein. Julie erhebt sich. Dann beugt sie sich noch einmal zu ihm und sagt leise: »Du hast es geschafft, Henry. Du bist jetzt ein sehr alter Mann. Das Kind, das du ein Leben lang warst, ist vor dir gestorben.«

Bevor sie aus dem Zimmer geht, dreht sie sich noch einmal um. Das Mädchen hat jetzt seine Hand genommen und streichelt sie.

Als Julie vor der Haustür erscheint, tritt der Taxifahrer seine Zigarette aus. »Zum Bahnhof, bitte.«

Keine halbe Stunde später sitzt sie im Zug nach Paris. Vom Bahnhof Saint-Lazare läuft sie zu Fuß zur Gare de l'Est. Unterwegs kauft sie sich in einem marrokanischen Lebensmittelmarkt Reiseproviant. Der Nachtzug wird eben bereitgestellt. Die Schaffnerin ist dieselbe nette Polin wie auf ihrer Herfahrt. »Wir haben noch ein freies Abteil, ich sorge dafür, dass Sie es für sich allein haben können.«

Julie schließt die Tür und setzt sich auf das Bett. Ihr ist zum Feiern zumute. Sie ist weitergekommen, vor allem mit sich selbst. Sie deckt den wackligen Tisch, als sei es ein Geburtstagstisch. Käse, Taboulé, Rotwein. Während sie isst und trinkt, überkommt sie eine große Ruhe, eine ungekannte Leichtigkeit, ein Zustand nahe der Schwerelosigkeit. Sie hat das Rouleau halb aufgezogen. Draußen gleiten die Häuserkulissen vorbei, unter einem von einer Mondsichel nur schwach erhellten Himmel. Irgendwann in der Ferne die angestrahlte Kathedrale von Amiens wie ein großes Kreuzfahrerschiff. Sie zieht das Rouleau wieder herab. Eine neue Landschaft nimmt vor ihrem inneren Auge Gestalt an: das Blau des Himmels über dem Meer. Das Violettgrau der Wolken. Das Braun und Ocker der Sandbänke, das Silber der Wasserflächen, die den Himmel auf die Erde spiegeln, der Meeresboden, von weißen Felsen gefurcht. Eine Landschaft, die sie magisch anzieht, die einzige Landschaft, die ihrem Seelenzustand jetzt entspricht.

Hierher will sie den Vater holen. Sie möchte ihn bei sich haben, ihn neben sich wissen, mit ihm zusammen über den Strand gehen. Vielleicht ist es das letzte Mal. Wie von selbst entstehen auf ihren Lippen die Verszeilen, die sie so liebt und in denen ihr Autor den Tod seines Vaters beklagt: »Do not go gentle into that good night. Rage, rage against the dying of the light.«

37

Ein neblig trüber Herbsttag empfängt sie, als sie den Bahnsteig betritt. Sie ist froh, als sie in der warmen U-Bahn sitzt. Zu Hause angekommen, leert sie den überquellenden Briefkasten im Treppenhaus. Die Wohnung ist zu warm, sie öffnet die Tür zum Balkon. Dabei sieht sie, wie viel sich zum Negativen verändert hat. Die Pflanzen in den Kästen sind vertrocknet, nur der Schnittlauch sprießt. Die Geranien des Nachbarn sind verwelkt. Der Linde im Hof hat man viele Äste abgesägt, der Blick geht nun ungehindert auf die gegenüberliegenden Fensterhöhlen. Die Gärtner haben auch den alten Efeu von der Wand gerissen, mehrere Büsche im Garten beseitigt sowie ein großes Rechteck vor der Wohnung des Hausmeisters von Rasen befreit. Offensichtlich hat er vor, sich diesen Teil des Gartens ungefragt anzueignen, um eine Terrasse vor seine Erdgeschosswohnung zu bauen. Eben tritt seine dicke Frau in Leggings und Ringelpulli mit einer brennenden Zigarette hinaus und verscheucht einen Vogel.

Julies Anrufbeantworter ist voller Nachrichten. Wie jedes Mal, wenn sie ein paar Tage fort ist. Ist sie zu Hause, vergeht oft eine ganze Woche, ohne dass jemand sich meldet. Die meisten Anrufe sind geschäftlicher Natur. Darunter der Hotelier, dessen Hinterhof sie gestalten soll. Er findet ihren Vorschlag gut. Julie stellt fest, wie wenig es sie interessiert. Sie kocht sich einen Tee und blickt aus dem Fenster. Ein trüber Himmel wie aus

Eierpappe. So schnell wie möglich fort von hier! Sie braucht nicht lang, um ein paar Sachen zu packen. Dann verlässt sie die Wohnung wieder. Ihr Auto steht nicht weit entfernt. Sie fährt los, ein paar Stunden später ist sie in der Straße am Park. Kaum steigt sie aus, steuert bereits der Hausmeister der Mutter auf sie zu, als habe er die ganze Zeit auf sie gelauert. »Haben Sie meine Anrufe nicht bekommen? Mehrfach haben Leute wegen der Wohnung angefragt. Darunter ernsthafte Interessenten.«

»Ich habe aber doch gar keine Anzeige aufgegeben.«

»Die Traueranzeige reicht. Auf eine solch gutgelegene Wohnung warten viele. Ich hätte auch einen Trödler für Sie. Der räumt Ihnen die Wohnung ruck, zuck aus. Es bedeutet ja sonst nur Kosten für Sie!«

»Darüber müssen Sie sich nicht den Kopf zerbrechen.«

»Zum Glück habe ich mir den Kopf über Ihre Post zerbrochen. Sie haben keinen Nachsendeantrag gestellt. Kommen Sie.« Sie muss wohl oder übel mitgehen, wartet vor seiner Wohnung, aus der ihr ein synthetischer Maiglöckchengeruch entgegenschlägt. Dann drückt er ihr einen ganzen Berg von Umschlägen und Zeitschriften in die Hand. Warum müssen Tote noch so viel Post bekommen.

An der Garderobe hängt noch immer der Staubmantel der Mutter, ihr Lieblingstuch darübergeworfen. Im Schlafzimmer das alte Durcheinander. Sie hat jetzt keinen Blick dafür. Geht direkt zum Musikschrank, sucht nach der Platte mit den Klavierstücken von Sibelius. Sie legt sie auf. Die vertrauten, liedhaft romantischen Klänge tun ihr gut, obwohl sie sie zugleich traurig machen. Aber dieses Mal ist es endlich eine echte Trauer. Laurent. Der Geliebte ihrer Mutter. Der Sohn

Henrys und der einzige Vetter ihres Vaters. Vielleicht war alles entstanden durch die große Ähnlichkeit zwischen beiden. Die Enkel derselben Großmutter. Was sie in dem einen fand, liebte sie auch im anderen. Julie betrachtet das Cover mit dem melancholisch lächelnden Pianisten, der so früh verstarb. So oft hat sie es früher angesehen, ohne die Hintergründe zu ahnen. Wie muss ihrer Mutter wohl dabei zumute gewesen sein!

Ein Klingeln an der Wohnungstür. Schon bevor sie öffnet, hört sie eine Unterhaltung, gedämpftes Lachen. Zwei uniformierte Damen vom Roten Kreuz, bewaffnet mit Koffern und Wäschekörben.

»Was wollen Sie?«, fragt Julie.

»Man hat uns in diese Wohnung bestellt«, sagt die ältere der beiden, eine hübsche Graublonde in gestreifter Schwesterntracht. »Wir sollen helfen, die Schränke auszuräumen. Ich bin Schwester Eva.« Sie reicht Julie eine schlaffe Hand. Im ersten Moment will sie protestieren. Dann besinnt sie sich und lässt sie herein. Vielleicht ist es besser so. Sie fühlt sich überfordert mit der Situation.

»Wir packen die Dinge ein, die nicht persönlich sind – Handtücher, Bettwäsche, Bettzeug, Decken und wenn Sie mögen auch Schuhe und Kleidung. Ist Ihnen das recht?«

»Und wie wollen Sie alles abtransportieren?«

»Dafür haben wir unsere Helfer. In einer Stunde sind sie da.«

Im nächsten Moment verschwinden sie im Schlafzimmer, und bald hört man das Klappen der Schranktüren, das Rascheln von Plastiksäcken. Es klingelt erneut. Ein Mann mit russischem Akzent: »Der Hausmeister hat mich vorhin wegen Ihrer Möbel angerufen. Ich kaufe Nachlässe auf.« Soll sie ihn rauswerfen? Es lohnt nicht.

»Also bitte«, sagt Julie genervt, »schauen Sie sich alles in Ruhe an. Den Glastisch behalte ich und auch das Büfett mit den Gläsern und dem Porzellan darin.« Der Mann läuft durch die Räume, taxiert die Möbel, prüft die Polsterung des Biedermeiersofas mit der Hand, wirft einen Blick auf die Bilder, die Teppiche, geht in die Küche, ins Bad und nennt ihr schließlich eine Summe, die ihr viel zu gering erscheint. Aber sie hat nicht die Kraft, zu handeln. Kaum ist der Mann fort, klingelt es erneut. Zwei junge Männer fragen höflich, ob sie vielleicht Stücke für die Requisite ihrer kleinen Theatertruppe haben könnten. Julie zeigt ihnen, was der Trödler verschmäht hat, zwei Schirmlampen, einen Beistelltisch, die Clivia, ein Gewürzbord. Gemeinsam mit den beiden Schwestern und den Männern vom Roten Kreuz, die die Wäschekörbe schultern, ziehen sie ab. Julie kann es sich nicht verkneifen, laut hinterherzurufen: »Hoffentlich haben Sie alle auch nichts vergessen!«

Bevor sie sich zum Vater aufmacht, geht sie in den Park, läuft die Wege entlang bis an den Teich. Sie beugt sich über die dunkle Wasserfläche wie an dem Tag, als sie zum ersten Mal von ihrer Schwester erfuhr. »Florence«, flüstert sie, »du bist jetzt ein Teil von mir. Ich bin sehr froh, dass es dich gibt.« Ein Windstoß kräuselt die Oberfläche, zerstört den Spiegel mit kleinen Wellen.

Auf dem Weg zurück lassen sich Krähen auf der Wiese nieder, aber sie scheucht sie nicht auf. Sie läuft einen Bogen, um in der Kanzlei vorbeizuschauen. Die Sekretärin öffnet. »Frau Zurbrüggen!«

»Ich weiß, ich habe keinen Termin. Ich wollte nur sagen: Bei mir hat sich alles geklärt.«

»Das freut mich für Sie. Die Frau Anwältin wird auf längere Zeit fortbleiben. Ihr Schiff ist in der Biskaya havariert. Aber ihr und ihrem Mann ist nichts passiert. Ich werde ihr eine E-Mail mit der erfreulichen Information schicken.«

Als Julie in die Einfahrt zum Seniorenheim biegt, entdeckt sie den Vater draußen im Garten. Er trägt Jeans, einen schwarzen Pullover, eine graue Wollmütze und ist damit beschäftigt, welke Blätter von einem Rosenstrauch zu entfernen. Anscheinend hat er seinen Stock nicht dabei. »Das ist ja eine Überraschung«, begrüßt er Julie. »Wo kommst denn du jetzt her. Ich dachte, du seist in der Normandie. So bald hab ich dich nicht erwartet, ich habe noch gar nicht gepackt. Aber lass uns hineingehen, du kannst mir jetzt ja helfen.«

Nichts hat er vergessen. Als sei diese Schwäche wie fortgeblasen. »Du läufst besser, Vater. Ich dachte, man hätte dich ans Bett gefesselt.«

»Das hat man auch. Am Wochenende, als das Personal knapp war und ich ihnen zu unruhig wurde. Sie hatten Angst, ich könnte stürzen, und es gab niemanden, der aufpassen konnte. Sie seien juristisch dazu berechtigt, sagte man mir. Jetzt geht es mir prima. Und dir?«

Julie erzählt von ihrer Suche nach dem Cottage. Plötzlich legt er ihr die Hand auf den Arm. »Weißt du, deine Mutter hat dir von dem Haus immer erzählen wollen. Seien wir froh, dass es überhaupt noch steht.«

Auf dem Gang kommt ihnen die blonde Pflegerin mit dem pinkfarbenen Herz auf dem T-Shirt entgegen. »Sie wollen ihn mitnehmen, hat er mir gesagt?«

Julie blickt ihren Vater an, der strahlt über das ganze Gesicht. »Ich kann diese Entwicklung gar nicht fassen. In solch guter Verfassung war er lange schon nicht mehr.«

»Bluttransfusionen wirken manchmal Wunder. Frisches Blut, frische Zellen – das ist wie ein neues Leben, jedenfalls für eine gewisse Zeit.«

38

Auf der Fahrt vom Flughafen Paris-Beauvais zum Hotel in Dieppe überlegt Julie, wie sie dem Vater die Existenz von Florence beibringen soll. Für heute ist er müde von der Reise und wünscht nichts anderes, als bald zu schlafen. Sie legt ihm seinen Lieblingsschlafanzug zurecht und hilft ihm beim Zu-Bett-gehen. Dann bittet sie einen Hotelangestellten, hin und wieder nach ihm zu sehen, gibt ihm etwas Geld und ihre Mobilnummer, schließlich nimmt sie ein Taxi zum Cottage.

Der Fahrer biegt auf den Weg hinter dem Hafen ein, die letzten Meter in die Senke hinab geht sie zu Fuß. Als sie die Jakobsmuscheln unter ihren Tritten knirschen hört, weiß sie, sie ist angekommen. Die Haustür ist unverschlossen. Nirgendwo brennt Licht. »Florence?« Keine Antwort. Sie geht zum Gartenhaus. Auch hier ist alles dunkel. Sie zündet die Petroleumlampe über dem Tisch an. Im langsam heller werdenden Licht sieht sie Schere, Nadel und Faden auf dem Tisch liegen. Das leere Zigarrenkistchen. Überall auf dem Boden Schnipsel grauer Seide. Dazwischen Käferflügel. Eine Kamera auf der Fensterbank. Julie nimmt sie in die Hand, schaltet sie ein und drückt auf Wiedergabe. Ein Foto von Florence erscheint: In der grauen Seide, die über und über mit glänzenden Flügeln besetzt ist, steht sie in Tänzerpose vor der Staffelei und lacht direkt ins Objektiv. Ein Blick, in dem sich Glück und Wahnsinn mischen. Eine ganze Serie Fotos von Florence ist gespeichert, lachend, tanzend vor dem Spiegel des halbgeöffneten Fensters. Das letzte Bild zeigt das Fenster, und in dem offenstehenden Seitenflügel, dicht neben Florence, die Silhouette eines Mannes. Vielleicht ist es Gilles. Die Umrisse sind unscharf. Es könnte auch Guillaume sein. Immer wieder ist er unvermutet aufgetaucht, fast wie ein böser Geist. Seit sie in Frankreich ist, hat er sie verfolgt. Ihre Begegnung im strömenden Regen, als sie in dem vom Sand verwehten Strandrestaurant auf Wetterbesserung warteten, sein Telefonat mit Henrys Hausdame Alex, die sie erst für einen Mann gehalten hatte. Guillaume, der so gern mit der Sprache jongliert und geniale Formulierungen wie die von Paul Valéry dann auch als seine eigenen vorträgt. An diese Nacht mag sie sich nicht erinnern. War er es, der von Anfang an versucht hat, die Suche nach ihrer Schwester zu vereiteln? Wusste er von ihr, bevor er sie traf? Ihm konnte nicht daran gelegen sein, dass sie ihre Schwester findet und seine lukrative Quelle womöglich zum Versiegen bringt. Hat er ihr etwa diese Widerstände beschert, all die Zeit?

Der Mond ist zwischen den Wolken hervorgekommen und verbreitet ein fahles Licht. Plötzlich fällt ihr der Mann mit der Fototasche ein, der sie schon im Zug an der Gare Saint-Lazare angestarrt hatte, als sie unterwegs zur Auktion war. War das auch Guillaume gewesen? Sie tritt in den Garten hinaus. Unweit vom Haus zwischen Wolfsmilchstauden und Nachtkerzen schießt Goldrute aus dem Boden, die ehemalige Terrassenanlage überwuchernd. Es wäre viel Arbeit, diesen Garten wieder in seinen ursprünglichen Zustand zu versetzen. Aber nicht ohne Reiz. Sie öffnet die verzierte gußeiserne Pforte und geht auf den Strand. In den Dünen seltsame Gebilde: Linien, Wellenformen, Kreise und Dreiecke aus dunklem Material. Es sieht anders aus als die Verzierungen, die Kinder und Touristen an ihren Sandburgen anbringen. Sie bückt sich nach nur lose in den Sand gesteckten Steinchen, zieht ein paar heraus, hält sie gegen das Mondlicht. Sie schimmern in verschiedenen Farben; Glasscherben sind es, eine dicht neben der anderen zu Mustern gesteckt. Es muss der Glasgarten sein, von dem die Kleine gesprochen hat.

Sie kehrt um, geht zurück ins Gartenhaus. Auf dem Stuhl eine Zeitung. Lag sie vorhin schon da? Die Seite mit den Traueranzeigen liegt zuoberst. Der Name springt ihr sofort ins Auge: Henry Godefroid. In jener Nacht, als sie im Zug nach Deutschland saß, sei er friedlich eingeschlafen, wie es heißt. Seinem Wunsch entsprechend finde die Beerdigung auf dem alten Friedhof der Seeleute nahe Dieppe statt. Julie blickt auf das Datum im Display ihres Telefons. Morgen! Jetzt ist sie doch froh, ihm zugehört, ihm geholfen zu haben, sich eine Last von der Seele zu reden. Wer weiß, was ihn am Sterben gehindert hatte, vielleicht auch diese Schuld. Warum aber kein Friedhof in Honfleur, sondern stattdessen jener Ort, der sie von Beginn an so tief berührt hat? Vielleicht war er für sich selber ein Namenloser, am Strand des Lebens angespült, jemand, der sich nie der Wahrheit nähern konnte, ohne andere zu belügen. Vielleicht wollte er auch noch nach seinem Tod die Nähe Braques suchen, dessen Gemälde er zeitlebens gesammelt hat. *L'éternel murmure* fällt ihr ein, die Worte auf dem Grab Roussels, der unweit davon liegt. Sie muss es unbedingt dem Vater zeigen. Der Vater! Das Taxi! Sie hat die Zeit vergessen. Was, wenn er aufwacht und nicht weiß, wo er ist?

Schnell löscht sie die Petroleumlampe und geht zum wartenden Taxi zurück. Als sie das Hotelzimmer betritt, schläft der Vater ganz friedlich. Im Bad kleidet sie sich für die Nacht um und schlüpft in das andere Bett am Fenster. Sie lässt die Vorhänge offen. So schön und weit wie jetzt ist ein Nachthimmel nur über dem Meer. Sie betrachtet die immer gleichen, immer wieder faszinierenden Sternbilder, deren Namen der Vater ihr einst beigebracht hatte: Ursa Major. Kassiopeia. Die Plejaden, das Schatzkästlein des Himmels, wie er es nannte. Der Mond jetzt weiß. Sie blickt hinauf, kleine schwarze Pünktchen ziehen an ihm vorüber. Sie kennt sie schon. Aber es sind keine Himmelskörper, keine natürlichen Satelliten wie die Monde um den Jupiter oder eine den Sonnenflecken vergleichbare Materie; diese Satelliten ziehen über die Glaskörper ihrer eigenen Augen, dunkel gegen den hellen Hintergrund. Asteroide Hyalose, hatte ihr Augenarzt das Phänomen genannt, der Sternenstaub des Körpers, der sein eigenes Firmament bildet.

39

Am nächsten Morgen steht sie leise auf, um den Vater nicht zu wecken. Doch als sie gehen will, wird er wach. »Schlaf noch ein bisschen«, beruhigt sie ihn. »Wir haben viel Zeit. Ich zieh die Vorhänge zu, dann hast du es dunkel. Den Himmel kannst du noch den ganzen Tag über sehen.«

»Na hoffentlich«, kommt es noch zurück, dann ist er schon wieder eingeschlafen.

Sie frühstückt im fast leeren Speisesaal, stellt dann ein paar Dinge vom Büfett zusammen, die der Vater gerne isst, kleine Salzheringe, ein weichgekochtes Ei, eine Thermoskanne mit Kaffee. Als sie mit dem Tablett ins Zimmer kommt, ist er wach. Sie hilft ihm beim Waschen und Anziehen, dann setzen sie sich an den provisorischen Frühstückstisch am Fenster.

»Heißer Kaffee. Gib mir deine Tasse.« Sie schenkt ihm ein. Plötzlich sieht sie das Hotelzimmer vor sich, in dem Guillaume ihnen die farbigen Kristallgläser mit Wein füllte, ihr ein Porzellanschälchen mit Salzmandeln hinstellte. Eigentlich passt er gut zu Henry. Er ist auch so ein zwielichtiger Mensch, für den Wahrheit ein biegsames Material ist. Schnell verscheucht sie die Erinnerung.

Der Vater blickt auf den Hafen. »Eben fährt einer hinaus zum Fischen. Ein kleiner Trawler. Siehst du, wie schnell er im Ebbstrom ist?«

»Bist du dem Bruder deines Vaters eigentlich je begegnet, Vater? Deinem Onkel Heinrich?«

»Das muss dann lange her sein. Ich erinnere nichts davon.«

»Er ist vor kurzem gestorben. Henry. Heute Nachmittag findet seine Beerdigung statt. Sollten wir nicht hingehen?«

»Eine Beerdigung? Muss das sein?«

Julie trinkt schweigend ihren Kaffee. Für ihn ist es eine Zumutung, das sieht sie ein. Sie selbst wäre gern dabei.

»Von wem? Henry, hast du gesagt? War das nicht der Bruder meines Vaters?«

»Ja, dein Onkel Heinrich.«

»Vater hat sehr an ihm gehangen. Aber er wurde von ihm enttäuscht. Sie redeten nicht mehr miteinander. Vielleicht hast du recht. Man soll niemandem etwas bis in den Tod nachtragen.«

Das klingt, als wisse er Bescheid. Henrys Verrat an Michel – der damals doch am meisten ihn selbst betraf, als er mit Klara verlobt war.

»Und wo bist du Henry begegnet?«, will der Vater wissen.

»In Honfleur. Er war ein bedeutender Kunstsammler.«

»Dann müssen wir nach Honfleur?«

»Die Beerdigung findet auf einem anderen Friedhof statt. Ich war schon einmal dort. Ein magischer Ort. Der Komponist Roussel hat dort sein Grab.«

»Haben wir nicht Musik von ihm gespielt?«

»Ja. *Joueurs de flûte.* Du hast gesagt, man höre das Meer darin.«

»Das hab ich gesagt? Also gut, gehen wir.«

Der Weg zur Kirche ist schon weit vor dem Friedhof auf beiden Seiten zugeparkt, das Taxi kommt kaum noch durch. Eine große Beerdigung. Unwillkürlich fällt ihr die Bestattung ihrer Mutter ein, so klein und bescheiden, nur wenige Menschen, Louise, sie selbst, begleitet von einem Schwarm Krähen. Hier ziehen einzelne Silbermöwen gebieterisch ihre Kreise über den Gräbern, lassen sich vom Wind dahintragen, segeln über die nahe Abbruchkante hinaus, kehren zurück aus dem Niemandsland zwischen Himmel und Meer.

Sie sind zu spät gekommen. Die Trauerfeier ist bereits vorbei, der Sarg wird gerade fortgetragen, gefolgt von einem langen Zug schwarzgekleideter Menschen. Direkt hinter dem Sarg, Guillaume. An seinem Arm, untergehakt, sich auf ihn stützend, eine Frau mit einem großen schwarzen Hut. Ein schwarzer Schleier verbirgt ihr Gesicht. Es sieht aus, als werde ihr Körper von einem Weinkrampf geschüttelt. Alexandra, dahinter Florence, an der Hand ihre Tochter Flo. Dann Gilles. Julie zupft den Vater am Ärmel. »Komm, ich zeige dir das Grab von Roussel.«

Sie führt ihn vor den großen bronzenen Kubus mit den schwimmenden Meerjungfrauen, den Panflötenspielern, Delfinen und Walen unter der grünen Patina. Der Beerdigungszug stoppt ganz in der Nähe vor einem Erdhügel.

»Was steht da, Julie?«

Leise übersetzt sie für den Vater: »Im Angesicht des Meeres ist es, dass wir unsere Existenzen beenden und uns schlafen legen werden, um von ferne seinem ewigen Murmeln zu lauschen.«

Flo hat Julie entdeckt, mustert neugierig den Mann an ihrer Seite. »Ruhen wir uns ein wenig aus, Vater.« Julie hakt ihn unter und geht mit ihm in die Kirche. Sie lassen sich auf einer Bank nieder. Blumen und Kränze verdecken den Altar, durch die blauen Glasfenster dringt milchiges Licht.

»Was wollen wir hier eigentlich?«

Ja, was will sie eigentlich hier. In diesem Moment öffnet sich die Tür und jemand schlüpft herein. Es ist Flo. Jetzt, wo sie keine Fischgrätmusterhose und Stiefel trägt, sondern ein dünnes schwarzes Kleid, versteht Julie weniger denn je, wie sie sie für einen Jungen hat halten können.

Der Vater mustert das Mädchen gründlich. »Nanu. Wer bist du denn?«

»Flo«, haucht es fast unhörbar.

»Ein Floh? Das passt gut zu dir. Du bist ein kleiner Hüpfer.«

Ein Geisterkind, denkt Julie. Flo mustert den Vater mit irritierender Aufmerksamkeit. Hilfesuchend blickt er zu Julie und streicht sich dabei, wie oft in einer solchen Situation, übers Haar. Sein weißes Haarbüschel über der Stirn – der gleiche Wirbel, den Flo von ihrer Mutter Florence kennt und den auch Julie bekämpft. Irmas lästiges Erbe! Und plötzlich weiß sie die Antwort auf ihre Frage: Das, was sie wie ein Magnet an diesen Ort gezogen hat, ist dieser Augenblick. Dieses Zusammentreffen von Irmas Kindeskindern, von denen Irma sich die Versöhnung der Familie gewünscht hatte. Eine Versöhnung, die jetzt zustande kommt, nicht durch Irmas Enkelsöhne, sondern durch Klaras Töchter. Ist es der seelische Druck, der sich Luft machen muss, oder der Geruch nach ausgebrannten Kerzen und Weihrauch – Julie hat das Bedürfnis, tief durchzuatmen draußen, in der Seeluft. »Bleibst du einen Augenblick bei Vater, Flo? Ich bin gleich zurück.«

Sie geht ins Freie. Henrys Trauergemeinde ist inzwischen kleiner geworden, ein Grüppchen wartet noch immer nahe der Steilkante. Sie geht auf einem Parallelweg bis zur Höhe des Grabes. Es ist noch nicht zugeschüttet. Ein alter Stein ragt hinter dem Erdhügel auf, es ist keine neue Grabstätte, die Bepflanzung wurde stark zurückgenommen, um Platz zu schaffen für Henrys Sarg. Die goldene Inschrift kennt sie nur zu gut: *Was man sich selbst genommen hat ...* Ausgerechnet jene Worte, die sie neulich so aus der Fassung geraten ließen. Wessen Grabstelle ist es, in dem der Tote sicher auf eigenen Wunsch seinen Platz gefunden hat? Noch bevor sie den Namen auf der kleinen Marmortafel entziffert hat, weiß sie: Da steht Irma Godefroid. Ganz nah tritt sie an den Rand der Grube, diesen kleinen Abgrund der Ewigkeit. Auf dem Sargdeckel ein Strauß roter Rosen. Sie spürt, wie jemand sie unterhakt, und hört den Vater sagen: »Vorsicht, Julie, fall nicht da rein!« Er ist allein gekommen, an seinem Stock. Flo ist verschwunden. Nur wenige Schritte entfernt von ihnen steht Henrys Hausdame Alexandra. Sie hat alles genau verfolgt. Für einen winzigen Moment schlägt sie jetzt ihren Schleier zurück und nickt dem Vater zu. »Wer ist das?«, fragt er Julie. »Das ist ja ein toller Hut!« Julie sieht, dass Alexandra seine Worte vernommen hat; genau wie neulich, als sie Julies Bemerkung über das Haus hörte, verzieht sie die purpurroten Lippen zu einem wissenden Lächeln.

»Lass uns los«, flüstert Julie dem Vater zu. »Ehe alle anderen gehen.« Am Ausgang zum Friedhof steht Alexandra plötzlich vor ihnen. »Ich danke Ihnen, dass Sie hier sind, Julie. Bitte, wir haben für engste Freunde einen kleinen Empfang zu Hause vorbereitet. In der zweiten Familienlimousine ist noch Platz, Sie kommen doch, nicht wahr?« Sie schlägt den Schleier zurück und blickt den Vater an. Belebt von der Gegenwart einer Dame, antwortet er, bevor Julie reagieren kann: »Aber gerne, das ist doch selbstverständlich.«

Die Hausdame zeigt auf einen schwarzen Citroën,

die Limousine, die Julie von der alten Fährstelle kennt. Julie sitzt mit dem Vater ganz allein im Fond. Ihr ist unbehaglich zumute. Während sie sich der Brücke über die Seine nähern, ahnt sie: Alexandra weiß, was sich an jenem Nachmittag abgespielt hat. Sie muss das rote Kleid auf dem Sofa gesehen haben. Sie war es auch, die Henry fand und den Notarzt alarmierte. Sie konnte sich also zusammenreimen, was geschehen war. Wer da gewesen war, wer den Anfall des Alten womöglich ausgelöst und ihn dann verlassen hatte.

Sie sind da. Der Chauffeur steigt aus und öffnet ihnen. Henrys Hausdame, jetzt in einem eleganten weißen Jackett über dem schwarzen Kleid, tritt ihnen aus der Haustür entgegen. »Gestatten Sie?«, sagt sie zu Julies Vater und nimmt seinen Arm, um ihn ins Wohnzimmer zu geleiten. Guillaume, ganz allein im Zimmer, erhebt sich vom Sofa, als sie eintreten. »Ah, Julie. Schön, dich zu sehen.« Er küsst sie zur Begrüßung auf beide Wangen. »Das ist sicher dein Vater?«

»Ist Florence nicht da?« Julie kann überhaupt nicht mehr verstehen, dass sie sich jemals auf diesen Menschen eingelassen hat. Sicher hat Alexandra ihn über Henry und ihren Besuch bei ihm in Kenntnis gesetzt.

»Sie hat sich nicht wohlgefühlt und ist zurück ins Cottage. Die Kleine ist bei ihr. Also, setzt euch doch. Was trinkt ihr? Wein?«

»Ich finde, das einzige angemessene Getränk heute ist Champagner. Das würde auch Henry so sehen. Sie trinken doch ein Gläschen mit uns, Monsieur Zurbrüggen?« Die Hausdame lächelt Julies Vater an.

»Na wenn es sein muss. Dann sage ich nicht Nein, Madame.«

Julie blickt sich im Zimmer um. Die Pastelle sind nirgendwo zu sehen. Auf der Wand neben dem Kamin ein heller rechteckiger Fleck auf der Tapete. Sie sucht die Wände mit den Augen ab. Auch der Braque ist verschwunden, eines der wertvollsten Bilder der Sammlung. Sie sucht Guillaume, seinen Blick, aber er weicht aus.

Die Hausdame hat allen eingeschenkt, erhebt ihr Glas, die Anwesenden tun es ihr nach. »Er war eine große Persönlichkeit«, sagt sie, »stoßen wir auf ihn an.« Es klingelt, neue Gäste kommen. Als der Vater sein Glas geleert hat, gibt er es Julie und gähnt wie ein kleines Kind. »Ich möchte jetzt schlafen. Ich bin müde.« Bestimmt verträgt sich der Alkohol nicht mit seinen Medikamenten.

»Rufen Sie uns ein Taxi, Alexandra?«

»Es steht eins vor der Tür. Ich sag Bescheid, dass Sie kommen.« Alexandra verlässt den Raum, Julie bekommt gerade noch mit, wie sie Guillaume etwas zuflüstert.

Zurück im Hotel, hilft Julie dem Vater ins Bett. Es ist zwar erst neun, aber sie hat rasende Kopfschmerzen und legt sich ebenfalls hin. Irgendwann wacht sie auf, alles um sie ist stockdunkel. In ebendiesem Moment knipst der Vater die Nachttischlampe an und dreht sich umständlich zu ihr um. Deutlich sieht sie seine Haare gegen den Lampenschirm. »Julie? Schläfst du?«

Sie stützt sich in ihrem Bett auf, knipst ihrerseits die Lampe an, so dass er sie sehen kann. »Nein, ich bin grade aufgewacht.«

»Wie spät ist es?«

»Meine Uhr zeigt halb zwei«, sagt Julie, »eine sehr gute Zeit, um wieder einzuschlafen.«

»Halb zwei?« Der Vater betrachtet das Zifferblatt seiner Armbanduhr. Schließlich kann er die Zeiger ablesen. »Halb zwei. Das zeigt meine Uhr auch.«

»Was hältst du davon, noch eine Runde zu schlafen?«

»Eine sehr gute Idee.«

»Also machen wir das Licht wieder aus.«

»Ja.« Er schaltet seine Nachttischlampe aus, ebenso Julie. »Gute Nacht«, tönt seine Stimme durch die Dunkelheit.

»Gute Nacht«, sagt sie, »schlaf gut.« Es wird ruhig. Sie hört die regelmäßigen Atemzüge ihres Vaters und dreht sich auf die andere Seite. Da geht das Licht wieder an.

»Julie?« Sie richtet sich auf und begegnet seinem Blick. »Du bist ja hellwach!«, sagt er.

Todmüde erwidert sie: »Du auch!«

»Ich wollte nur sehen, wie spät es ist.«

»Viertel vor zwei«, schlägt sie vor, »mitten in der Nacht.«

»Viertel vor zwei?«

»Ja. Schlafen wir lieber.«

»Ja. Also – gute Nacht.« Er löscht das Licht.

»Gute Nacht«, sagt sie hoffnungsvoll.

Nach einer Weile: »Julie?«

Das Licht geht wieder an.

»Es ist zwei Uhr, Vater. Kannst du nicht schlafen?«

»Ich würde ja gern.«

»Also gut. Dann machen wir ein bisschen Mathematik.«

»Mathematik?«

»Ja. Wie gestern. Wir rechnen Zweierpotenzen.« Das Licht geht aus. »Also, ich fang an, du setzt fort: zwei, vier, acht, 16, 32, 64. Jetzt du: 64 mal zwei ist?«

»128.«

»Mal zwei ist?«

»256.«

»Mal zwei?«

»512 ... 1.024 ... 2.048 ... 4.096 ...«

»Mal zwei?«

»Das ist mir zu viel. Das kann ich nicht mehr.«

»Gut. Dann rechnen wir das morgen nach.«

»Ja.«

»Dann also: Gute Nacht.«

»Gute Nacht, mein liebes Kind.«

Endlich ist es still, das Licht bleibt aus. Plötzlich hört sie ein leises Murmeln. Spricht der Vater im Traum? Sie versucht zu verstehen, dann hört sie: »8.192.«

»8.192? Das hab ich auch raus. Das stimmt«, sagt sie ergeben. »Mal zwei.«

»Nein. Das ist mir zu viel. Jetzt wollen wir lieber schlafen.«

»Also dann, gute Nacht.«

»Gute Nacht.«

Nach einer Weile: »Das sind 16.384?«

»Stimmt, Vater, das hab ich auch raus. Mal zwei.«

»Nein. Das ist mir zu viel.«

Er verstummt, Julie starrt in die Dunkelheit. In den letzten Verdoppelungen hat sie eine schöne Regelmäßigkeit entdeckt: zwei mal 2.048 ergibt 4.100 minus vier, es folgt 8.200 minus acht, 16.400 minus 16, 32.800 minus 32 ... Endlich seine gleichmäßigen Atemzüge. Zahlen haben auf ihn eine beruhigende Wirkung. Vielleicht wegen ihrer jahrtausendealten Gültigkeit, die ins Unendliche reicht, weit über das eigene Bewusstsein hinaus. Zu Recht spricht man von der Mathematik als einer göttlichen Disziplin. Julie beleuchtet ihren Wecker. Fast drei Uhr. Ihr fällt das Epitaph auf Irmas Grabstein ein: *Was man sich selbst genommen hat, das kann man nie wieder erlangen.* Ein zynischer Kommentar ihres gehörnten Ehemanns? Der Hinweis auf einen Suizid? Wer könnte heute noch darüber Auskunft geben? Es wird wohl ein Rätsel bleiben.

40

Während das Taxi auf die Villa zufährt, betrachtet Julie sie beinahe schon mit Besitzerstolz: die Figürchen auf dem Dachfirst, die Bleiglasfenster, die glasierten Ziersteine, die in der Nachmittagssonne glänzen. Sie wird sich ein Zimmer herrichten, ohne Florence dabei Platz wegzunehmen. Eben tritt ihre Schwester aus der Tür, damit beschäftigt, ein Bündel weißglänzender, ineinander verknoteter Schnüre zu entwirren. Julie steigt aus, der Fahrer hilft dem Vater aus dem Wagen, sie hakt ihn unter und führt ihn in den Wintergarten. »Ich bin gleich wieder bei dir, Vater.«

Sie geht zu ihrer Schwester. »Florence«, sagt sie. »Ich bin hier, um mit dir zu reden. Wie denkst du dir unsere Zukunft?«

»Schönheit«, flüstert Florence und zieht an den weißen Fäden. »Poesie.«

Julie macht einen neuen Versuch. »Ist das ein Netz?«

»Ein Netz, ja. Um darin die empfindlichen Dinge einzufangen. Die Luft, das Licht. Ich möchte mich erheben über alles, was mich niederzieht und zu fesseln droht.«

Julie schweigt betroffen. Das könnten ihre eigenen Worte sein. Hat nicht auch sie ihr Leben lang danach gestrebt, in einen Schwebezustand zu gelangen, in dem sie etwas schaffen kann jenseits von sich? Wortlos widmet sich ihre Schwester wieder ihrem weißen Garnknäuel. Julie geht zum Vater zurück.

»Schön ist es hier«, sagt er. »Und so still.«

Julie setzt sich neben ihn auf ein altes Korbsofa in dem auf drei Seiten verglasten Raum. Der Blick in den Garten, bis zum Meer hinunter. Das Wasser hat sich weit zurückgezogen, der Meeresboden schillert in tausend Farbschattierungen. Durchs Fernglas beobachtet Julie zwei Frauen, die mit Muschelkörben hinauslaufen. Sie gibt das Glas an den Vater weiter, der es auf den Garten richtet. Dort steht jetzt Florence, ihr weißes Chiffonkleid umweht ihre schmale Gestalt wie eine Fahne. Und plötzlich, ohne es sich selbst erklären zu können, vielleicht, weil der Vater und Florence ihr in diesem Moment vorkommen wie Figuren in einem Theaterstück, ist Julie sich sicher: Der Vater wusste alles. Auch wenn die Mutter ihrem Mann nie von ihrem Kind erzählt hat.

Julie öffnet die Tür der Glasveranda. »Florence, kannst du mir kurz helfen? Ich möchte die alten Sessel und Tische aus der Eingangshalle verbannen. Sie sind nicht so schwer, wie sie aussehen, ich habe es schon probiert.« Florence kommt herein.

»Vielleicht wird im Keller endlich jemand darin sitzen.«

Als sie wieder hochkommen, begutachtet Julie den Raum. »Ich finde, die neuentstandene Leere tut dem Haus gut; ich werde leichtere Möbel kaufen und für die Fenster helle Vorhänge, wenn du einverstanden bist, Florence.« Dann geht sie zurück in den Wintergarten, wo der Vater geduldig gewartet hat. Er hält das Fernglas vor den Augen und verfolgt den Flug der Möwen. Auch Florence kommt zu ihnen. Sie hat das Gespinst weitergeknüpft und hält es über sich. Die Abendsonne vergoldet die weißen Fäden.

»Wunderschön, Florence! Ein Kunstwerk.«

»Das Gespinst des Lebens. Wir alle sind darin verstrickt.«

»Auch deine Tochter?«, fragt Julies Vater. Florence bedenkt ihn mit einem ihrer Meerjungfrauenblicke.

»Wo ist sie eigentlich? Ich habe Flo heute noch nicht gesehen.«

»Vielleicht bei Gilles. Perltöchterchen ist sehr begehrt zurzeit. Alle fragen nach ihr.«

»Alle? Wen meinst du, Florence?«

»Das ist ein liebes Mädchen«, sagt der Vater hinter ihr. Julie dreht sich um. Flo steht in der Tür, lächelt dem Vater schüchtern zu.

»Da bist du ja. Ich habe dich schon vermisst. Wo warst du? Wieder bei Gilles? Kann ich dich einen Augenblick sprechen?« Julie geht mit Flo in die Eingangshalle hinaus. »Du siehst, ich nehme schon ein paar Veränderungen hier vor. Ich würde gern bald einziehen, aber ich will wissen, ob es auch dir recht ist.« Sie wartet auf eine Reaktion. Flo wirkt in sich gekehrt.

»Ich habe mir mein Leben lang eine Schwester gewünscht. Jetzt, wo ich so plötzlich eine bekommen habe, möchte ich auch bei ihr sein. Florence braucht Hilfe, Zuneigung vor allem. Du aber brauchst jetzt Freiheit für dein eigenes Leben.« Man hat wohl nur selten auf diese Art mit dem Mädchen gesprochen. Es steht da, stocksteif und mit gesenktem Kopf. »Henry hat dir viel Geld vererbt, du wirst in diesem Punkt wohl keine Sorgen haben. Aber für dein Lebensglück braucht es mehr. Als Erstes brauchst du eine gute Schule, damit sich deine Talente entwickeln können. Gilles kann dir nicht genügend bieten, ich helfe dir, das Richtige zu finden.«

Flo schweigt. Der Vater erscheint in der Tür, auf seinen Stock gestützt. »Ach hier seid ihr alle. Ich wollte doch mal sehen, wo ihr alle seid.«

»Also gut, Vater. Fahren wir zurück ins Hotel. Bis dann, Flo. Morgen sprechen wir weiter.«

Als Julie dem Vater ins Taxi hilft, sieht sie aus dem Augenwinkel, wie Flo davonrennt. So schnell, dass es aussieht, als ob sie den Boden kaum berührt. Julie lässt sich auf der Rückbank neben dem Vater nieder, der Wagen setzt sich in Bewegung. Die Sonne steht nur noch knapp über dem Horizont. Nach wenigen Hundert Metern ruft Julie: »Stopp! Bitte halten Sie noch einmal an!« Sie glaubt, etwas gesehen zu haben: ein farbiges Leuchten im Sand am Rande des Deltas, rot, violett, türkis, verschiedenste Blaus und Grüns. Jetzt taucht eine Gestalt auf, läuft hin und her, bückt sich, hebt etwas auf, wirft es wieder fort. Sand fliegt auf. Julie steigt aus und rennt durch die Dünen hinab. Als sie unten ankommt, ist niemand dort. Die Farben erloschen. Gerade ist die Sonne unter den Horizont gesunken.

Eine Weile bleibt sie stehen und starrt in die Weite. Himmel und Wasser sind nicht mehr zu unterscheiden. Alles ist jetzt Farbe geworden dort draußen: Goldorange zerläuft in Rot und Violett, aus dem Osten fließen eisgrüne und nachtblaue Tinten dazwischen.

41

Der Vater hat durchgeschlafen. Und so fühlt auch sie sich ausgeruht. Als sie wieder im Cottage sind, wagt sie endlich den Gang an den Strand mit ihm. Sie will ihm den Glasgarten zeigen. Aber an der Stelle, wo er war, ist nichts mehr als Sand und ein paar Scherben von zerbrochenen Flaschen. Hat der Wind ihn verweht – oder hat Flo ihn verschüttet? »Julie«, hört sie den Vater rufen. »Julie!« Sie rennt zurück. Er hat etwas gefunden und hält es ihr entgegen.

»Sieh doch mal, was für ein hübsches Stück!«

Eine Scherbe, dünngeschliffen vom Meer. Sie hält sie gegen das Licht. Ein diaphanes Blau. In der alten Glasur sind die Umrisse einer Jakobsmuschel erkennbar. »Die Jakobsmuschel beschützt den Wanderer«, sagt sie und steckt sie dem Vater in die Tasche. Dann gehen sie zurück.

Als Julie bei der Eröffnung des Testaments von ihrer Halbschwester erfuhr, war ihr erster Gedanke gewesen: Ähnelt sie mir? In der Zeit danach aber hatte sie sich gehütet, Vorstellungen von der Unbekannten zu entwickeln. Und doch waren insgeheim Wünsche bestehen geblieben, nach Nähe, nach Einverständnis. Nichts davon hat sich erfüllt. Ein Gespräch mit Florence ist nicht möglich. Vielleicht ist die Malerei ihre Chance.

Im Atelier befreit Julie das Fenster von seiner dicken Salzschicht und stellt eine Leinwand auf die Staffelei. Florence hat sie gehört und betritt den Raum, geht zur

Leinwand und betastet sie, als wolle sie die Struktur des Gewebes prüfen.

»Wer wird zuerst malen, Florence – du oder ich?«

»Das Licht«, gibt ihre Schwester zur Antwort. »Das Licht. Der einzige Maler, an den ich glaube. Ich selber kann nur Dunkelheit, deshalb fang du lieber an.« Ohne Julie anzublicken, geht sie wieder. Seit Tagen arbeitet sie an ihrem weißen Gespinst. Es hat inzwischen die Größe eines Kleiderschranks. Sie ist damit in einen Raum gezogen, der Julie zuvor nie aufgefallen ist. Eine fensterlose Kammer im oberen Stock, in der die Spinnweben Regie führen. Haben sie sie zu ihrem Kunstwerk inspiriert?

Die Vorbereitung ihres ersten eigenen Bildes seit langer Zeit fällt Julie nicht leicht. Die alten Skrupel lauern. Sie will etwas Neues ausprobieren, eine Methode, mit der die Künstler sich seit jeher weiterbilden: die Kopie eines Gemäldes. Sie findet, es sei ein guter Weg, in das Metier zurückzufinden. Im Haus gibt es ein Bild, das von Braque sein könnte. Ein Fischerboot am Strand, in den Ockertönen, die auch in der Wirklichkeit existieren. Nach der ersten Version malt sie noch weitere, bis sie das Gefühl hat, dem Original so nahe wie möglich gekommen zu sein.

Flo hat Julie seit Tagen nicht gesehen. Hat sie das Mädchen verschreckt? Ist es wieder bei Gilles? Wenn Florence ihre Kammer verlässt, geht sie in den alten Garten am Meer. Jeden Tag pflückt sie dort einen Strauß. Julie und der Vater begleiten sie manchmal. Der Vater bohrt seinen Stock in die Erde. »Ein guter Boden. Hier kann sicher alles gedeihen. Und nicht einmal Frost habt ihr hier.«

»Weißt du, Florence, dass ich schon hundert Gärten angelegt habe – aber noch nie einen eigenen? Ich hatte nicht den Mut.«

Florence reagiert auf Julies Worte, indem sie fortläuft. Aber wenig später kehrt sie zurück, streckt ihr etwas entgegen. »Da. Für deinen ersten Garten«, sagt sie atemlos und überreicht Julie eine Pergamentrolle. Es ist derselbe Entwurf, den Flo ihr gegeben hat. Siebenunddreißig Pflanzen.

»Eine wunderbare Idee, vielleicht können wir beide ihn zum Blühen bringen.« Sie will die Schwester spontan umarmen, aber Florence weicht zurück. »In der Mitte lassen wir ein kleines Teehaus errichten, im Stil von Irmas Zeit.«

»Irma«, Florence streicht sich übers Haar, »Irma ist eine großartige Frau.«

Gemeinsam pflanzen sie: Bergamotte und Pfirsich, Japanische Kirsche und schneeweißes Viburnum. Auch der Vater macht mit. »Ich hätte gerne wieder eine Betula. Eine Sibirische Papierbirke am liebsten. Dann kann ich schon in wenigen Jahren meine Bank darunterstellen und dort sitzen, wenn ich älter werde.«

Julie ist sprachlos, anders Florence: »O ja. Eine Sibirische Birke gibt es mit Sicherheit an der ganzen Küste nicht.« Sie setzen Rittersporn in allen Variationen: tief violettblaues Formosum, mauvefarbene weißäugige Fanfare, zartblaue Glacier Blue; entlang der Mauer anspruchslose helle Blüten, eine Sorte für jede Jahreszeit: grünen Nieswurz, Winterlinge, weiße Narzissen und Malven, Herbstzeitlose und Winterjasmin. Dem Ufer des kleinen Flusses, der sich über den Strand ins Meer windet, soll im Sommer Blutweiderich sein Violett verleihen, im Frühjahr werden die großen Blätter des Pestwurz neben den schmalen Lanzen der Iris stehen. Sie gehen über in eine natürliche Uferzone unter Bäumen, deren Äste den Himmel wie das Fächergewölbe einer englischen Kathedrale umspannen. Und überall, ganz absichtslos, verteilen sie die Samen und Rhizome aller siebenunddreißig Pflanzenarten. Es ist vielleicht so etwas wie der Anfang eines Dialogs.

42

Eines Abends klingelt Julies Mobiltelefon. Es ist Fabian. Einen Augenblick ist sie versucht, nicht abzunehmen. Doch dann siegt ihre Neugier. Seine Stimme klingt wie immer, sanft und geschmeidig. »Es gibt jemanden, der sich sehr für dich interessiert. Ich habe dir doch von dem Sammler erzählt. Er möchte jetzt, wo du dir wieder ein Atelier einrichtest, ein Porträt seiner jüngeren Schwester in Auftrag geben. Altersmäßig sind die Geschwister übrigens genauso viele Jahre auseinander wie du und Florence.«

Woher weißt du das alles, will sie fragen, dann fällt ihr ein: natürlich. Guillaume. Er ist anscheinend über jeden ihrer Schritte unterrichtet. Ihr Vertrauen zu Fabian hat einen Riss bekommen.

»Fabian. Du bist wie stets sehr gut informiert. Ich komme nicht damit klar, dass du mir nie etwas von Florence erzählt hast.«

»Ach! Das muss dich nicht weiter beschäftigen, Julie! Guillaume hat gelegentlich von ihr gesprochen. Die Tochter seines Sammlerfreundes, eine schwerreiche Erbin, begabt und verrückt bis zum Irrsinn, so in etwa hat er sie mir geschildert. Er ging eine Beziehung mit ihr ein. Ich hatte kein gutes Gefühl dabei, denn vielleicht nutzte er das Mädchen aus, vielleicht machte er sie abhängig. Aber – nun ja, es war schließlich seine Sache. Dass sie etwas mit dir zu tun haben könnte, konnte ich wirklich nicht ahnen.«

»Man sagte mir, Florence habe vor einigen Jahren versucht, mich zu besuchen. Sie habe extra dafür Deutsch gelernt.«

»Das ist möglich, aber so genau weiß ich das alles nicht.«

Soll sie ihm Glauben schenken?

»Was ist nun mit dem Auftrag, den ich für dich an Land gezogen habe? Wäre doch ein guter Einstieg ins Geschäft.«

»Malen ist für mich kein Geschäft, Fabian. Ich werde Zeit brauchen. Ich bin mir nicht sicher, ob ich es schaffe. Bitte vertröste den Auftraggeber. Ich melde mich, wenn ich so weit bin.«

Die Anfrage des Sammlers hat ihren Ehrgeiz geweckt. Sie baut ihre Staffelei im Garten auf, so, dass man aufs Meer hinunterblickt. Sie will wieder mit einer Kopie beginnen. Diesmal soll es ein komplexeres Gemälde sein. Die *Terrasse à Sainte-Adresse*. Außerdem will sie mehr als eine möglichst getreue Kopie. Sie will das Bild weiterentwickeln, es sich zu eigen machen.

Als sie die Farben auf die Palette aufbringt, spürt sie die malerische Herausforderung: Monet hat die Primärfarben Blau, Gelb und Rot unmittelbar nebeneinandergesetzt. Zuerst malt Julie die Vertikalen mit den beiden Flaggenmasten, dann das Meer unter dem weiten Sommerhimmel. Sie malt ihn düsterer, als Monet es tat. Paynesgrau und dunkles Violett in den Wolkenschatten. Auch das Meer soll stürmischer sein, eine von Wellen bewegte See. Die Fahnen und die Gladiolen feuerrot, so wie die Kapuzinerkresse, die zu Monets Zeit als Symbol für brennende Liebe galt und die bei ihm hinter dem Rücken seines Vaters blüht, ganz wie seine Liebe zu Camille. Die roten Geranien malt sie so, dass sie aggressiv wirken. Es sind die einzigen Pflanzen, die weder ihr Vater noch sie je gemocht haben. Monet platzierte sie genau ins Blickfeld seines Vaters, zu seiner Zeit galten sie als Symbol für Torheit. Dann kommen die Personen. Auch hier nimmt sie Veränderungen vor: Vor den Horizont malt sie Flo mit ihrem Vater, auf den Stuhl im Vordergrund einen unbekannten Mann. Den weißen Hut und seinen Spazierstock mit silbernem Knauf belässt sie wie im Original. Links neben ihn, unter den weißen Schirm, setzt sie ihre Mutter Klara. Die beiden weiteren Stühle bleiben nicht leer. An die Seite der Mutter malt sie sich selbst in einem flammend roten Kleid. Rechts neben den Mann kommt Florence, ganz in Schwarz. Gerade als Julie einen Schritt zurücktritt, um zu prüfen, ob sie erreicht hat, was sie will, steht Florence neben ihr. Sie sieht ärgerlich, fast wütend aus. Mit einer blitzschnellen Bewegung fährt sie mit drei Fingern über die Figur, die sie selbst darstellen soll. Die Farbe verschmiert sofort. »Das bin ich nicht. Das hier bin ich!« Florence greift sich mit den farbbeschmierten Fingern an die Stirn, so dass ein schwarzer Fleck entsteht. »Wenn du mich malst, machst du mich tot.«

»Das glaubst du nicht wirklich? Dann möchte ich dich bitten: Male mich. So wie du mich siehst. Fange mich in deinen Farben ein.«

»Das ist gefährlich. Du bist selbst schuld, wenn dir etwas zustößt.«

Julie setzt sich auf einen Gartenstuhl. Florence dreht die bemalte Leinwand einfach um. Dann drückt sie Schwarz, Rot und Grün auf die Palette, bis die Tuben leer sind, und malt mit großem Druck, immer wieder spannt die Leinwand sich nach außen. Schließlich legt sie den Pinsel beiseite. Sie wirkt erschöpft. Julie tritt vor das Bild. Alles ist schwarz. Erst auf den zweiten Blick erkennt sie ein dunkelgrün-rotes Gesicht. Spitze Pfeile stecken in den weißen Augenbällen, dem einzig hellen Fleck. Sie sind so nach oben verdreht, dass die Iris verschwindet. Es ist, als blicke die Person in sich hinein. Der Mund ist fest zugepresst. Nur die Nasenlöcher sind weit gebläht, als ringe sie nach Luft.

»Das bin ich?«

»Du bist ich.«

»Also hast du zugleich ein Selbstporträt gemalt?«

In diesem Augenblick erscheint der Vater im Garten, blickt sich suchend um. Julie bringt ihn ins Haus. Als sie sich noch einmal umdreht, sieht sie: Florence schaut ihnen nach. Sie sieht unendlich einsam aus. Kaum bemerkt ihre Schwester Julies Blick, wendet sie sich ab.

43

Der Vater liebt es, auf den Horizont zu schauen. Manchmal lächelt er, als ereigne sich auf der großen Bühne dort draußen eine Szene, die ihm gefällt. Zuweilen setzt sich auch Florence zu ihm, gemeinsam scheinen sie mehr auf der grauen Wasserfläche zu sehen als Julie. Sie nutzt diese Zeit für ihre Arbeit. Aber sie bleibt allein im Atelier. Florence hat es, seitdem Julie dort malt, nicht wieder betreten. Es gibt überhaupt nur einen Gegenstand, für den Florence Interesse zeigt: Irmas Tagebuch. Doch wenn sie darin liest, regt sie sich auf, wirkt jedes Mal durcheinander.

An einem solchen Nachmittag nimmt Julie die Hand ihrer Schwester.

»Sag mir, Florence: Ich vermisse Flo schon eine Weile. Ich fürchte, ich habe sie bei unserem letzten Gespräch vor den Kopf gestoßen. Meinst du, sie weicht mir aus? Ist ihr zu viel, dass ich hier bin?«

»Sie ist wieder bei Gilles.« Mit diesen Worten macht Florence sich los und verschwindet in den oberen Stock in ihre fensterlose Kammer. Julie folgt ihr. Die Tür steht auf. Darin ist es stockdunkel. Als Julie die Deckenlampe anschaltet, sieht sie Florence auf einem Stuhl mitten im Raum. Um sie her ein unbeschreibliches Chaos. Kleidungsstücke auf dem Boden, einzelne Schuhe und überall die weißen Fäden. »Florence! Was machst du da?«

»Ich denke. Ich bin mitten in meinen Gedanken.

Siehst du? Unsere Welt ist ein riesengroßes Gehirn aus weißen Nervenfasern. Und wir sind die Synapsen.«

»Komme ich auch in diesem Gehirn vor?«

»Nur wenn du ein paar der Fäden über dich wirfst.« Julie greift in das Gespinst und zieht die weißen Fäden über sich. »Ist es richtig so?« Florence lacht wie ein junges Mädchen, hell und begeistert. »Ja. So ist es richtig. Ich weiß jetzt, was in dir vorgeht, arme Julie. Du bist ja völlig durcheinander.«

»Ich mache mir Sorgen um Flo. Warum bleibt sie so lange fort? Gilles ist doch kein Umgang für sie. Ein junges Mädchen – und dieser ungehobelte Mensch.«

»Gilles ist kein Mensch. Er ist ein Ding. Er tut, was man ihm sagt.«

»Was soll das bedeuten? Wer ist es denn, der Gilles etwas sagt?«

»Henry, Guillaume, Alexandra.«

»Henry ist tot. Was könnten die beiden anderen ihm noch zu sagen haben?«

»Ein Mann war hier und hat mir Farben gebracht. Aber ich will nicht mehr malen. Ich sagte, er soll gehen. Da wurde er sehr böse. Dann muss es deine Tochter eben büßen, schrie er. Sie wollen Flo für sich.«

»Was sagst du da? Was für ein Mann?«

»Er hat alle geholt. Alle meine Kinder.«

Julie begreift auf einmal: Die verpackten Leinwände, die Gemälde in den alten Rahmen, die ihr bei ihrer Ankunft im Haus aufgefallen waren, sind alle verschwunden. Sie hat sich nichts dabei gedacht. Aber jetzt fällt ihr wieder ein, was Gilles gesagt hatte: Es gelingt Florence perfekt, die Ausstrahlung alter Gemälde zu treffen. Selbst Experten können das nicht unterscheiden. Und jetzt hat sie zu malen aufgehört! Eine wichtige Geldquelle ist versiegt.

»Florence! Wir müssen sofort etwas unternehmen!«

Florence zuckt die Achseln.

»Florence, sie haben nicht nur deine Bilder, sie haben auch Flo. Sie ist doch schließlich deine Tochter! Sie wollen dich erpressen. Du sollst wieder für sie arbeiten.«

Florence stößt einen Schrei aus, schnappt sich eine Schere und beginnt, die Fäden zu zerschneiden. »Muttertochtermutter! Tochtermuttertochter!«

»Florence! Hör auf! Mach doch nicht alles kaputt. Du zerstörst ja deine ganze wunderbare Arbeit.«

Julie hört, wie jemand die Treppe hochkommt und immer wieder dabei innehält. Der Vater! Sie muss verhindern, dass er diese Szene sieht. Sie schließt die Tür und geht ihm entgegen, hinter ihr noch immer »Muttertochtermutter ...«

44

Es gibt nicht viele Menschen, die Julie um Hilfe bitten kann. Auch wenn es sie einige Überwindung kostet, wählt sie die Nummer von Fabian.

»Julie! Schön, von dir zu hören. Wie geht es voran?«

»Ehrlich gesagt, Fabian, ich möchte dich um einen Gefallen bitten, weil ich nicht weiterweiß.«

»Julie, ich bin froh, dass du mich fragst. Um was geht es?«

»Um meine Nichte, die Tochter meiner Schwester. Sie hat sich seit Tagen nicht gemeldet, und ich mache mir Sorgen um sie. Sie hält sich in der Nähe von Dieppe auf, und wenn ich Florence Glauben schenken soll, nicht ganz freiwillig. Ich möchte sie nach Hause holen. Und zwar sofort.«

»Du möchtest, dass ich mit dir fahre?«

»Ja, Fabian.« Ein kurzes Schweigen folgt.

»Okay, Julie. Ich komme.«

Als Julie zwei Stunden später in Fabians Wagen steigt, ist sie ein reines Nervenbündel. Sie hat sich inzwischen die schlimmsten Szenarien ausgemalt. Auf der Landstraße nach Dieppe ist dichter Verkehr, und sie kommen nur langsam voran. Fabian versucht, Julie zu beruhigen. »Hast du mir nicht erzählt, deine Nichte hat schon jahrelang bei Goudevert gelebt? Was soll ihr denn passieren.«

»Du kennst Goudevert?«

»In unserer Branche kennt jeder jeden.«

Das hat sie nicht vermutet. Wieso hat er das nie erwähnt? Hat auch er von Florence profitiert? Hätte sie es wissen müssen? Als sei ihm das Ganze unangenehm, tritt er plötzlich auf die Bremse.

»Hast du das gesehen?« Der Wagen vor ihnen steht. »Verdammt. Das war knapp.«

Nach einer Weile versucht sie, ein Gespräch anzufangen. »Florence ist eine ausgezeichnete Künstlerin, auch wenn ihr Zustand sie derzeit am Malen hindert. Ich habe ein paar Gemälde von ihr gesehen. Alle im Stil des neunzehnten Jahrhunderts. Sie sehen täuschend echt aus.«

»Ja, sie ist wirklich genial.«

»Aber sicher völlig unfähig, sich zu vermarkten.«

»Ja. Oder überhaupt nur einzuschätzen, zu was sie in der Lage ist.«

»Darum muss sie sich zum Glück ja wohl nicht kümmern. Sie hat offenbar genügend Leute, die ihr zur Seite stehen. All die Leinwände, die im Haus standen, als ich kam, sind fort.«

»Das stimmt. Ihre Bilder haben sich in der letzten Zeit enorm gut verkauft.«

»Liegt das an den Motiven? Impressionistische Bilder sind sehr gefragt.«

»Sicher. Aber es liegt auch daran, dass sie mit den originalen Hilfsmitteln und Farben malt: historische Leinwand, ausgesuchte Pinsel und Pigmente aus der Zeit vor hundert Jahren. Der Sammler, ihr großer Gönner und Beschützer Henry, kam auf die Idee. Er legte Wert darauf und hat sie ihr verschafft. In den alten Holzrahmen sehen ihre Gemälde unglaublich echt aus. Sie sind ja im Grunde auch echt.«

»Sie hat jetzt aufgehört zu malen. Vielleicht, weil ich gekommen bin. Sie sagt, sie rührt nie wieder einen Pinsel an.«

»Das wäre wirklich schade. Ein großer Verlust.«

Sie haben den Ort erreicht, in dem Goudeverts Villa liegt. Julie hilft Fabian, den Sandweg durch das Waldstück zu finden, über den man von hinten an das Haus gelangen kann. Ein Polizeifahrzeug parkt vor dem Grundstück. Julie ist nicht mehr zu beruhigen. Kaum hält Fabian, springt sie hinaus und rennt über die Wiese zum Haus. Ein Polizist steht davor. Sie erkennt in ihm einen der beiden Männer, die ihr erst kürzlich weitergeholfen haben.

»Was ist geschehen?«, ruft sie noch im Laufen. »Warum sind Sie hier? Wie geht es dem Kind?«

»Kind? Wir haben den Notruf einer Frau erhalten. Von einem Kind wissen wir nichts.«

»Meine Nichte muss hier sein. Sie wird vermutlich gegen ihren Willen festgehalten«, sprudelt Julie hervor, »ihre Mutter steht schlimmste Ängste aus, ich bin gekommen, um sie abzuholen. Bitte, lassen Sie mich zu ihr.«

Der Mann zögert. Offenbar hat er Order, niemanden hineinzulassen. »Warten Sie einen Augenblick.« Er geht ins Haus, sie hört ihn mit jemandem sprechen. Dann öffnet sich die Tür. »Kommen Sie. Ich begleite Sie.«

Julie stürmt die Treppe hinauf, reißt die Tür zu dem Zimmer mit dem blauen Fenster auf. Auf dem Fußboden, inmitten eines Kreises aus farbigen Scherben, sitzt Flo. »Gott sei Dank! Du bist da!«

Erstaunt sieht das Mädchen zu ihr auf. »Schickt dich Maman?«

»Ja, Flo. Deine Mutter macht sich große Sorgen. Pack deine Sachen ein, wir wollen sofort zu ihr.«

Das Mädchen sammelt seine Scherben in einen Lederbeutel und steht auf. Der Beamte, der in der Tür stehen geblieben ist, geht ihnen voran die Treppe hinab.

Als sie an der Küche vorbeikommen, kann Julie einen Blick hineinwerfen. Ein zweiter Polizist steht mit dem Rücken zur Tür, vor ihm am Herd sitzt eine Frau. Es ist Alexandra! Im selben Moment hat auch die Russin Julie erkannt. Julie kann deutlich sehen, dass sie erschrickt. Auch Goudevert ist da, unsichtbar für Julie. Nur seine Stimme kann sie hören. Eine Stimme voller Wut.

»Ich kenne die Frau«, sagt Julie, als sie wieder draußen sind. »Hat sie den Notruf abgesetzt?«

»Ja. Sie beschuldigt den Besitzer dieser Villa, sie bedroht zu haben.« Er bricht ab, als habe er seine Kompetenzen überschritten.

»Ich kenne Goudevert. Er ist nicht ungefährlich.«

Soll sie ihn auch des Kidnappings bezichtigen? Flo war nicht freiwillig hier. Aber sie verwirft den Gedanken augenblicklich, es würde jetzt nur zu Komplikationen führen, die Zeit kosten.

»Wir müssen auch Sie als Zeugin vernehmen«, sagt der Polizist. »Wir brauchen Ihre Personalien. Es gibt noch eine andere Sache.« Julie reicht ihm ihren Ausweis.

»Unter welcher Adresse können wir Sie erreichen?«

»Ich gebe Ihnen am besten meine Handynummer.«

Julie steigt mit Flo ins Auto, sie setzen sich auf die Rückbank. Fabian fährt zur Hauptstraße zurück. »Was war denn eigentlich los da drinnen?«

»Du wirst es nicht glauben. Alexandra hat die Streife alarmiert. Sie sitzt in der Küche und beschuldigt Goudevert, sie bedroht zu haben.«

»Das ist ihm auch zuzutrauen. Er ist vorbestraft. Aber auch Alexandra ist nicht ohne. Hast du Goudevert gesehen?«

»Ich habe nur seine Stimme gehört. Jedenfalls bin ich froh, dass ich Flo da rausgeholt habe.« Sie legt eine

Decke um das Kind. Schweigend fahren sie durch die einsetzende Dunkelheit.

Fabians Telefon meldet sich. Er hat eine Freisprechanlage, und Julie kann das Gespräch mithören. »Was ist das mit dem Polizeieinsatz bei Gilles?« Es ist Guillaumes Stimme. Offenbar hat Fabian ihn über die Situation informiert, als Julie im Haus war. »Alexandra? Das war ein sehr unpassender Zeitpunkt für eine Machtdemonstration ihrerseits.«

»Guillaume, ich ruf dich später an.«

Fabian beendet die Verbindung und wirft einen Blick in den Rückspiegel. Julie zupft an der Decke. »Ist dir auch warm genug, Flo?«

»Guillaume sieht wie üblich Gespenster. Er hat diese Alexandra nie gemocht.«

Du willst dich herausreden, denkt Julie. Ich kenne dich doch.

Der Rest der Fahrt verläuft, ohne dass ein weiteres Wort fällt. Julie hat die Augen geschlossen und tut, als schlafe sie. In Wirklichkeit ist sie hellwach. Was für Schlüsse muss sie aus dem Gespräch eben ziehen? Eines ist klar: Guillaume arbeitet eng mit Fabian und Gilles zusammen. Was verbindet die drei? Gilles, Bewohner einer abgelegenen Villa, der keiner geregelten Arbeit nachgeht, aber offenbar handwerklich geschickt ist, Guillaume, der erfahrene Kunstexperte mit Beziehungen ins Milieu der reichen Sammler, der sich nicht scheut, zweifelhafte Methoden anzuwenden, und Fabian, der finanziell ewig klamme Galerist? Es liegt auf der Hand: eine einzige Person. Florence. Sie ist für sie alle von Wert – ihre Bilder sind es, die sich so gut verkaufen lassen. Auch Fabian profitiert davon. Er kann ihr nichts vormachen. Bisher lief wohl immer alles reibungslos. Vielleicht sogar schon viele Jahre. Jetzt aber gibt es Probleme: Florence weigert sich, zu malen. Henry, der große Sammler und Kunstmäzen, ist tot. Jetzt interessiert die Polizei sich für dieses Geschäft. Man will sogar sie befragen. Wieso?

Sie ahnt, dass man ihr das Wichtigste verschwiegen hat: wie außergewöhnlich gut sich Florence' Bilder wirklich verkaufen lassen. Dann nämlich, wenn man sie als etwas anderes ausgibt, als sie sind – mit einer entsprechenden Expertise versehen und als Original aus dem neunzehnten Jahrhundert deklariert; als bislang unentdecktes Werk eines weniger bekannten Malers des Impressionismus zum Beispiel.

Womöglich war es Henry mit seinem Wunsch, historisches Malzeug zu verwenden, der seinen Ziehsohn Guillaume unwissentlich auf die Idee gebracht hat; er bot ihm mit dem Ruf des seriösen Sammlers sogar Schutz. Und Guillaume beherrscht das lukrative Spiel mit den Provenienzmärchen, auf das der Kunstmarkt so gerne hereinfällt, wie Fabian selbst erst neulich zugab. In welcher Dimension mag sich das Ganze wohl abspielen?

Und Alexandra? Sie erschrak, als Julie sie erkannte. Machtdemonstration, hat Guillaume zu ihrer Anzeige gesagt. Ist sie zufällig zur Mitwisserin geworden, oder hat Henry vor seinem Tod Verdacht geschöpft und Alexandra eingeweiht? Hat sie vielleicht versucht, ein Stück vom Kuchen abzubekommen? Wollte sie einen der drei unter Druck setzen, weil man ihr freiwillig nichts zugestand?

Ein Knirschen unter den Reifen. Sie haben den Weg mit den Jakobsmuscheln erreicht. Als sie am Cottage sind, steigt Fabian aus und öffnet Julie die Tür. Flo schläft.

»Hilfst du mir, sie reinzubringen, Fabian?« Er nimmt das Mädchen in den Arm und trägt es zum Haus, vor dem bereits Florence zu sehen ist. Sie hat tatsächlich auf ihre Tochter gewartet!

»Am besten in den Wintergarten«, sagt Julie. Sie betten das Mädchen aufs Sofa. »Willst du bei uns übernachten, Fabian? Platz genug haben wir.«

»Danke für das liebe Angebot. Aber ich muss nach Hause. Ich habe Armelle versprochen, zu kommen.«

Kaum ist er fort, bekommt Julie einen Anruf von Armelle.

»Julie? Mein Vater meldet sich einfach nicht. Ich habe x-mal versucht, ihn zu erreichen. Ich mach mir Sorgen um ihn.«

»Er hat vorhin seine Freisprechanlage im Auto abgestellt. Vielleicht hat er vergessen, sie wieder einzuschalten. Er ist auf dem Weg zu dir.«

»Er ist in letzter Zeit so seltsam. Ich glaube, er ist in großen finanziellen Schwierigkeiten. Wie geht es dir?«

»Du weißt, dass ich inzwischen bei meiner Halbschwester lebe?«

»Das hat Papa mir erzählt. Eine sehr gute Malerin, nicht wahr?«

»Das ist richtig. Und das ist auch das Stichwort, Armelle. Florence malt so gut, dass sich ihre Bilder als Originale verkaufen lassen. Aber nicht unter ihrem Namen.«

»Originale unter anderem Namen – meinst du Fälschungen?«

»Du bringst es auf den Punkt. Ich bin fast sicher, dass es darum geht, Armelle. Florence' Bilder werden als Originale aus dem vorletzten Jahrhundert ausgegeben. Impressionistische Gemälde, verstehst du. Damit lassen sich heutzutage hohe Gewinne erzielen.«

»Das ist ja eine verrückte Geschichte. Aber Julie, wieso ...« Armelle ist ins Stocken geraten. »Hat Vater damit zu tun?«

»Ich bin mir nicht sicher. Aber ich vermute es. Dein Vater ist im Übrigen sehr hilfsbereit gewesen.«

»Du kennst ihn doch. Wenn er irgendetwas für jemanden tun kann, setzt er sich ein. Und speziell bei dir ...«

»Hör zu, Armelle. Ich muss dir etwas sagen, was dir jetzt wehtun wird. Dein Vater hat mich eben mit meiner Nichte zu Hause abgesetzt. Das rechne ich ihm hoch an. Aber morgen wird die Polizei kommen und mir ein paar Fragen stellen. Und ich werde sie so wahrheitsgemäß wie möglich beantworten. Die Leute, die an Florence' Bildern verdient haben, haben versucht, sie zu erpressen, als sie zu malen aufgehört hat, und als Druckmittel ihre Tochter von ihr ferngehalten. Möglich, dass Flo etwas weiß. Guillaume scheint mir der eigentliche Drahtzieher zu sein. Er ist derjenige, der Expertisen anfertigt und falsche Provenienzen erfinden kann. Dein Vater ist wahrscheinlich Mitwisser, wenn nicht Mittäter gewesen. Ich denke, die Anzeigen wegen Fälschung und Betrug sind nicht aufzuhalten.«

»Aber Julie! Du weißt doch, welch ein lieber Mensch Vater ist ...«

»Armelle ...«

»Und Guillaume ist mir im Moment eine große Stütze. Er hat mir schon wieder Bilder gebracht, sogar einen Braque, für meine nächste Ausstellung. Damit ich endlich einen Verkaufserfolg landen kann.«

»Der Braque ist gestohlen. Davon kannst du ausgehen. Du musst das Bild der Polizei melden, sonst bekommt die Galerie Probleme. Ich weiß, dass es für dich nicht leicht ist. Es tut mir auch weh, Armelle. Ich wünsche dir viel Glück.«

Julie legt das Telefon fort. Wir Töchter, denkt sie. Alle sind wir Töchter. Florence und ich, Armelle und Flo. Als ob das ein Stigma ist.

45

»Flo?«, ruft Julie leise in den Wintergarten, wo der Vater auf dem Sofa eingeschlafen ist und das Mädchen ihm gerade eine Wolldecke überlegt. Sie kommt auf Zehenspitzen.

»Begleitest du mich an den Strand? Ich würde so gerne sehen, was aus deinem Garten dort geworden ist.«

Zu ihrer Überraschung lässt ihre Nichte sich darauf ein. In warme Jacken gehüllt, gehen sie nebeneinander den Pfad ins Delta hinunter.

»Sag mal, Flo: Waren die Leute, die dich festgehalten haben, nett zu dir?«

»Ja. Sie haben mir Leinwand und Ölfarben gegeben. Du wirst vielleicht mal eine genauso gute Malerin wie deine Mutter, hat Gilles gesagt. Aber ich mochte die Männer nicht. Sie haben immer so laut gelacht und sich manchmal gestritten.«

»Worüber denn?«

»Über Fabian. Er ist einmal da gewesen. Das ist der Mann, der uns hergebracht hat.«

»Ich weiß. Hast du gehört, worum es bei dem Streit ging?«

»Sie haben gesagt, Fabian hätte sie verraten. Er sei ein Schwächling und habe zu viel Angst. Auch dein Name kam ein paarmal vor.«

»Was hat Fabian gewollt?«

»Er hat Bilder abgeholt. Meine Mutter hat sie gemalt.«

»Würdest du das alles nachher auch dem Polizisten erzählen?«

»Wenn du willst und wenn du dabei bist.«

»Weißt du noch, Flo, als wir uns das erste Mal gesehen haben? Ich meine nicht den Moment in der Kirche. Da hast du im Stehen geschlafen, und ich bin unbemerkt wieder fortgegangen.«

»Das denkst du. Ich hatte dich längst bemerkt, lange bevor du mich gesehen hast.«

»Wirklich? Nein, ich meine die Begegnung draußen im Watt. Als du mich so erschreckt hast. Du bist damals weit bis zu mir hinausgelaufen und hast mir eine Scherbe geschenkt. Warum?«

»Weil ich wusste, wer du warst. Ich hatte dich schon in der Kirche erkannt.«

»Erkannt? Was dachtest du denn, wer ich sei?«

»Maman hat früher oft von einer Schwester gesprochen. Als ich dich sah, wusste ich sofort, dass du es bist.«

Julie streicht sich übers Haar. »Dann ist Irmas lästiges Erbe also doch zu etwas gut gewesen. Ich werde meinen Haarwirbel fortan mit Wohlwollen betrachten.«

Flo lacht endlich einmal wieder, Julie stimmt ein.

Ein milder Wind weht sie plötzlich an, der über das aufgewärmte Watt gekommen ist. Sie rennen los, ausgelassen, immer weiter hinaus.

»Lass uns das Horizontspiel spielen«, ruft Julie, »und die Küste hinter uns zum Verschwinden bringen.« Sie kniet nieder. »Siehst du den Möwenschwarm? Wie die weißen Schwingen zu wallenden Tüchern werden, eine Schar von Pilgern, die auf die Inseln zuhalten? Dort gibt es einen Garten, weißt du? Mit Lilien und Kohl.«

»Und Scherben«, ruft Flo, »in allen nur denkbaren Farben. Ich kenne diese Insel, ich bin oft dort gewesen. Maman nennt sie Fata Morgana.«

46

Dämmerung senkt sich über den Garten. Es wird viel Tau geben in dieser Nacht, das lässt sich schon am Geruch der Luft voraussagen. Die Stille ist überwältigend. Es tut gut nach der vielen Aufregung der letzten Zeit.

Eben hat Madame Bechet noch einmal angerufen. Ihre Schwester Madame Revel würde gerne ein paar der neuen Bilder von Julie in ihre Galerie in Rouen hängen, ob Julie damit einverstanden sei?

Eigentlich kommt ihr dieses Angebot zu früh. Sie möchte noch eine Weile ganz zurückgezogen für sich weitermalen, bis sie sich einigermaßen sicher fühlt, dass es keine verlorene Liebesmühe ist, kein Rückfall in alte Illusionen. Aber dann hat sie doch zugesagt.

Schon am nächsten Tag kommt ein Wagen vorbei, um drei Bilder abzuholen. Kurz danach ruft Madame Revel an. Sie bedankt sich für Julies Vertrauen und teilt ihr mit, dass sie sie schon zur nächsten Vernissage einlädt. Julie müsse unbedingt anwesend sein. »Ihre Version der *Terrasse à Sainte-Adresse* passt sehr gut in die Ausstellung. Meine Schwester wird auch kommen, und ein Herr, der Sie unbedingt persönlich kennenlernen möchte.«

»Und ich möchte, dass Sie meine Schwester Florence und ihre Tochter Flo kennenlernen. Ich werde mit meiner Familie kommen.«

Ihr Taxi nach Rouen hat sich verspätet. Als es endlich unweit des alten Uhrturms hält, hört Julie schon die liebenswürdige Stimme von Madame Bechet: »Julie, mein Kind! Gut, dass Sie da sind! Meine Schwester wartet schon.« Sie küsst Julie auf beide Wangen, begrüßt den Vater und reicht Florence und Flo die Hand. Dann nimmt sie Julie am Arm und geht schnell mit ihr über einen Hinterhof zu einer Galerie, die jener ähnelt, aus der sie die Pastelle mit Fabian abgeholt hat. Schon von außen sieht sie ihre *Terrasse*, es ist das größte Bild im Raum.

Leute mit Sektgläsern in der Hand stehen in Grüppchen verteilt, Julie entdeckt den Sohn von Madame Revel, den Anwalt, und Armelle, die sich mit einem Herrn in Fabians Alter unterhält. Madame Revel umarmt Julie. Dann bittet sie für einen Augenblick um Gehör.

»Wie Sie wissen, meine lieben Gäste, leben wir in einer Gegend, die für Maler schon immer ein Quell der Inspiration gewesen ist. Diese Ausstellung zeigt, dass sich daran nichts geändert hat. Doch es ist nicht allein das Motiv, das zählt. Ich will einen der ganz Großen dazu zitieren: ›Es kommt darauf an zu malen, nicht was vor Augen ist, sondern was im Kopf ist.‹ So hat es Pierre Bonnard formuliert. Für ihn bedeutete die Zeichnung das Gefühl, und die Farbe die Überlegung. Eine erstaunliche Ansicht, die die gängige Meinung auf den Kopf stellt und seinen Bildern ihre rätselhafte Poesie verleiht. Unter uns ist heute Abend eine Malerin, die sich in ebendiese Richtung aufgemacht hat. Mit ihrer Variation der *Terrasse* von Monet ist ihr ein Wurf gelungen, der über eine bloße Kopie des Motivs weit hinausreicht.«

Madame Revel macht eine Pause, um den Anwesenden die Gelegenheit zum Applaus zu geben. Alle klatschen, auch Julies Vater, Florence und Flo.

»Sie hat die Farben so gesetzt, dass erst das Auge sie

verbindet und das Bild im Moment des Sehens neu entsteht. Dadurch fügt sie dem Geist der berühmten Vorlage eine neue Facette der Interpretation hinzu, die uns Zeitgenossen, die wir alte Familientraditionen schmerzhaft vermissen mögen, nahezugehen vermag. Ich beglückwünsche im Übrigen den Herrn, der das Werk bereits gekauft hat, und möchte Ihnen jetzt weitere Ausführungen ersparen. Lassen Sie Bilder in Ihrem Kopf entstehen, ganz im Sinne Bonnards.«

Wieder ertönt Applaus. Armelle kommt auf Julie zu. »Julie«, sagt sie, »ich vertrete heute meinen Vater. Dies ist der Sammler, von dem er dir erzählt hat.«

»Ich bin froh, endlich Ihre Bekanntschaft machen zu können«, sagt der Mann, ein Herr im gestreiften Anzug und mit den Manieren eines Elegants alter Schule. »Ich bin es, der das Bild erworben hat, und freue mich auf weitere. Ihr Agent sagte mir, Sie seien bereit, meine Töchter zu porträtieren. Wann darf ich sie Ihnen vorstellen?«

Ehe Julie antworten kann, nähert sich Monsieur Revel, der Anwalt. »Madame Zurbrüggen, können wir einen Moment hinausgehen? Es gibt Neuigkeiten, die für Sie, wie ich annehme, von großem Interesse sind.«

Julie entschuldigt sich und folgt ihm vor die Tür.

»Gilles Goudevert, dessen Adresse herauszufinden Sie mich beauftragt hatten, ist vor kurzem verhaftet worden. Er sitzt in Untersuchungshaft. Zusammen mit einem gewissen Guillaume Châtel, offenbar sein Kompagnon. Sie werden beschuldigt, Drahtzieher eines Fälscherrings zu sein. Der Mann namens Châtel ist allerdings bereits wieder frei. Ein bedeutender Kunstsammler hat für ihn eine Kaution hinterlegt. Es scheint ihm zu gelingen, einen wesentlichen Teil der Schuld auf einen Monsieur Godefroid abzuwälzen, der inzwischen verstorben ist. Goudevert dagegen wartet auf seine ziemlich sichere Verurteilung.«

»Er ist das Bauernopfer.«

»Die Anzeige gegen ihn wegen Nötigung wurde zurückgezogen. Die Hausdame dieses Monsieur Godefroid, eine Russin mit Vornamen Alexandra, ist verschwunden. Vermutlich hat sie sich in ihre alte Heimat abgesetzt. Auch ein Fabian Merveille ist angeklagt, ein Galerist, mit dem auch meine Mutter schon einmal gearbeitet hat. Vermutlich stuft man ihn als Mitläufer ein, so dass er wohl mit einer Verwarnung davonkommt. Und schließlich wäre da noch Ihre Schwester Florence, die die Bilder für den Fälscherring angefertigt hat. Sie hat durch ihr bizarres Verhalten längst glaubhaft demonstriert, dass ihr die Dimension ihrer Mitwirkung nicht bewusst war. Als der Beamte sie befragen wollte, hat sie versucht, ihm ein Netz aus weißen Wollfäden überzuwerfen.«

Julie sieht von außen durch die Scheibe ihre Schwester, die sich in angeregtem Gespräch mit Madame Revel befindet. Niemand würde in diesem Moment vermuten, dass sie zu solch einem bizarren Verhalten in der Lage wäre. Vielleicht wusste sie sehr wohl, was sie tat?

47

Man hat Julie empfohlen, ein psychiatrisches Gutachten für ihre Schwester erstellen zu lassen und sie in eine auf solche Fälle spezialisierte Klinik zu geben. Aber hat Florence nicht schon genügend Klinikaufenthalte hinter sich? Was wäre mit einem weiteren gewonnen? So frei wie hier könnte sie nirgendwo leben. Und die Gesellschaft tut ihr offensichtlich gut: Wenn Julie sie mit dem Vater sieht – wie oft lachen sie miteinander, deuten auf den Horizont. Als ob sie etwas verbindet, das sich der Vernunft der anderen entzieht.

Julie verlässt das Atelier und geht hinaus in den Garten. In diesem Moment fällt Licht aus der Veranda auf den Strand. Sie sieht Florence mit dem Vater am Tisch sitzen. Er hält die weißen Fäden, während sie ein neues Gespinst knüpft. Eine Installation, wie Madame Revel sich ausdrückte. Sie hat Florence angeboten, auch ihre Bilder auszustellen, vorausgesetzt, sie signiere sie mit ihrem eigenen Namen. Doch Florence scheint das Interesse an ihrer Malerei für immer verloren zu haben.

»Das Atelier gehört jetzt dir«, hat sie zu Julie gesagt. »Mein Leben ist jetzt ganz mein eigenes.« Erstaunt wollte Julie wissen, was sie damit meine. »Als du kamst, war Irma plötzlich verschwunden. Das kann nur eines bedeuten: Du bist sie! Irma ist als Julie zurückgekehrt. Das Cottage soll ein Haus des Glücks und der Versöhnung sein.«

Mit dem Vater macht Julie kleine Spaziergänge am Meer. Doch, das ist ihr sehr bald klar geworden, sie kann sich ihm nicht auf Dauer widmen. Die Schwester ihrer Galeristin, die liebenswürdige Madame Bechet, wird ihr eine Betreuerin vermitteln. Und auch für Flo hat sie gesorgt. Sie wird auf ein Internat gehen, das den Schwerpunkt auf die Förderung künstlerischer Talente legt. Es liegt nicht weit entfernt, so dass das Mädchen an den Wochenenden zu Hause sein kann.

An diesem Abend kommt Florence zu ihr. Sie hat ein Buch dabei. Irmas Tagebuch. Florence schlägt es auf. Dann bittet sie Julie, darin zu notieren, was sie sagt:

»Die Straßen der Stadt, in die ich jetzt gekommen bin, verlaufen in Bögen, sind nie bis zum Ende hin einzusehen. Die Häuser daran sind so dicht aneinandergebaut, als müssten sie sich gegenseitig stützen. Will man den Hafen dahinter erreichen, so muss man in der Dunkelheit dem Bogen der Straße folgen. Abwärts führt der Weg, tiefer und tiefer, in eine versunkene Stadt. Blitzende Fische schwimmen in den Straßen, und Kraken räkeln sich auf den Fensterbänken, Muscheln haben sich vor die Türen gelegt und Schnecken an den Glasflächen der Fenster festgesaugt. Niemand ist unterwegs hier, eine gläsern grüne Stille herrscht unter diesem Himmel, in dem fern ein milchiger Halbmond schwimmt. Erst wenn man diese Häuser hinter sich gelassen hat, gelangt man über die nachtschwarze Mole ans Meer.«

»Das ist schön«, sagt Julie, nachdem sie den Text noch einmal laut gelesen hat.

»Das ist schön, weil es von Irma ist.«

48

Julie verlässt den Garten, folgt dem schmalen Pfad oberhalb des Deltas, in dem der Fluss in flachen Schlaufen ins Meer fließt. Im Himmel eine hauchdünne Mondsichel über der dunklen Linie der Baumschatten. Dann steigt sie hinab zum Strand, über die Felsen, die aussehen wie die Buckel alter Wale, atmet die salzige Feuchtigkeit ein. Das Wasser hat sich weit zurückgezogen und den Boden freigelegt. Nichts als die Kargheit von Steinen und Sand. In den Vertiefungen spiegelt Wasser den Himmel auf die Erde. Eine Landschaft wie ein japanischer Garten: Durch Reduktion erzwingt er die Konzentration auf das Wesentliche, um den Betrachter so zur Einsicht in das Innere der Dinge zu bewegen. Eine Landschaft, die sie jetzt auch mit dem Vater verbindet. Er hat sich verändert. Als sei allmählich alles Überflüssige fortgespült, die angelernten Verhaltensweisen und Konventionen, auch die Vorurteile, so dass nun der Urgrund, sein eigentliches Wesen, nackt zutage tritt. Seine unmittelbaren Reaktionen jetzt: unverstellte Freude. Stark erhöhtes Schmerzempfinden, das ihn bei der leisesten Berührung aufschreien lässt. Appetit. Wärme- und Schutzbedürfnis. So ist er vielleicht einmal als Kind gewesen, angreifbar, verletzlich, wie der freigelegte, atmende Meeresgrund.

Nie steht das Wasser still. Nur die Möwen wirken manchmal so unbeweglich, als seien sie aus Porzellan. Wenn sie ihre Rufe hört, Tag für Tag, klingen sie immer gleich. Aber schon draußen bei den Felsen, wo die besten Muscheln wachsen, schreien sie anders. Etwas, das Irma schon herausgefunden hatte.

Irma, deren Tagebuchseiten Julie als erstes im Altpapier der Mutter fand und die sie nun zusammen mit Florence fortsetzt. Ihre Mutter, die ihr eigenes Tagebuch einst mit leeren Seiten an Julie weitergab. Das Schweigen war es, was sie ihr Leben lang bevorzugt hatte und das sie bis zum Ende wahrte. Ein Schweigen, das Julie inzwischen unentbehrlich scheint, nicht weniger als die Worte, die Irma vor mehr als hundert Jahren schrieb. Seitdem sie an diesem Ort lebt, weiß auch sie, die Zeit ist nicht ihr Feind. Alles kann geschehen in einer einzigen Sekunde. Und Jahre können vergehen, ohne dass sie einen solchen Moment noch einmal erlebt.

Jeden Tag erfindet sie eine neue Erinnerung. Es geschieht ohne ihr Zutun. Die Bilder kommen zu ihr, so wie die Wellen vom Meer auf den Strand vor ihrem Haus zurollen, selbstverständlich, folgerichtig. Leinwand um Leinwand stellt sie auf die Staffelei, und während der Stunden, in denen die Sonne über den Himmel zieht, bedeckt sie sie mit Farben. Niemand muss ihr mehr Mut machen, und niemand kann sie mehr entmutigen. Sie ist dort angelangt, wo alles aus ihr selbst entsteht.

Gerade steigt wieder die Flut. Mit schnellen Pinselstrichen hält sie fest, wie die Frauen mit ihren Muschelkörben aus den algenbedeckten Felsen zurückkehren. Auch auf der Leinwand tragen sie die blauen Arbeitshosen hochgekrempelt über den Gummistiefeln, den Korb in der Hand, das Arbeitsgerät – Muschelnetz und Messer – am Seil über der Schulter. Sie setzen ihre

Schritte stetig und gezielt. Ein paar unaufmerksame Augenblicke, und schon ist das Wasser schneller als die eigene Rückkehr. Als es längst Nacht geworden ist und sie verschwunden sind, sieht sie sie immer noch.